Persígueme

No dejes escapar al amor de tu vida

Persígueme

No dejes escapar al amor de tu vida

Tessa Bailey

Una novela preciosa
sobre una chica que va a por todas

TITANIA

Argentina • Chile • Colombia • España
Estados Unidos • México • Perú • Uruguay • Venezuela

Título original: *Chase me*
Editor original: Avon Impulse, an Imprint of HarperCollinsPublishers, New York
Traducción: Laura Fernández Nogales

1.ª edición Septiembre 2016

ISBN: 978-84-16327-12-6
E-ISBN: 978-84-9944-963-0
Depósito legal: B-7.001-2016

Fotocomposición: Ediciones Urano, S.A.U.
Impreso por: Romanyà-Valls – Verdaguer, 1 – 08786 Capellades (Barcelona)

Impreso en España – *Printed in Spain*

Para K-Dee's, el lugar que me ayudó a pasar mis primeros días en Nueva York.

Agradecimientos

Quiero dar las gracias a mi marido y a mi hija por apoyarme y creer en mí al cien por cien.

A mi maravillosa editora, Nicole Fischer, por emocionarse con estos libros y querer a los personajes casi tanto como yo. Trabajar juntas es divertido y sencillo (¡por lo menos para mí!). Gracias.

A mi agente, Laura Bradford, por su valiosa orientación y por lidiar conmigo cuando llevo puesto mi sombrero de papel de aluminio y no dejo de estirarme después de haber pasado demasiadas horas delante del portátil. Gracias.

A Sophie Jordan por su alucinante apoyo y ser una amiga todo terreno. Gracias.

A Edie Harris por ser una auténtica hinchapelotas y una mandona justo cuando necesito que lo sea. Gracias.

A todas las amigas que tengo que me conocieron con veintipocos, como Roxy, Abby y Honey, y les caí bien de todos modos. Ya sabéis quienes sois, chicas. Os quiero.

1

Parte meteorológico para hoy: tormenta de despropósitos inminente por toda la zona de Nueva York.

Los tacones altos de Roxy Cumberland repicaban en el suelo de mármol pulido y sus pasos resonaban por las suaves paredes color crema del pasillo. Cuando se vio reflejada en la inmaculada ventana con vistas a Stanton Street, torció el gesto. Ese disfraz de conejita rosa no pegaba nada con su tono de piel. Dejó escapar un suspiro de fastidio y volvió a ponerse la máscara.

Lo de cantar telegramas todavía existía. ¿Quién lo iba a decir? En realidad se había reído al leer el diminuto anuncio en la sección de ofertas de trabajo del *Village Voice's*, pero sintió curiosidad y marcó el número. Dejó de reírse en cuanto se enteró de la cantidad de dinero que la gente estaba dispuesta a pagar a cambio de su humillación. Y allí estaba, un día después, preparándose para cantar delante de un completo desconocido por sesenta dólares.

Puede que sesenta dólares no parezca mucho dinero, pero cuando tu compañera de piso te acaba de echar a patadas por no pagar el alquiler —otra vez—, y no tienes adónde ir, y tu cuenta bancaria está en las últimas, las conejitas rosas hacen lo que tienen que hacer. Por lo menos su redonda y mullida colita amortiguará la caída cuando acabe con el culo en el suelo.

¿Veis? Ya le ha encontrado el lado positivo. Puede que la tormenta de despropósitos aguante después de todo.

O no. La semana anterior había ido a treinta audiciones, había recorrido la ciudad de punta a punta hasta acabar con ampollas en los pies para oír, una y otra vez, el enésimo «ya la llamaremos», y algún que otro «olvídese del papel», y eso siempre sin dejar de sonreír y de recitar textos para ejecutivos de producción aburridos. Anuncios de pasta dentífrica, papeles de figurante para telenovelas... Dios, si hasta había hecho una audición para un papel de madre en un anuncio de pañales. Todos se rieron y la echaron, a ella y a sus veintiún años.

Aunque a ella no le afectaba. Nada ni nadie podía con ella. Era una chica dura de New Jersey.

Y aunque normalmente Roxy mantenía en secreto ese detalle, no podía evitar admitir que Jersey la había preparado para el rechazo. Le había dado el coraje para decir «ellos se lo pierden» cada vez que alguien con un traje decidía que su forma de actuar no era lo bastante buena. Que ella no era lo bastante buena. Había dos palabras que la ayudaban a seguir, que conseguían que se subiera al metro para presentarse a una audición: «algún día». Algún día recordaría sus experiencias previas al estrellato y se sentiría agradecida de haberlas vivido. Se abrazaría con Ryan Seacrest en la alfombra roja y tendría una historia fantástica que contar. Aunque quizá omitiera lo del disfraz de conejita rosa.

Por desgracia, en días como ese, cuando las nubes de una tormenta de despropósitos se cernían sobre su cabeza y la seguían a todas partes, ese «algún día» parecía demasiado lejano. Los sesenta dólares que ganaría no bastarían para tapar el agujero que se había abierto en aquella nube de despropósitos, solo le servirían para comer durante las próximas semanas. Mientras su situación actual siguiera igual, tendría que pensar en algo. Y si eso significaba que tendría que coger el autobús de vuelta hasta New Jersey y colarse en su antigua habitación para pasar la noche, encajaría el golpe. A la mañana siguiente se volvería a calzar los tacones y volvería a patearse las calles sin que sus padres se enteraran de nada.

Roxy miró el pedazo de papel que llevaba en la mano a través de los agujeros de la máscara de conejita: apartamento 4D. Basándose en la canción que había memorizado por el camino y el presuntuoso interior de aquel edificio, ya imaginaba qué clase de tío le abriría la puerta. Algún imbécil de mediana edad con demasiado dinero y tan aburrido de su vida que necesitaba entretenimientos novedosos, como por ejemplo una conejita cantarina. Cuando ella acabara de cantar, él cerraría la puerta, le enviaría un mensaje cargado de emoticonos a su amante de turno para darle las gracias, y se olvidaría de aquella pequeña diversión de camino a su partido de pádel.

Roxy releyó la nota que llevaba en la mano y sintió una pequeña punzada de incomodidad en el estómago. Había conocido a su nuevo jefe en una oficina diminuta de Alphabet City y le había sorprendido averiguar que el tipo que dirigía todo aquello era un chico poco mayor que ella. Como siempre desconfiaba, le había preguntado cómo conseguía mantener a flote el negocio. No podía haber tanta demanda de telegramas cantados, ¿no? Él se rio y le explicó que las conejitas cantarinas solo le aportaban una décima parte de sus ingresos. El resto procedía de los telegramas estriptis. Roxy se había esforzado todo lo posible para parecer halagada cuando le dijo que encajaba a la perfección en ese puesto.

¿Estaría dispuesta a llegar tan lejos? Ganaría mucho más de sesenta dólares si accedía a desnudarse para desconocidos. Le resultaría muy fácil dar ese paso. Como actriz tenía la habilidad necesaria para desconectar y convertirse en otra persona. A ella no le molestaba ser el centro de atención; se había entrenado para eso. Y esa clase de ingresos le permitirían un sitio donde vivir y seguir haciendo audiciones sin tener que preocuparse por la próxima comida. ¿A qué venían tantas dudas?

Pasó el dedo por encima de las cifras que su joven jefe le había anotado en un trozo de papel. Doscientos dólares por cada estriptis de diez minutos. Dios, la seguridad que sentiría si pudiera disponer de esa cantidad de dinero. Y, sin embargo, algo le decía que si daba ese paso, que si empezaba a desnudarse para desconocidos, ya nunca podría parar. En lugar de ser un parche para su nube cargada de despropósitos, se acabaría convirtiendo en una necesidad.

«Piénsalo luego. Cuando no vayas vestida de conejita.» Entonces inspiró hondo para coger fuerzas, igual que hacía antes de cada audición. Agarró con firmeza la aldaba de latón de la puerta y llamó dos veces. Frunció el ceño cuando escuchó un gruñido molesto en el interior del apartamento. Le sonó a gruñido joven. Puede que el imbécil tuviera un hijo. Vaya, genial. Le iba a encantar tener que hacer aquello delante de alguien de su edad. Fantástico.

Su pensamiento sarcástico le explotó en la cabeza cuando se abrió la puerta y apareció un chico. Un chico que estaba como un tren. Un chico que solo llevaba puestos unos vaqueros desabrochados. Como era una descarada, enseguida le clavó los ojos en «el camino de la felicidad», aunque en el caso de ese chico Roxy pensó que debería llamarse «senda del éxtasis». Empezaba justo debajo de su ombligo, que estaba asentado bajo unos músculos abdominales muy bien definidos. Pero no eran la clase de abdominales trabajados en el gimnasio. No, eran más naturales, más bien de esos que salen cuando un chico hace unas cuantas abdominales cuando le apetece. Eran unos abdominales accesibles. De esos que se pueden lamer o sobre los que acurrucarse según el momento.

Recuperó el control de su mirada y la subió hasta encontrarse con sus ojos. Gran error. Los abdominales eran un juego de niños en comparación con su cara. Barba de tres días. Despeinado. Enormes ojos color chocolate delineados por unas pestañas negras muy oscuras. Tenía los puños plantados a ambos lados del marco de la puerta, cosa que le daba a ella un asiento de primera fila para poder observar con tranquilidad cómo se le contraían los músculos del pecho y de los brazos. Una mujer más débil habría aplaudido. Pero ella era plenamente consciente de su situación conejil, e incluso ese detalle ocupaba un segundo lugar detrás del hecho de que el señor don abdominales accesibles era tan rico que se podía permitir tener una resaca a las once de la mañana. De un jueves.

Se pasó la mano por el pelo negro despeinado.

—¿Sigo borracho o vas disfrazada de conejita?

Tenía la voz ronca. Se acababa de despertar y era muy probable que no fuera su voz habitual. Ese debió de ser el motivo de las mariposas revoloteando en su estómago.

—Voy disfrazada de conejita.

—Vale. —Ladeó la cabeza—. ¿Debería de estar borracho para esto?

—Si alguien tendría que estar borracha, esa soy yo.

—Tienes razón. —Señaló el interior de su apartamento con el pulgar—. Creo que todavía queda un poco de tequila en...

—¿Sabes qué? —«Esta es mi vida. ¿Cómo he llegado a esto?»—. Creo que estoy bien.

Él asintió una vez, como si respetara su decisión.

—¿Y ahora qué?

—¿Eres...? —Consultó el trozo de papel a través de los agujeros redondos de los ojos—. ¿Eres Louis McNally?

—Sí. —Se apoyó en el marco de la puerta y la observó—. Me pusieron el nombre por mi abuelo. Así que, técnicamente, soy Louis McNally Segundo. ¿Qué te parece?

—¿Por qué me estás contando todo esto?

—Solo te estaba dando conversación.

—¿Esta situación es típica de un jueves normal en tu vida? ¿Suelen llamar muchos animales del bosque a tu puerta?

—Tú eres la primera.

—Pues en ese caso me puedes llamar Conejita Rosa Primera. ¿Qué te parece?

Cuando él se rio ella agradeció que la máscara escondiera su sonrisa. La verdad es que aquella situación cada vez era más absurda. Y no tenía tiempo para esas cosas. A la una en punto tenía una audición para participar en una versión irónica de *Lassie* que dirigía una compañía de teatro. «Prioridades, Roxy.»

—Tienes voz de chica guapa. —La observó con atención, como si tratara de ver algo a través de la máscara de plástico—. ¿Escondes una chica guapa ahí debajo, conejita?

—Teniendo en cuenta que la persona que me envía para que te cante es la chica con la que te enrollaste ayer por la noche, no creo que importe lo que yo esconda debajo del disfraz —le contestó con dulzura.

—Una chica guapa puede conseguir que uno supere cualquier cosa. —Alzó una de sus cejas oscuras—. ¿De qué iba eso de cantar?

Roxy carraspeó y recordó la estúpida y horrible letra de la canción. Una letra que no había escrito ella, gracias a Dios. Cuanto antes acabara con aquello, antes podría quitarse aquel agobiante disfraz de conejita y olvidarse de todo eso. Hasta mañana. Al día siguiente tenía que disfrazarse de abejorro. Qué horror.

«Entrégate al máximo en cada actuación.»

Visualizó a Liza Minnelli, ladeó una cadera y levantó la mano opuesta.

A mi conejito bombón
Ayer por la noche salimos y lo pasamos cañón
Me llevaste a tu casa y nos saltamos la juerga
Ahora no dejo de soñar con tu perfecta ver...

—Para. —Louis negó despacio con la cabeza—. Dios, por favor, para ya.

Roxy bajó la mano.

—Espero que te estés quejando de la letra y no de mi forma de cantar.

—Yo... claro. —Echó una ojeada por el pasillo y pareció aliviado de comprobar que ninguno de sus vecinos había oído nada—. ¿Quién has dicho que te enviaba?

Ella se lo quedó mirando muy sorprendida. Aunque como llevaba la máscara puesta él no pudo darse cuenta.

—¿Te acostaste con más de una chica ayer por la noche?

—Estaba de celebración —dijo poniéndose a la defensiva—. No me digas que eres una conejita moralista. Son las peores.

—Bueno, pues yo ya he acabado. —Le dio la espalda, o la cola, para ser más exactos, y empezó a caminar en dirección al ascensor. Mientras avanzaba le dijo por encima del hombro—: Me mandó Zoe. Igual te lo quieres apuntar.

—¿Es la pelirroja? —le preguntó Louis dando voces por el pasillo. Cuando Roxy se paró en seco, él le sonrió para que ella supiera que estaba bromeando. Posiblemente—. Espera. ¿Puedes esperar aquí un momento? Debería darte algo de propina.

Roxy sonrió cuando lo vio rebuscar en los bolsillos de sus vaqueros.

—¿De qué clase de propina estamos hablando? Le acabo de cantar una oda a tu pene.

—Por favor, no me lo recuerdes. —Se sacó un billete de veinte dólares de la cartera y lo cogió entre dos dedos—. Pero tengo una petición. Primero quiero verte la cara.

Roxy sintió una punzada de irritación. ¿Qué importancia tenía su aspecto? Fuera donde fuese, cada vez que leía un papel, siempre tenía un montón de ojos críticos encima, juzgándola. Demasiado delgada. Demasiadas curvas. Demasiado alta. Demasiado baja. Nunca era lo que estaban buscando. Y justo esa misma mañana le habían dicho que tenía cuerpo de estríper. Y el hecho de que aquel fiestero cargado de billetes le estuviera ofreciendo dinero a cambio de poder juzgar su apariencia solo triplicaba su enfado.

—¿Por qué? ¿Acaso si te gusta lo que ves me vas a invitar a pasar? Todavía no te has duchado para quitarte el olor de la última chica que ha pasado por tu cama.

Él tuvo la elegancia de parecer avergonzado.

—Yo...

A Roxy le importaba un pimiento su respuesta.

—¿Acaso esperas que me sienta halagada? —Se aferró a su propio pecho con dramatismo—. Por favor, oh poseedor del pene dorado, permíteme adorar tu falo perfecto.

—Ten cuidado. —Su vergüenza se transformó en enfado—. Me está empezando a dar la sensación de que estás un poco celosa.

—¿Celosa?

Oh, aquello era el colmo. La nube cargada de despropósitos que se cernía sobre su cabeza se oscureció, de repente estaba rodeada de relámpagos. La habían echado de casa, llevaba semanas sin que la llamaran de ningún empleo y estaba a punto de aceptar ese trabajo de estriper. La había pillado en un mal día. En realidad, los días buenos empezaban a escasear y, en ese momento, solo se le ocurría una cosa que podría ayudarla: borrar esa expresión de superioridad de la cara del príncipe falo.

Se mordió los labios para hinchárselos un poco y se quitó la máscara. Se sintió muy satisfecha cuando vio que él se quedaba boquiabierto y sus ojos marrones se oscurecían. «Exacto, colega, no estoy nada mal.» Cuando empezó a acercarse a él, se enderezó y se le escapó un gruñido. Louis advirtió las intenciones de Roxy en su expresión y sabía lo que se proponía. A ella no se le pasó por alto que, a pesar de llevar un disfraz de conejita rosa muy grueso, él la estaba mirando como si luciera un biquini. Tenía que admitir que Louis McNally Segundo era un tío interesante.

—¿Celosa? —repitió antes de empujarlo para dentro y empotrarlo contra la pared que había junto a la puerta—. Cariño, yo pondría todo tu mundo patas arriba.

Sin darle la ocasión de responder, se puso de puntillas y lo besó. «¡Vaya!» Él no vaciló ni un segundo y se apoderó de sus labios con habilidad. Fue como si ella se acabara de soltar de un trapecio y él la hubiera agarrado en el aire. El beso tenía un ritmo endiablado, se besaban con la boca abierta y las lenguas peleaban por llevar el control. Louis la sujetó de la barbilla con firmeza y tiró de ella para poder ladear la cabeza y profundizar un poco más. La sorpresa explotó detrás de los ojos de Roxy y se bamboleó un poco presa de aquella oleada de calor. «Afectada.» Le estaba provocando un efecto con el que no estaba familiarizada. Había besado a muchos chicos, pero nunca había tenido miedo de parar. Louis internó la lengua más profundamente haciendo un sonido cargado de apetito que hizo vibrar toda la boca de Roxy. Ella lo repitió. Más fuerte. Dejó caer la cabeza hacia atrás y él la siguió sin dejar de besarla, como si no pudiera permitir que ella se escapara. ¿Qué estaba pasando? Estaba perdiendo el control de la situación. «Recupéralo.»

Se retiró e inspiró hondo. Él tenía la boca húmeda y separó los labios intentando respirar con cara de incredulidad.

—¿Quién narices eres tú?

Ella se tragó la extraña sensación que le trepaba por la garganta y le quitó el billete de veinte dólares de los dedos.

—Me largo.

Se marchó a toda prisa por el pasillo mientras notaba como él le clavaba los ojos. Hizo acopio de toda la dignidad que se puede tener cuando una va disfrazada de conejita rosa, pasó de largo junto al ascensor y bajó las escaleras de dos en dos.

2

Louis miró a sus dos mejores amigos por encima del vaso de cerveza. Russell parecía impresionado con su historia. Ben, como siempre, parecía que tuviera cien preguntas. Y él no tenía ganas de contestar a ninguna. Quería superar la resaca provocándose una nueva y tratar de olvidar el beso que le había ocasionado mil erecciones, muchas gracias. Y ese era el motivo de que estuviera en el Longshoreman menos de veinticuatro horas después de haber pillado una buena en aquel mismo local. ¿Cómo rezaba ese dicho sobre regresar a la escena del crimen? ¿Decía que no era bueno hacerlo? Bueno, pues ya era demasiado tarde.

—Espera... No entiendo nada. ¿Cómo pudo coger el billete de veinte dólares con una enorme zarpa peluda?

Russell rugió.

—Solo tú podrías hacer ese tipo de pregunta, Ben. Louis se ha enrollado con una conejita. Intenta apreciar la esencia del acto en sí y olvídate de los aspectos prácticos.

—No fue un rollo —se lamentó Louis—. Fue más bien un... «jaja, ya te gustaría que nos estuviéramos enrollando, capullo».

—Preséntasela a tu madre. Es de las buenas.

Ben se recostó en la silla.

—¿Cómo burló al portero?

Russell se dio un cabezazo contra la mesa coja del bar haciendo repicar los vasos vacíos de cerveza.

—Ahora dirá que ni siquiera estamos en Pascua.

Louis los ignoró a ambos. Cosa que era una grosería por su

parte teniendo en cuenta que sus amigos también tenían resaca y aun así estaban allí con él, haciéndole compañía.

—Mira, me sorprendió en un mal momento. Estaba durmiendo debajo de la mesita del comedor, con un posavasos pegado a la frente y, de repente, me encuentro hablando con una conejita de tamaño real. —Se masajeó el puente de la nariz—. Ni siquiera sé como se llama.

—Trixie.

—Jessica.

—Vaya par de genios que estáis hechos. —Tamborileó con los dedos sobre la mesa—. Tenía más pinta de Denise. O de Janet. La clase de nombre que tiene una chica que te transmite la sensación de que se va a convertir en tu exnovia.

Russell asintió con su cabeza afeitada.

—Si tuvieras exnovias. Cosa que no tienes.

—Exacto.

Eso era verdad. Él no solía salir con ninguna chica en exclusiva. Bueno, es que no salía con chicas. No es que tuviera ninguna regla que se lo prohibiera, pero por desgracia había sido testigo de cómo sus padres utilizaban sus relaciones extramatrimoniales para hacerse daño, y se le habían quitado las ganas desde muy pequeño. Mientras solo fuera responsable de sí mismo, no le haría daño a nadie. No se volvería un amargado rencoroso. Por desgracia, últimamente esa norma tácita lo hacía sentir mal. Bueno, solo desde aquella mañana. Cuando había dado la peor primera impresión de la historia.

—¿Estas diciendo que estás buscando una exnovia en potencia? —preguntó Ben mientras se limpiaba las gafas—. Supongo que eres consciente de que el presente de exnovia es novia.

Louis se cruzó de brazos con impaciencia.

—No sabía que estaba en una de tus clases de lengua, profesor Ben. ¿Debería tomar apuntes?

Sus amigos intercambiaron una mirada.

—Nuestro amigo está un poco irritable esta noche —dijo Russell—. Y por una chica, nada menos. Voy a tener que buscar a esa chica para invitarla a una porción de tarta de zanahoria.

—Escuchad, yo no quiero tener novia. Ni tampoco exnovia. —Louis se acabó la cerveza que le quedaba en el vaso—. Pero si se te ocurre una forma de encontrarla, estoy abierto a sugerencias. Esa chica y yo todavía no hemos acabado.

Ben suspiró mirando al techo, pero lo hizo con entusiasmo. Se había metido en la enseñanza por un motivo. Le encantaba tener todas las respuestas.

—Esto tiene fácil solución. Pregúntale a la chica que te envió el telegrama a qué agencia llamó. No puede haber tantas. Ni siquiera sabía que todavía existía eso de cantar telegramas.

—Sí, claro, ¿y cómo va a ir esa conversación? —preguntó Russell entre risas—. Ah, sí, espera: «Oye, ¿eres la chica que escribió una canción sobre mi verga? Me gustaría presentársela a otra chica. ¿Me echarías un cable?»

—Eres imbécil.

—Por favor, callaos los dos.

Louis se pasó la mano por la barba incipiente y pensó un momento en sus amigos. Eran muy distintos a él. Y tampoco se parecían entre ellos. ¿Cómo podía ser que fueran amigos? Ah, sí. Gracias al poder de la cerveza. Sus cualidades mágicas no conocían fronteras. Ben, el recién nombrado profesor de universidad a los veinticinco años, y Russell, el trabajador de la construcción, que tenía veintisiete y era el mayor, pero no el más maduro. Louis el… capullo. Dios, realmente había intentado sobornar a aquella chica con un billete de veinte dólares cuando era evidente que necesitaba dinero. Debía de haberlo enterrado bajo una etiqueta de imbécil antes de llegar a la planta baja. Pero él había sentido la desesperada necesidad de verle la cara. Necesitaba asociarla a esa voz ronca y ese afilado sentido del humor. Y por un momento se había convertido en su padre. Y todo en un solo día. Olvidó rápidamente aquel pensamiento tan inquietante.

—Bueno, agarraos fuerte, porque tengo un problema igual de grave —prosiguió Louis.

—Soy todo oídos de conejo —espetó Russell.

—Es curioso que digas eso. —Louis bajó la voz—. Cuando se marchó empecé a, bueno, ya sabéis, a pensar en ella disfrazada de conejita. Básicamente en quitarle el disfraz. La verdad es que no podía dejar de pensar en eso. Y acabé por...

—Noooo.

—Oh, Dios. Te metiste en Internet.

Louis cerró los ojos.

—Vi mucho porno del malo, tíos. Gente con colitas de algodón. Zanahorias que se metían en sitios donde nunca deberían entrar. Estoy convencido de que moriré con esas imágenes tatuadas en el cerebro.

—Nos pasa a todos. —Russell se inclinó hacia delante—. Lo único que necesitas es una buena limpieza a base de porno del bueno. Reemplazar esas imágenes por otras mejores. Pero hazlo pronto. Si dejas pasar demasiado tiempo, el mal porno acaba por infectarse.

Ben los miró indignado.

—¿De verdad necesitáis ver porno para excitaros? ¿Por qué no intentáis utilizar la imaginación?

Russell y Louis se lo quedaron mirando sorprendidos hasta que Russell rompió el silencio:

—Porno-Limpieza.

Louis asintió.

—Entendido.

Pero incluso mientras lo decía sabía que nada de eso lo ayudaría hasta que consiguiera verla sin ese disfraz de conejita. Él había utilizado todas sus armas en aquel beso y ella se había marchado. Y eso lo estaba volviendo loco. Se estaba poniendo nervioso. ¿Dónde estaría en ese momento? ¿Cuál sería el motivo de que ese pivón con tanto talento se estuviera ganando la vida cantando telegramas? Y, maldita sea, ¿es que no se daba cuenta de que plantarse en la puerta de completos desconocidos era un trabajo muy peligroso? Él había podido distinguir su estilizada figura incluso a través del disfraz de peluche. Si a alguien se le ocurría arrastrarla dentro de su casa, a ella le sería imposible evitarlo.

Le vino a la cabeza el recuerdo de cómo lo había empotrado contra la pared. Vale, no estaba completamente indefensa. Y vaya mierda, ahora volvía a estar excitado y no podía satisfacer sus necesidades. Tenía que haber una explicación para todo aquello. Las chicas desfilaban sin cesar por su vida. Él las apreciaba, las trataba bien y luego se olvidaba de ellas. Era un sistema que nunca le fallaba. Y después no pasaba ni un solo segundo pensando en ellas. Ni uno. Y, sin embargo, solo había compartido un beso de diez segundos con aquella chica y, de repente, se sentía inquieto. Ansioso.

La verdad era que le había gustado incluso antes de quitarse aquella estúpida máscara. Ella le había transmitido una mezcla de seguridad y vulnerabilidad que lo había cautivado en cuanto había empezado a hablar. Había sentido ganas de seguir hablando todo el día con ella incluso a pesar de la resaca descomunal. De conocerla. Pero entonces se había quitado la máscara y lo había destrozado. Y no de la forma que le gustaba que lo destrozaran las chicas.

Tenía unos enormes ojos verdes con manchas doradas. Unos labios tan rojos que parecía que se acabara de comer un chupachups de cereza. Dios, se excitaba solo de pensar en la sensación que había experimentado al tenerlos pegados a los suyos. En cómo lo había besado hasta excitarlo para retirarse después y dejarlo al borde del precipicio. Se había quedado tan sorprendido de su propia reacción, que la había dejado marchar sin decirle una sola palabra. Y eso era muy raro en él. Él siempre tenía algo que decir, siempre. Era abogado, por el amor de Dios. Lo ponía en el papel enmarcado que tenía colgado en su despacho.

Aunque ella no sabía que se ganaba tan bien la vida. Cuando abrió la puerta no llevaba camisa y estaba sin afeitar, y era la mañana de un maldito jueves. Le había ofrecido tequila antes de preguntarle su nombre. A decir verdad, se sentiría decepcionado de saber que ella no lo consideraba un payaso. En su defensa cabía recordar que la noche anterior había estado celebrando una victoria para su bufete. Era uno de los clientes a los que defendía gratis, el propietario de un pequeño negocio de Queens: había perdido el colmado de su familia por culpa del huracán que había arrasado la ciudad hacía muy poco. El hombre no había sido capaz de conseguir ayuda para reconstruir el negocio, ni financiera ni de ninguna clase, por culpa de una compañía de seguros que se negaba a cooperar y del propietario del local, que quería alquilar el espacio a alguien que lo destinara a algún negocio más lucrativo. Louis llevaba varias semanas trabajando en aquel caso, y para ello empleaba el poco tiempo que le dejaban libre los clientes que pagaban y a los que no podía olvidar. Él había conseguido que el hombre recibiera los fondos que necesitaba para reformar la tienda y el sustento de su familia seguía intacto.

Vale, puede que se sobreexcitara un poco la noche anterior y aquella mañana hubiera dormido hasta tarde. No solía hacerlo. Mucho. Maldita sea, quería encontrar a esa chica para cambiar la mala impresión que se había llevado de él aunque solo fuera por eso. Está bien, puede que también tuviera ganas de volver a besarla. Muchas ganas.

Lo podía conseguir haciendo un par de llamadas telefónicas.

—Se lo está pensando —dijo Russell colándose en sus pensamientos.

—¿Qué es lo que estoy pensando?

—En llamar a la chica que te mandó el telegrama para conseguir el nombre de la agencia —le explicó Ben.

—No. No puedo hacer eso. Zoe era una chica simpática. —Louis se devanó los sesos en busca de algún recuerdo de ella—. O eso creo.

Russell se encogió de hombros.

—Dile que te pareció un regalo genial y que le quieres enviar uno a tu madre.

—A mi madre. Que vive en el sur de Francia.

—Ella no conoce la localización geográfica de tu madre. —Russell dejó su pinta vacía en la mesa—. Venga tío. Las situaciones desesperadas requieren soluciones desesperadas.

—Qué burro eres. —Louis le hizo señas a la camarera para que les sirviera otra ronda—. Y hablando de tus camaradas de manada, resulta que estoy demasiado familiarizado con ellos después de pinchar el enlace equivocado esta mañana.

Ben y Russell se estremecieron.

3

—¡Joder! Ni de coña.

Roxy dejó suspendido el vaso de papel, lleno de café, cuando se lo estaba llevando a la boca. Se inclinó para acercarse a la pantalla del ordenador convencida de que había leído mal el anuncio. Oyó que alguien carraspeaba a su lado y se dio cuenta de que había exclamado en voz alta. Y por lo visto en aquel café de Internet no les gustaban las palabrotas. Se había pasado allí las últimas horas después de haberse recorrido, durante toda la noche, diferentes cafeterías y restaurantes abiertos las veinticuatro horas. Seguía sin tener un apartamento donde pasar la noche y se negaba a sacar la bandera blanca y regresar a Jersey. La falta de sueño le debía de estar pasando factura, porque aquello le pareció una visión:

Habitación disponible en un apartamento compartido por tres chicas. Chelsea. Solo chicas, por favor. No soy sexista. Lo que pasa es que no quiero sentirme cohibida en mi propia casa. ¿Comprendes? Si eres un hombre y todavía estás leyendo este anuncio, quiero que sepas que no es nada personal. Solo quiero poder colgar mi sujetador en la ducha sin tener que preocuparme de que vayas a juzgar el tamaño de mi copa. Tengo una 85B, así que les pongo relleno. Bueno. Esto ha sido muy terapéutico. Voy a aceptar todas las solicitudes que lleguen durante la próxima hora. Vivo en el 110 de la Novena Avenida, apartamento 4D. El alquiler son 200 dólares al mes.

La última parte. El precio. Ahí era donde Roxy se quedaba enredada. El precio del alquiler por una habitación en Chelsea era muy raro. Era como un cuento de hadas de los que se contaban de noche por los bares, y solo entre amigos íntimos. Era el unicornio de los apartamentos. En Chelsea podían pedir hasta 700 dólares al mes por una habitación del tamaño de un armario y con rejas en las ventanas. Tenía que haber algún error tipográfico. O se acababa de tropezar con el santo grial del alquiler de apartamentos, que solo se conocía gracias al boca oreja. Nunca se leían ofertas como esa en los anuncios clasificados. Basándose en lo mucho que había divagado la persona que había redactado el anuncio, supuso que quienquiera que fuera quien alquilara la habitación, debía de estar demasiado loca como para conseguir un inquilino que pagara bien. Y si ese era el motivo, era el día de suerte de la Casera Loca, porque ella estaba desesperada. Incluso había empezado a plantearse vivir con una familia de actores de circo convenciéndose de que podría estudiar la psicología de cada miembro de la familia.

La primera semana que había pasado en la Gran Manzana fue como un sueño hecho realidad. Bordó su primera audición y protagonizó un anuncio televisivo que se emitía a nivel nacional para SunChips. La intención era darle un enfoque muy juvenil a la campaña, y querían que ella se comiera una patata mientras saltaba en la cama del dormitorio de la facultad, y que luego suspirara de alegría mirando a cámara. El dinero que ganó le permitió vivir con holgura durante un tiempo. Después ya conseguiría otro papel, ¿verdad? Pues no. Nadie pareció muy impresionado con su interpretación de princesa de SunChips, en especial cuando sus competidoras tenían unos currículos que hacían que el suyo pareciera la lista de la compra. Dejaron de emitir el anuncio después de un tiempo, y se quedó sin cobrar derechos de imagen.

Pero su verdadero problema era que ella no era la única aspirante a actriz desesperada de la ciudad. Cosa que sabía muy bien gracias a la multitud de chicas ansiosas que se presentaban a leer los mismos papeles que ella. Chicas agotadas que se vestían con prendas de ropa glamurosa que encontraban en tiendas de gangas. Estaba segura de que en ese preciso momento había cientos, no, miles de artistas muertas de hambre corriendo en dirección al número 110 de la Novena Avenida. Cerró su sesión de Internet a toda prisa con la sangre acelerada y se echó la mochila al hombro. Estaba a diez manzanas de distancia y hacía tres minutos que habían colgado el anuncio. Si se daba prisa quizá tuviera una pequeña oportunidad de conseguirlo. Mientras tiraba la taza de café a la basura, una chica que llevaba un pañuelo rosa atado a la cabeza se detuvo junto al ordenador a su lado. Se miraron a los ojos.

—¿Tú también lo has visto? —le preguntó Roxy como quien no quiere la cosa.

—Es posible.

Las dos salieron corriendo hacia la puerta ignorando la indignación del dependiente. Por lo visto en aquel café de Internet no les gustaba que los clientes no pagaran por conectarse. Pero no tenía tiempo para cumplir las normas. Y menos en ese momento, cuando tenía en el punto de mira la mejor oferta inmobiliaria de la historia. Ahora que había conseguido un humillante trabajo medio fijo, se podría permitir vivir en aquel lugar. Qué diablos, tendría dinero de sobra por primera vez en su vida. Las clases de interpretación dejarían de ser un sueño inalcanzable y se convertirían en una realidad.

Zigzagueó por entre un grupo de mensajeros que descargaban cajas de un camión y luego saltó por encima de un caniche que estaba haciendo sus necesidades. La chica del pañuelo rosa corría a su lado entre jadeos.

—Seguro que ya lo han alquilado —dijo—. No lo conseguiremos.

—Habla por ti. —Y después de decir eso, Roxy empujó con la cadera a su competidora y la lanzó contra unos arbustos—. ¡No es nada personal!

—¡Zorra!

A ella no le importó que la insultara, se limitó a correr y siguió repicando con sus inseparables tacones contra la acera. Le faltaban solo tres manzanas. Cruzó corriendo una calle y luego se detuvo en el semáforo. «No.» Cámaras, camiones blancos y focos gigantes por todas partes. Le echó una rápida ojeada al edificio y enseguida se dio cuenta de que estaban filmando una película. Aquella situación le resultaba tan familiar que siempre la relajaba, le gustaba ver a los asistentes de producción hablando por sus auriculares, pero en ese momento solo era algo que boicoteaba las probabilidades que tenía de encontrar un sitio donde dormir. Aquella misma noche podría haberse convertido en una vagabunda, y lo único que se interponía entre ella y el número 110 de la Novena Avenida era aquella grabación de una película con... ¿Ese era Liam Neeson? «Vaya. Pues sí que es alto.»

Se quedó mirando a un grupo de extras. Una asistente de producción los estaba conteniendo con un *walkie-talkie* pegado a la boca. Por el lenguaje corporal del grupo, dedujo que se estaban preparando para salir a escena. Solo estaban esperando la señal. Se apartó el pelo de la cara y se metió en el cruce entre las dos calles. Cuando la asistente de producción se dio media vuelta, se escabulló entre el grupo de extras y sonrió con alegría en cuanto uno de ellos la miró con curiosidad.

—¿Cuándo nos dan de comer? —susurró—. Me muero de hambre.

—¿Ah, sí? Acabamos de comer.

—Cierra el pico.

La asistente de producción les hizo un gesto con la mano:

—Acción.

Los extras empezaron a gritar y a agacharse mientras avanzaban por la acera. Vaya, tendría que haber imaginado que si salía Liam Neeson sería una película de acción. No vaciló ni un instante, y con un desparpajo propio de una alumna aventajada en improvisación, dio un grito ensordecedor y se tiró del pelo mientras se desplazaba junto al resto de actores, incluso tropezó para darle más énfasis a la actuación. Aunque ella no se detuvo cuando lo hicieron los demás, y en cuanto acabó la toma, siguió corriendo hasta salir de escena. Corrió directa al número 110 de la Novena Avenida.

Cruzó otra manzana y lo vio. El edificio estaba en una esquina, cosa que hizo aumentar las probabilidades de que la habitación tuviera una ventana. Aceleró a fondo ignorando las ampollas que tenía en las plantas de los pies. Tres universitarias llegaron a las escaleras del edificio justo al mismo tiempo que ella. Por un momento se planteó empujarlas a ellas también para deshacerse de la competencia, pero decidió que solo se podía permitir una agresión física al día.

Se limitó a bloquearles el paso en la escalera, señaló al otro lado de la calle y exclamó:

—¡Oh, Dios mío! ¡Mirad! Es James Franco.

Se volvieron todas. Pero ella no malgastó ni un segundo en reírse, subió los últimos escalones y llamó al timbre del apartamento 4D. Un segundo después un diminuto sonido se adueñó del vestíbulo y abrió la puerta dando un pequeño grito victorioso. Una de las admiradoras de James Franco intentó agarrar la puerta antes de que se cerrara, pero Roxy la cerró justo a tiempo.

—¡Zorra!

—Sí, hoy esa opinión es más popular de lo habitual —le gritó al cristal mientras se volvía en dirección a las escaleras—. Aunque, con suerte, seré una zorra que paga un alquiler de doscientos dólares al mes. Deséame suerte.

Cuando llegó al cuarto piso vio que la puerta del apartamento 4D estaba un poco entreabierta. Se le encogió ligeramente el estómago al oír voces femeninas procedentes del interior. Demasiado tarde. Había llegado demasiado tarde. A menos que pudiera convencer a la Casera Loca de que era mejor candidata que la persona que había llegado antes que ella. Era poco probable, y menos si necesitaba un certificado de solvencia. O un depósito. «Mierda», solo había pensado en llegar hasta allí, ¿no? El billete de veinte dólares que le había arrebatado a Louis McNally Segundo el día anterior era todo el dinero que llevaba en el bolsillo. En realidad eso era todo cuanto tenía a su nombre. Roxy ignoró la ola de calor que se alojó en su estómago cuando pensó en el besuqueador descamisado del siglo, y entró en el apartamento esbozando la mejor de sus sonrisas.

Las dos chicas que había dentro dejaron de hablar y se volvieron hacia ella. Había una rubia muy guapa junto a una mesa de comedor antigua, calzaba unas Converse y llevaba una falda vaquera hecha jirones. Al otro lado de la mesa aguardaba una morena que la miraba con cara de cordero degollado. Llevaba un traje azul marino que probablemente costara más que todo su guardarropa junto. Esa tenía que ser la Casera Loca. Apostaría... veinte dólares.

—Buenas tardes, chicas.

—Hola —la saludó la chica de las Converse con un marcado acento sureño.

—Buenas tardes —respondió la Casera Loca—. Supongo que has venido a interesarte por una de las habitaciones.

—¿Habitaciones? —Roxy levantó tanto las cejas que le llegaron al nacimiento del pelo—. ¿En plural?

—Dos. Hay dos. —La Casera Loca cruzó el salón para mirar por una enorme ventana con vistas a la novena avenida. Empezó a retorcerse las manos, probablemente porque habría visto la multitud que se había reunido en la puerta del edificio. Justo en ese momento el interfono del apartamento sonó tres veces—. Ahora que lo pienso creo que no tendría que haber incluido mi dirección en el anuncio. Debería haber puesto alguna especie de filtro. Es que... Es que nunca había hecho nada por el estilo.

Roxy examinó el apartamento con discreción. Cielos, según los estándares de Manhattan, aquel sitio era un auténtico palacio: tenía una zona común muy amplia, una cocina reformada con impecables electrodomésticos de acero. La decoración era tipo industrial moderna con un toque hogareño. Habría apostado... veinte pavos a que lo había decorado un profesional. Allí no había ni un solo mueble de IKEA. Por lo menos hasta que ella se mudara allí con sus harapientas posesiones. ¿Qué pensarían aquellas chicas cuando vieran las pocas cosas que tenía? Ignoró aquella preocupación y decidió que haría lo que fuera para poder vivir en aquel lugar. Ya se sentía como en casa. No era un sitio donde pasar la noche, como había sentido que eran los lugares en los que había vivido durante los últimos dos años.

—Bueno. —Se metió la mano en el bolsillo delantero de la mochila y sacó la chequera—. Ya no hace falta seguir buscando. Aquí hay dos chicas y hay dos habitaciones disponibles. Las mates no son lo mío, pero parece que todo cuadra.

Cuando la chica de las Converse le siguió el rollo, Roxy enseguida decidió que la rubia le caía bien.

—¿Aceptas efectivo? Porque yo tengo un montón.

O puede que no.

—Lo primero que deberíamos hacer es quitar el anuncio —sugirió Roxy—. Antes de que vengan los antidisturbios.

—Ya lo he hecho —espetó la Casera Loca—. Solo ha estado colgado durante cinco minutos. Pero no deja de llegar gente.

Roxy se dirigió a la ventana. Cuando pasó junto a la impecable morena le guiñó el ojo.

—Deja que yo me ocupe de ellas. —Abrió la ventana y sacó la cabeza. Dios, aquello parecía un episodio de *The Walking Dead*. Aunque lo cierto es que tenía el presentimiento de que algunas de esas chicas se comerían el brazo de otra persona a cambio de poder acceder a aquel alquiler ridículamente bajo—. Oíd —gritó—. No habéis sido lo bastante rápidas. La habitación ya está alquilada. Superadlo.

La cerró y a sus espaldas oyó un coro de insultos en su honor. La verdad era que si la volvían a llamar zorra quizá acabara tomándoselo en serio. Aunque no era muy probable.

—Gracias —dijo la Casera Loca; suspiró y se dejó caer en una de las sillas del comedor—. El portero ya me odia bastante porque llevo dos semanas llamándolo por un nombre equivocado.

—¿Cómo se llama? —preguntó la chica de las Converse.

—Rodrigo.

—¿Y cómo le llamabas?

—Mark.

La chica de las Converse dejó escapar un sonido cargado de comprensión.

—Es un error comprensible.

Madre mía. Quizá hubiera dos locas en aquella habitación. Roxy se propuso recuperar la sensatez y le tendió una mano a la morena.

—Bueno, yo me llamo Roxy Cumberland. Si te equivocas con mi nombre prometo no tardar dos semanas en decírtelo.

—Yo me llamo Abigail. Puedes llamarme Abby. —Se dieron la mano—. Vivo aquí.

Cuando sonrió dejó ver los dos dientes más blancos que Roxy había visto en su vida. Y era mucho decir, porque las actrices se blanqueaban los dientes de forma regular.

—Honey Perribow. Encantada.

—Lo mismo digo —murmuró Roxy antes de volverse de nuevo hacia Abby—. Si no te importa que te lo pregunte, ¿qué les pasó a tus anteriores compañeras de piso?

—Nunca he compartido piso. —Abby contempló el apartamento como si lo estuviera viendo por primera vez—. Llevo viviendo aquí sola cinco meses.

«Está completamente colocada.»

—¿En serio?

—Sí. Bueno, sin contar el fantasma.

—¿El fantasma? —espetó Honey.

Abby sonrió.

—Es broma.

A Roxy le sorprendió que se le escapara una sonrisa. Puede que la situación no fuera tan mala después de todo. Solo tenía que garantizarse su sitio en el apartamento y luego ya encontraría la forma de solucionar su situación económica. Recordó el trozo de papel que llevaba en el bolsillo donde tenía apuntado el dinero que ganaría por cada estriptis.

Antes de que pudiera abrir la boca, Honey se llevó una mano al pecho como si fuera a jurar lealtad, y dijo:

—¿Sabes? Me siento obligada a decirte que estas habitaciones se podrían alquilar por muchísimo más de doscientos dólares.

Roxy fulminó a la rubia con la mirada.

—La buena compañía no tiene precio.

Abby levantó la mano.

—Soy muy consciente de lo que valen las habitaciones. Trabajo en el sector financiero. Además de ser obvio.

—¿Y entonces de qué va todo esto? —preguntó Roxy con mucha curiosidad. Y también con cierta suspicacia—. ¿Es que hay algún problema con el piso? ¿Ratas, problemas con la fontanería, vecinos con rifles y un problema con la juventud americana?

—No, no hay nada de todo eso. —Abby alzó una ceja—. ¿Dónde has estado viviendo?

—Hay una jungla ahí fuera.

—Amén, hermana —terció Honey—. Esta mañana he ido a ver tres apartamentos. Uno de ellos era de un viejo verde que me ha ofrecido vivir allí gratis a cambio de hacerle de pornochacha. Apenas cabía en las otras dos habitaciones que he visto. Estoy convencida de que una de ellas era un cuarto para las cosas de la limpieza.

Abby se levantó y empezó a pasear por la alfombra persa que cubría el suelo. A juzgar por el parche desgastado que había justo en el centro, Roxy dedujo que aquella chica debía pasearse por el piso a menudo.

—Podría haberles ofrecido las habitaciones a algunas de mis colegas. O haberlas ofertado a un precio más alto. Pero mis colegas son... bueno, son imbéciles. Ya tengo bastante con verlas en el trabajo. —Suspiró con pesadez—. Estoy aburrida, ¿vale? Estoy aburrida y sola, y no tengo amigas.

Roxy se meció sobre los tacones, por fin lo entendía todo.

—¿Y pensaste que podrías comprarte un par de amigas que te entretuvieran?

—Pues no es lo más raro que me ha pasado hoy —murmuró Honey.

—Si lo dices así, suena fatal. —Abby se encogió de hombros—. Vale, es un poco horrible. Pero básicamente es una petición de ayuda. Estoy empezando a hablar sola. Ahora estoy manteniendo una conversación a dos bandas. Sería agradable poder pedirle a alguien que no sea el fantasma que me pase el zumo de naranja.

Honey parecía nerviosa.

—Necesito que dejes de hacer chistes de fantasmas ahora mismo.

Abby reprimió una sonrisa.

—¿Qué me decís? ¿Os quedáis o no? Paso de ser precavida. No necesitaré que me entreguéis ningún certificado de solvencia porque la verdad es que no necesito tanto el dinero. Las dos parecéis relativamente normales y creo que podré convivir con vosotras sin temer por mi vida. ¿Os instaláis hoy?

Roxy se dio un golpecito en el muslo con la chequera. Hacía solo un minuto se había mostrado dispuesta a hacer cualquier cosa para vivir en aquel apartamento. Pero ya no estaba tan segura. Abby había pedido lo único que a ella le incomodaba ofrecer: amistad. Y no es que no tuviera amigas propiamente dichas, pero básicamente eran chicas con las que se encontraba en audiciones y que solo disponían de cinco minutos para charlar antes de lanzarse a por su siguiente misión en el mundo del espectáculo. La única forma de comunicación que había tenido con sus antiguas compañeras de piso, ocurría cuando le tendían la palma de la mano para pedirle el escurridizo cheque con el dinero del alquiler. ¿Pero eso? Eso sería distinto. Allí esperarían que se relacionara. Que controlara su carácter. Llevaba mucho tiempo sin hacerlo. Especialmente desde que estaba sola. Cuando iba al instituto había llevado el significado de la palabra antisocial a un nuevo nivel, y después de haberse enfrentado a tantos contratiempos en Nueva York, cada vez estaba más cómoda escondida tras la coraza que se había puesto para luchar ella sola contra el mundo.

Por mucho que Abby se esforzara por afirmar lo contrario, para ella la situación estaba muy clara: era una niña rica que quería rebelarse. Quería compañía, alguien con quien hablar, incluso en quien confiar. Roxy nunca había tenido confidentes. Sintió una punzada de simpatía por Abby en contra de su voluntad. Le había caído bien enseguida. Pero ella no era lo que estaba buscando. A ella no le iban las charlas de chicas. Ella no compartía cuencos llenos de palomitas mientras veía con sus amigas un maratón de *New Girl*. Ella llevaba dos años viviendo por su cuenta. Y algo le decía que si extendía ese cheque —ese cheque sin fondos—, todo aquello cambiaría. ¿Estaba preparada?

A la mierda. ¿Qué alternativa tenía? Sacó un bolígrafo de la mochila, extendió un cheque por valor de doscientos dólares y se lo entregó a Abby.

—¿Te importaría esperar un par de días para cobrarlo?

Abby la observó con atención, con demasiada atención, antes de asentir.

—Claro.

Honey se acercó por la izquierda con la mano llena de billetes de veinte dólares.

—Yo también me apunto.

—Bien. —Abby se metió el efectivo y el cheque en el bolsillo delantero de la chaqueta—. ¿Me encargo yo esta noche de preparar la cena para las tres?

—No hace falta —respondió Roxy justo cuando Honey contestaba:

—Yo me encargo de la ensalada.

Roxy se fue hacia la puerta negando con la cabeza.

—Os veo luego, chicas. No me esperéis levantadas.

Cuando cerró la puerta, se quedó un momento en el silencio del pasillo antes de sacarse el teléfono móvil del bolsillo lateral de la mochila. Maldijo entre dientes y marcó el número que tenía anotado en el papel, el que estaba justo debajo de las cantidades que cobraría por el estriptis. No tenía ninguna otra forma de conseguir doscientos dólares antes de que Abby fuera a cobrar el cheque. Suponía que podría encontrar algún trabajo de camarera, pero ya sabía, por experiencia, que los restaurantes solían pedir a sus empleados nuevos que pasaran por un periodo de formación sin cobrar antes de dejar que se llevaran las propinas. Y ella nunca había trabajado de camarera. No, ese era el único recurso del que disponía en tan poco tiempo.

Al final tendría que utilizar la propina de veinte dólares que le había dado Louis McNally Segundo para pagarse una depilación barata con cera.

4

Louis dio unos golpecitos rápidos sobre el escritorio con el lápiz. Debería estar trabajando. Tenía un montón de informes legales encima de la mesa que lo llamaban por su nombre, se burlaban de él, lo acusaban de holgazán. Por desgracia, él solo tenía ojos para el reloj digital que había en la pantalla del ordenador. Las seis y diez de la mañana. Si hubiera podido apostar a que la chica conejo era de las que llegan tarde, lo habría hecho sin dudar. Parecía la clase de chica a la que le gustaba hacer sufrir a un hombre antes de honrarlo con su presencia. Y seguro que era porque se estaba retocando el brillo de labios y había perdido el tren. Cada minuto que pasaba era una tortura. Un retraso de la explosión inevitable que ocurriría cuando entrara en su despacho vestida de Estatua de la Libertad, y se diera cuenta de que había sido él quien la había contratado para cantar *New York, New York* con alegría y a primera hora de la mañana de un lunes.

En su humilde defensa tenía que decir que no había tenido elección. El imbécil engreído que había contestado al teléfono en Singaholix Anonymus se había negado a facilitarle los datos para contactar con ella directamente. Ni siquiera quiso decirle a Louis cómo se llamaba. El tipo se limitó a decir:

—Solo hay una forma segura de volver a verla, ¿verdad, colega?

A pesar de ser consciente de que haciendo aquello estaba acabando casi por completo con las probabilidades que tenía con la chica conejo, Louis acabó recitando los números de su tarjeta de crédito por teléfono, y le dio un nombre falso para que ella no pasara completamente de él. Y eso había ocurrido justo después de que llamara a Zoe, su último rollo, para que le diera el número de la agencia, cosa que le proporcionó un grito de indignación y un buen dolor de oído.

Sí, así de desesperado estaba por volver a ver a la chica conejo. Estaba tan desesperado como para arriesgarse a que le arrancaran las pelotas antes de comerse el sándwich de manteca de cacahuete y plátano que se había comprado para comer. Pero el fin de semana no le había ayudado a quitársela de la cabeza. En realidad todavía tenía más ganas de verla. Había tenido un momento de debilidad mientras se duchaba aquella mañana, cuando se planteó recrear el beso con el reverso de la mano. Le había faltado muy poquito.

Se recostó en la silla y echó un rápido vistazo por su despacho abarrotado. ¿Qué pensaría de él cuando entrara allí? A la mayoría de chicas les impresionaba su título de abogacía y que se hubiera ganado un puesto en el prestigioso bufete Winston y Doubleday con tan solo veintiséis años. Normalmente no mencionaba que su padre llevaba jugando al golf con Doubleday desde finales de los ochenta. Sí, su jefe lo había visto en pañales. ¿Cuántas personas podían decir eso? Por suerte, Doubleday se había retirado a una mansión de Palm Beach con su exsecretaria, y eso significaba que él no tenía que entrar en el despacho con una bolsa de papel en la cabeza cada mañana.

Si no le hubiera fascinado tanto el derecho no habría dejado que su padre le consiguiera el trabajo. Pero la verdad era que le apasionaba el laberinto del sistema judicial. Había querido ser abogado desde que emitieron un programa de televisión en el año 2001 en el que los padres llevaban a sus hijas al trabajo. La protagonista era su hermana, pero a él también lo llevaron como entretenimiento. La verdad era que su padre los había dejado en la sala de juntas bajo la supervisión de una residente mientras él iba a hacer algo importante. La residente se acabó quedando dormida, y Louis vio cómo su hermana se escapaba. Se metió debajo de la mesa y salió por la puerta. Mientras grababan sus iniciales en la mesa de reuniones con unos abrecartas, él se quedó fascinado por una reunión que se estaba celebrando a dos despachos de allí. Una mujer le había explicado a un hombre trajeado que no le podía pagar sus honorarios por adelantado. El hombre permaneció... inmutable. Frío. Se disculpó diciendo que no podía hacer nada más por ella y la acompañó hasta la puerta. Así que, aunque él siempre había dejado que su padre creyera que se había convertido en abogado para ser como su querido papá, la verdad era que se debía a lo mal que se sintió cuando vio llorar a aquella mujer.

Hizo un trato con su padre con la esperanza de convertirse en la clase de abogado que ayudaba a la gente y no se dedicaba solo a perseguir buenas comisiones: aceptaría el puesto en Winston y Doubleday siempre que su contrato le permitiera trabajar cien horas pro bono durante la duración del acuerdo. Louis era muy consciente de lo rápido que un abogado podía olvidarse de los motivos por los que había empezado a estudiar derecho, había visto cómo le ocurría a su padre. Confiaba en que aquella cláusula que había pedido que incluyeran en su contrato aseguraría que siguiera siendo honrado. Que le recordaría por qué se había matado para conseguir el título.

Por desgracia, esa parte de su contrato ya se había cumplido, mucho antes de lo que creyó posible, y ahora tocaba revisar el trato. Él había pedido que se incluyeran otras cien horas a su nuevo contrato con la empresa, y en ese momento el asunto estaba «bajo supervisión» en espera de la opinión de Doubleday. Y eso lo tenía muy preocupado. Su jefe acostumbraba a tomar decisiones rápidas, normalmente para poder volver cuanto antes al campo de golf. El aplazamiento de la decisión era muy poco habitual, y Louis se había quedado en el limbo. A él le gustaba mucho trabajar para gente sin recursos. En realidad, disfrutaba mucho más que trabajando para los clientes que pagaban. Le resultaba mucho más satisfactorio ayudar a alguien que no disponía de fondos ilimitados para solucionar un problema.

Pero la chica conejo no se enteraría de ninguna de sus buenas intenciones. Ella pensaría que él había contratado sus servicios como si fuera una especie de juego de poder, algo con lo que entretenerse mientras holgazaneaba en su acogedor despacho con aire acondicionado. Calculaba que dispondría de unos tres segundos desde que entrara para convencerla de que no le hiciera una peineta y se volviera a meter en su madriguera. Había sido muy atrevido citarla en su puesto de trabajo, pero la mayoría de sus compañeros pasaban las mañanas de los lunes en los juzgados o en reuniones con los clientes, y había decidido arriesgarse. Estaba convencido de que ella no volvería a su apartamento, así que no había tenido otra opción.

Cuando oyó el sonido inconfundible de unos tacones repicando en el pasillo de camino a su despacho, Louis se levantó y abandonó el lápiz encima de la mesa, que rodó hasta caerse al suelo. Dios, la recepcionista ni siquiera lo había avisado. Debía de estar demasiado ocupada riéndose. De su chica conejo. Ese pensamiento le retorció el estómago. Vaya, aquello no había sido una buena idea. Probablemente fuera la peor idea que había tenido en toda su vida. Si su intención era halagarla, había elegido un comienzo lamentable.

Se abrió la puerta. Se miraron a los ojos durante un breve y fantástico momento. La chica con la que tantos días había estado soñando. La chica que lo había exiliado a la tierra del porno inquietante de Internet. Por un momento vio cómo el dolor le nublaba la expresión.

Ella levantó la barbilla y el dolor se transformó en ira. En cierto modo la admiraba por ello: por la capacidad que tenía de mostrar orgullo a pesar de llevar un brillante disfraz verde de Estatua de la Libertad.

—Eres un baboso hijo de puta, ¿lo sabías? —Sopesó el peso de la antorcha que llevaba en la mano—. Un turista ha intentado hacerse una fotografía conmigo.

Le lanzó la antorcha a la cabeza.

Cuando se agachó debajo de la mesa para evitar el impacto, Louis comprendió el error que había cometido al elegir un disfraz que incluía un accesorio móvil. Eso había sido culpa suya. Entonces, el marco de cristal con su título de derecho que estaba colgado a sus espaldas se hizo añicos y cayó al suelo. Él lo ignoró y corrió hacia la puerta antes de que ella pudiera escapar.

—Escúchame.

Louis decidió arriesgar la vida y la cogió de los hombros para evitar que ella se marchara. Cuando se dio cuenta de que la chica no protestaba como había imaginado que haría, vio que ella lanzaba una mirada reticente en dirección a la recepción, donde ahora podía oír las voces divertidas de sus colegas. Claro. Tenían que elegir precisamente esa mañana para volver pronto al despacho. «Está decidiendo cuál es el menor de sus males. Y yo soy uno de esos males.» En ese momento, Louis se odiaba a sí mismo. Estaba dispuesto a hacer cualquier cosa para arreglar todo aquello.

—Tienes treinta segundos —le dijo al fin.

Suspiró aliviado.

—Gracias. Yo...

Ella se quitó la bata verde y la tiró al suelo. También se quitó la corona de pinchos y, al hacerlo, liberó su melena castaña, que se descolgó por sus hombros desnudos y caracoleó por entre unos generosos pechos presionados contra un top blanco muy ajustado. Su firme estómago asomaba por debajo del dobladillo, justo por encima de sus vaqueros ceñidos. A Louis se le secó la boca. Le rezumaban los pensamientos por las orejas.

—¿Qué estás haciendo? —consiguió preguntarle.

Ella lo miró como si le acabara de salir un tercer ojo.

—No pienso volver a salir ahí disfrazada de estatua. Apuesto a que dejarán de reírse en cuanto vean el culo que me hacen estos vaqueros.

—No. —«No mires. No mires»—. Ya me imagino que no.

—Tienes veinte segundos para explicarme por qué he tenido que subirme al metro vestida como una imbécil.

—Vale. —«Por Dios, tío. Levanta la vista. Céntrate. No es la primera tía buena que ves»—. No tan buena.

—¿Qué?

—¿Lo he dicho en voz alta?

—Quince segundos.

Louis se pasó la mano por el pelo con impaciencia.

—Quería volver a verte, ¿vale? El tipo que contestó cuando llamé no quiso darme tu número, así que esta era la única opción que me quedaba. Ni siquiera sé como te llamas y, la verdad, me tiene muy cabreado. Y el motivo de que esté tan cabreado es que besas como nadie y no puedo pensar en otra cosa—. Aprovechó que ella se había quedado boquiabierta y cerró la puerta del despacho con la esperanza de ganar algunos segundos más—. Si quieres te puedes marchar odiándome, pero necesito saber cómo te llamas para poder buscarte de una forma más normal la próxima vez. Así podré acosarte en los medios sociales. —Dio un paso hacia ella—. Porque te voy a volver a besar. Tengo que hacerlo.

Ella le apoyó una mano en el pecho y detuvo sus pasos. Por primera vez desde que había llegado a aquel despacho no parecía que estuviera a punto de querer hacerlo picadillo. Sus ojos de color verde ahumado se habían vuelto reflexivos, aunque seguían un poco recelosos.

—Me llamo Roxy —dijo despacio.

«Roxy. Pues claro que se llama Roxy.»

—Ese debe de ser el único nombre que no se me ocurrió. —Se humedeció los labios con la esperanza de degustar parte del olor a cereza que ella emanaba—. Había apostado por Denise.

Ella arrugó la nariz.

—¿Por qué?

Ben y Russell habían decidido que era el nombre más probable para una futura exnovia.

—Te aseguro que no quieres saberlo.

—¿Ah, sí? —Lo empujó hacia atrás—. Mi madre se llama Denise, así que es muy probable que tengas razón.

Si hubiera tenido una trituradora en el despacho, Louis se habría planteado lanzarse dentro de cabeza.

—Dios, no se puede decir que lo esté bordando, ¿no?

Ella no le contestó. Lo esquivó y empezó a merodear en círculos por su despacho.

—Así que abogado, ¿eh? Caray.

—Intenta controlar tu entusiasmo. —Cuando ella se sentó encima de la mesa y se inclinó hacia atrás enseñándole unos centímetros más de la suave piel de su estómago, Louis a duras penas pudo contener la necesidad de recolocarse la erección que estaba creciendo dentro de sus pantalones. ¿Por qué lo excitaba tanto aquella chica?—. Todo el mundo odia a los abogados hasta que necesitan uno.

—¿Por qué me has hecho venir aquí?

Vaya, no perdía el tiempo. Eso le gustaba.

—Quiero salir contigo. Tener una cita.

Ella se rio, pero se controló cuando se dio cuenta de que él no estaba bromeando.

—No eres exactamente mi tipo, Louis McNally Segundo.

Se encogió de hombros, no pensaba tirar la toalla. Esa chica no tenía ni idea de con quién estaba tratando. Cada vez que le dijera que no, solo conseguiría que se sintiera más decidido.

—Concédeme una cita para convencerte de lo contrario. La mayoría de citas salen mal. ¿Qué más da que salgas conmigo o con algún otro capullo al que de repente tengo ganas de matar?

Ella frunció sus labios de chupa-chups.

—Solo a un abogado se le ocurriría un argumento como ese.

—¿Eso es un sí? —Ella seguía dudando, y a él le dio la sensación de que había topado con una chica con fobia al compromiso. Puede que le diera una oportunidad si conseguía transmitirle que no pretendía nada serio. Ya se trabajaría después eso del compromiso. Era muy pronto para pensar a largo plazo, pero se perdonó el desliz. Ninguna de las reacciones que le provocaba aquella chica eran normales—. No te estoy pidiendo que tengamos una relación. Yo tampoco las tengo —le dijo, y no podía ser más cierto. O por lo menos era verdad antes de que ella llamara a su timbre. O, mejor dicho, a su puerta—. Solo una cita.

Ella meció las piernas, que colgaban a unos cuarenta y cinco centímetros del suelo.

—¿Por qué no me compensas por haberme arrastrado hasta aquí vestida de Estatua de la Libertad? Y encima sin haber desayunado.

A Louis le sorprendió darse cuenta de que odiaba pensar que ella estaba sentada ahí muerta de hambre. Antes de que acabara de hablar ya había cruzado el despacho hasta donde tenía colgada la americana. Metió la mano en el bolsillo, sacó el sándwich de manteca de cacahuete y plátano y se lo dejó sobre el regazo. A ella le ocurrió lo mismo que con el discurso que le había soltado para evitar que se marchara: parecía sorprendida por ese gesto tan amable. A Louis le dieron ganas de enterrarla en una avalancha de sándwiches.

Observó cómo desenvolvía el papel de aluminio con unos dedos delicados coronados por unas uñas con el esmalte descascarillado.

—Vale, es un buen comienzo.

—¿Y ahora qué?

—Explícame algo embarazoso que te haya ocurrido y santas pascuas. Es la única forma de que estemos en paz.

Louis no pudo reprimir una carcajada.

—¿Qué?

—Nada. Es que... eso de las pascuas me ha hecho pensar en conejos...

Ella se detuvo antes de dar el primer mordisco.

—Así no vas por buen camino.

—Vale. Algo embarazoso. —Louis suspiró, miró al techo y se insultó, mentalmente, de todas las formas que se le ocurrieron. Aquella chica lo descolocaba tanto que ya no sabía ni dónde tenía la mano derecha—. En mi primer año de universidad mi amigo Russell me afeitó las cejas cuando estaba desmayado. Tardaron seis meses en volver a crecer.

—Ooh. —Se estremeció—. ¿Te las maquillaste mientras esperabas a que crecieran?

—Pues claro que no —dijo él poniéndose a la defensiva.

—Pues es una lástima, porque no es lo bastante embarazoso. —Le hizo un gesto con la mano—. Siguiente anécdota, por favor.

Louis reprimió una sonrisa.

—Tengo dos hermanas mayores. Son gemelas y son terroríficas. —Cambió de postura mientras pensaba que esperaba no estar disparándose en el pie con la historia que estaba a punto de contar—. Cuando yo iba a quinto ellas estaban locas por los Backstreet Boys. Pusieron el disco tantas veces que... me empezó a gustar a mí también.

—Caliente, caliente.

—¡Venga ya! Eso es bastante lamentable.

—¿Te acuerdas del turista que se quería hacer una fotografía conmigo? —Esperó a que él asintiera—. Pues me ha sugerido una forma mucho más creativa de utilizar la antorcha.

—Comprendido.

Louis se rebanó los sesos, pero en lo único que podía pensar era en lo preciosa que estaba sentada encima de su escritorio. En las ganas que tenía de colocarse entre sus muslos y robarle ese beso del que tanto había hablado. La agarraría por debajo de las rodillas y la deslizaría hasta el filo de la mesa. Luego se frotaría contra ella hasta que le suplicara que le arrancara los vaqueros y lo hicieran en serio. Y él lo haría. Le daría todo lo que ella le pidiera.

«Se te está poniendo dura. Deja de pensar en eso. Deja de pensar en eso.»

—¿Me estás imaginando desnuda, Louis?

—Sí.

—Hmm. —Se comió el último bocado del sándwich—. Me debes una anécdota realmente embarazosa y no me queda mucho tiempo. Esta tarde tengo una audición.

—¿Una audición?

Ella asintió.

—Puede que te sorprenda, pero no me dedico a esto a tiempo completo.

—Eres actriz.

—Lo intento. —Señaló el disfraz, que seguía en el suelo—. Aunque evidentemente la cosa no me va muy bien. Todavía.

Él tenía más preguntas, pero ella no parecía muy dispuesta a hablar del tema. «Averigua más cosas sobre ella.»

—Está bien. En la ceremonia de graduación del instituto tropecé cuando iba a recoger mi diploma. Me pisé la toga y bueno... —Barrió el aire con la mano—. Me pegué una buena torta.

—Au.

—Aún no he acabado. —Se acercó a ella con toda la sutileza que pudo y se detuvo cuando la vio entornar los ojos—. Cuando me caí me rompí un diente. Me quedé allí sangrando mientras todo el mundo se ponía a buscar el diente que se me había roto para poder llevarme corriendo al dentista. Pero no lo encontraron. —Se dio un golpecito en uno de los incisivos con la punta del dedo—. Este de aquí es falso.

Solo aquella chica parecería tan encantada de oír el relato del peor momento de su vida. La sonrisa que esbozó le provocó una sensación de aleteo dentro del pecho.

—No se nota nada. Parece exactamente igual que el de al lado.

Louis resistió la necesidad de esconder el diente cerrando la boca.

—¿He aprobado?

Roxy tomó un bolígrafo de su mesa y se lo puso entre los labios. Mientras lo miraba con los ojos entornados, lo agarró del brazo y le arremangó la camisa. Cuando las yemas de los dedos de esa chica entraron en contacto con la sensible piel que se extendía por debajo de su brazo, ya no pudo seguir reprimiéndose. De repente le apretaban tanto los pantalones que tuvo que esforzarse para respirar con normalidad. Ella también lo sabía. Louis se dio cuenta por la forma en que se le curvaron los labios alrededor del bolígrafo. Tortura, perfección. Si aquella chica podía ponérsela dura con solo tocarle el brazo, tenía muchos más problemas de los que pensaba.

Después de arremangarle la camisa, se sacó el bolígrafo de la boca y empezó a escribirle en la piel.

—Está bien, Louis McNally Segundo. Ya tienes mi número. No la cagues.

—Gracias. —Se arriesgó, apoyó la mano en el escritorio y se inclinó hacia delante—. Pero quiero salir contigo. Quiero verte cuando esté hablando contigo. Si es por la pantalla del iPhone no me sirve.

Todo lo que había ocurrido aquella mañana había valido la pena solo para ver que a ella le afectaba su cercanía.

—Soy una chica ocupada.

—Pues busca tiempo.

A ella se le dilataron un poco las pupilas y él se dio cuenta de que le había gustado su comentario. Le gustaba que le dieran órdenes, aunque Louis imaginaba que antes preferiría comer clavos que admitirlo. Se guardó ese descubrimiento para utilizarlo en otro momento.

—No estaré libre hasta el sábado.

La ventaja de ser abogado era que enseguida se daba cuenta de cuándo le estaban mintiendo. Por un momento se planteó desenmascararla, pero luego decidió dejar que se hiciera la interesante. Siempre y cuando acabara consiguiéndola.

—Pues el sábado.

Se sacó el móvil del bolsillo y marcó el número que tenía apuntado en el brazo: no pensaba arriesgarse a que le hubiera dado un número falso. Ella se rio entre dientes cuando se dio cuenta de lo que estaba haciendo. En cuanto sonó su tono de llamada —el Money Maker de the Black Keyes—, Louis se dio cuenta de que se le escapaba una estúpida sonrisa y no pudo hacer nada para evitarlo.

Cuando Roxy se bajó de la mesa lo rozó con el cuerpo. Lo justo como para conseguir que tuviera que irse a su casa al mediodía para rebajar la tensión. En solitario. Louis la observó paralizado mientras ella le agarraba el móvil y ponía la cámara en marcha. Se hizo una fotografía y le devolvió el teléfono.

—Toma. Ahora ya me puedes mirar cuando hablemos.

—Estás intentando volverme loco, ¿verdad?

Ella le guiñó el ojo mientras se agachaba para recuperar el disfraz.

—Ya lo creo.

Dios. A él le iban más las tetas. Pero con Roxy no sabía dónde mirar. «Me estoy metiendo en un buen lío.» La acompañó hasta la puerta.

—Buena suerte con la audición.

—Gracias. —Se dio media vuelta antes de marcharse—. Tú no eres el único que ha estado pensando en ese beso, ¿sabes?

Louis reprimió un rugido.

—Pues aquí me tienes preciosa. Ven a por más.

El color verde de sus ojos volvió a desaparecer un momento.

—Creo que ya sabes que te haré sudar más para conseguirlo.

—Eso espero.

Se puso derecha y se encaminó hacia la recepción.

—Adiós, Louis.

—Adiós, Roxy.

Esperó hasta que oyó cómo se cerraba la puerta principal antes de volver al trabajo. Nadie se rio. Especialmente él, gracias a su nuevo puesto como alcalde de Villaerección.

5

Roxy se quedó mirando perpleja al estudiante de cine de dieciocho años.

—¿Me has llamado para que vuelva a leer el papel de *Lassie*? O sea, el del perro.

—Estuviste estupenda en la primera audición. —Consultó su portapapeles mientras las gafas de culo de botella le resbalaban por el puente de la nariz—. En realidad lo hiciste tan bien que hemos pensado que podrías encajar en el papel.

—¿Podría? —Debía de estar durmiendo y estaba soñando todo aquello. O había caído en un torbellino que la había transportado a un mundo paranormal al salir del tren. Un mundo donde chavales recién salidos de la pubertad tenían más éxito profesional que ella. Si aquel chico no pareciera tan serio, le podría haber partido la cara—. Ashton. ¿Puedo llamarte Ashton? —Cuando él asintió ella esbozó la mejor de sus sonrisas—. Me he perdido. *Lassie* no tiene texto. Es un puto perro.

—Pero se comunica con la mirada.

—Vale. —Roxy soltó una pequeña carcajada histérica y un ataque de vergüenza espantosa rompió por fin sus defensas internas. Aquello era el colmo. Odiaba a esos niños por hacerla sentir tan estúpida, así que intentó evitar su mirada a pesar de estar convencida de que se le habían incendiado las mejillas—. Deja que te pregunte una cosa. ¿Qué pone en ese portapapeles? ¿Pone algo? O solo es la nota que tu madre te ha metido en la fiambrera de la comida esta mañana?

El chico se ruborizó, aunque tampoco es que se le viera mucho la cara, porque la tenía oculta bajo algunos parches de barba desigual.

—Tenemos prácticamente la misma edad. Y en cualquier caso, *Lassie* es un clásico.

Ella se llevó la mano a la boca.

—Oh, Dios mío. Ya ni siquiera sé si te estás riendo de mí. He perdido la capacidad de ironizar.

—Yo también —susurró—. No se lo digas a nadie, pero yo no he visto *Lassie*.

—Necesitas que te desprogramen. —Agarró el bolso del escenario y se dio media vuelta lanzando sendas miradas a otros dos estudiantes de cine que iban vestidos de poetas de la generación beat—. Todos vosotros. Volved a casa de vuestros padres y empezad desde el principio. Antes de que os asfixiéis con esas bufandas de verano.

Ashton le dio un golpecito en el hombro.

—¿Esto significa que no quieres ser *Lassie*?

—Sí, imbécil. Sí.

El chaval frunció el ceño.

—¿Sí que quieres? ¿O sí, que no quieres?

—Oh, Dios. ¿Dónde está el bar más cercano?

La pregunta, que no le dirigió a nadie en particular, resonó en el escenario mientras se marchaba furiosa hacia la salida. Aquella mañana, de un miércoles cualquiera, había comenzado de una forma bastante decente. Se había despertado en su futón de Chelsea: olía a beicon. ¡A beicon! Prácticamente salió flotando de la habitación siguiendo el aroma hasta la cocina, donde se había encontrado con Honey, ataviada con un delantal y cocinando gachas con queso y beicon. La sonriente sureña no se molestó ni en preguntarle, sirvió una buena ración de comida en un plato y la deslizó por encima del mostrador hasta ella. Roxy había acudido a aquella audición con la tripa llena y una actitud positiva, cosa que hacía meses que no le ocurría.

La habían vuelto a llamar para interpretar a un border collie. Por lo visto ahora las humillaciones también formaban parte de sus actividades diarias. Desde que había abandonado el programa de actores de la Universidad Rutgers para ir en busca de una carrera de verdad en lugar de actuar en un teatro medio vacío de Jersey, nunca había caído tan bajo como aquella mañana. Y era mucho decir, porque una vez había optado a un papel para un anuncio de crema para hongos vaginales. Y lo que era peor todavía, aquella noche era su primera —y con suerte, última—, incursión en el mundo del estriptis. Aquella mañana Abby la paró cuando iba a salir de casa. Su nueva compañera de piso la había informado de que pensaba cobrar el cheque al día siguiente. Roxy solo tenía la mitad de la cantidad necesaria en la cuenta. No la habían vuelto a llamar para cantar más telegramas desde que había visto a Louis el lunes, y le quedaban muy pocas opciones. O hacía lo del estriptis o perdía el apartamento. Perdía el beicon. Perdía las gachas con queso. Perdía una seguridad que no había sentido nunca.

Así que dentro de ocho horas se estaría desnudando en una habitación llena de desconocidos. Su jefe de Singaholix le había asegurado que aquella despedida de soltero sería tranquila. El novio no quería ninguna estriper ni que le montaran nada muy sonado, pero el padrino y el organizador lo habían convencido para que les dejara contratar un espectáculo de diez minutos. Es decir, a ella. Vestida de animadora.

Se estaba esforzando todo lo que podía para llevarlo bien, pero estaba un poco asustada. Ella no solía asustarse, y no le gustaba tener esa sensación dándole vueltas en el estómago como una batidora. No, aquella sería una buena experiencia, la clase de práctica que podría utilizar para futuros papeles. ¿No fue Marisa Tomei quien hizo de estriper en una película? Y Jennifer Aniston también. Podía hacerlo. Pasar diez minutos quitándose ropa no podía ser peor que disfrazarse de perro y tratar de transmitir pensamientos caninos con la mirada. Aquellos hombres no serían más que un público lleno de espectadores sin rostro. Nada más.

De repente le vino a la cabeza la posibilidad de que sus padres lo averiguaran. No tendrían la típica reacción parental: horror, negación. No, ellos probablemente se alegraran. «Cómo caen los poderosos.» Su sueño de ser actriz hecho trizas; sus padres siempre lo habían visto como algo negativo. Y eso cuando se molestaban en decir algo. No se lo habían dicho exactamente, pero ella siempre había pensado que su incapacidad para conformarse... les ofendía. Y, como consecuencia, tenía la sensación de que, de alguna forma, ellos esperaban que no lo consiguiera. Esperaban que volviera arrastrándose a su casa y les suplicara para que le devolvieran su antigua habitación y algún contacto para trabajar en el supermercado del barrio.

Cuando se desplomó contra la pared del exterior del edificio, el peso de aquellos oscuros pensamientos la hizo desear no haber dejado de fumar. Oyó cómo le entraba un mensaje en el teléfono, que aguardaba en el interior de su bolso. No conocía el número, pero supo de quién se trataba por el texto.

«¿Lo del sábado sigue en pie? Estoy empezando a hablar con tu *selfie*.»

Increíble. La había hecho sonreír. Después de que la volvieran a llamar para hacer de *Lassie*. Se apresuró a guardar el número con su nombre —Louis McNally Segundo—, y le contestó:

«¿Y te responde?»
«Me dice que quiere cambiar la cita a esta noche, y que Louis parece solo.»

Era muy tentador, especialmente después de que su nube de despropósitos hubiera descargado sobre ella esa mañana. Había pensado mucho en él desde el lunes. Mucho. Era extraño, aunque solo se habían visto dos veces, se había sorprendido porque... lo añoraba. Sacudió la cabeza tratando de olvidar todas aquellas tonterías y puso rumbo a Chelsea. Ese Collie necesitaba reagruparse.

«Tengo planes.»

«Yo también. Pero tienen que ver con la idea de que estemos en la misma habitación.»

«¿Ya estás imaginándome desnuda otra vez, Louis?»

«Me estoy enganchando. Ven a comer conmigo.»

«No. ¿Siempre te llevas la comida al trabajo?»

«Casi siempre. Hoy he comprado pizza fría. ¿Estás celosa?»

«Ten cuidado. ¿Te acuerdas de lo que pasó la última vez que me acusaste de estar celosa?»

«¿Por qué crees que te lo he preguntado?»

«¿Adónde piensas llevarme el sábado?»

«No seas entrometida. ¿Cómo te ha ido la audición?»

«Si conoces a alguien que necesite que le canten un telegrama, dales mi número.»

«Lo siento, preciosa. Ellos se lo pierden.»

Roxy sintió una oleada de calor en la garganta y se llevó una mano al cuello al tiempo que se quedaba parada en la acera. Vaya, se estaba metiendo en un buen lío. Era una lástima que quisiera boicotear la situación ella misma. Pero tenía que andarse con ojo con Louis. Ese chico ni siquiera recordaba el nombre de la chica con la que se había enrollado. Por lo que sabía de él, pensaba que ella podía ser una de las muchas chicas que estuvieran leyendo sus dulces mensajes en ese momento. No era la primera vez que le ocurría. Había salido con compañeros de la universidad, con otros actores. Todos empezaban prometiéndole una eternidad de rosas y felicidad. Y en cuanto conseguían lo que querían, era como apagar un interruptor que los transformaba y pasaban de ser encantadores a perder todo el interés. De enamorados a... fugitivos. Escapaban lo más rápido que podían.

La experiencia le decía que los chicos siempre estaban pensando en la siguiente.

Su madre nunca se mostró precisamente inclinada a darle consejos útiles sobre chicos. Una vez, después de tomarse unas cuantas Budweisers de más, le dijo que las chicas como ellas se «conformaban». Ellas no esperaban que apareciera algún caballero de brillante armadura que las rescatara y se las llevara de allí en su corcel. En ese momento Roxy no supo qué pensar de lo que le había dicho, pero ahora, y con cierta perspectiva, se preguntaba si su madre solo quería que ella encajara en un patrón. Si conseguía que le fuera bien en la vida o encontraba un hombre decente, puede que eso le recordara a su madre que ella solo se había casado porque había tenido la mala suerte de haberse quedado embarazada de su primera y última hija. Una hija que tenía la osadía de querer más. De ser más.

«Nunca me quisieron.»

Roxy olvidó sus pensamientos oscuros y miró el teléfono. Volvió a leer el mensaje de Louis. Como nunca había tenido ninguna directriz de sus padres, había aprendido de la forma más dura, durante sus años de instituto y en la universidad, que los hombres solo quieren una cosa: sexo. Siempre que se recordara lo más a menudo posible que Louis no sería distinto a los demás, podría disfrutar de él mientras... durara aquello...

«¿Estás ahí?»
«Nos vemos el sábado xo.»

Louis se tiró del cuello de la camisa; preferiría no estar en la despedida de soltero de su futuro cuñado Fletcher. Aquello era un infierno para cualquier hombre. No es que no le gustaran las despedidas de soltero, las disfrutaba tanto como cualquiera: cerveza, hacer el tonto... admirar un buen par de tetas de vez en cuando. Pero no tenía ningún interés especial en ver cómo Fletcher se emborrachaba por última vez antes de perder su libertad. En especial cuando la bola y la cadena a la que sus amigos no paraban de referirse, era su hermana. Estaba convencido de que su hermana acabaría por volverlo loco, pero seguía teniendo un gran sentimiento de lealtad fraternal.

Por décima vez en menos de una hora, se sacó el móvil del bolsillo muerto de ganas de mandarle un mensaje a Roxy. ¿Estaría ocupada de verdad? Puede que la hubiera malinterpretado y no era su intención hacerse la difícil. Pero a medida que avanzaba la semana, cada vez era más evidente que era una chica difícil. Y aquello no era ningún juego. A él le parecía que faltaba mucho para el sábado. Quería verle la cara y hablar con ella. Entenderla. Incluso aunque la falta de interés que demostraba por salir con él fuera tan poco satisfactoria. No le hería el orgullo. De verdad que no.

El trabajo tampoco le había ido exactamente genial ese día. Entre reunión y reunión había llamado a su jefe para que lo pusiera al día sobre el tema de las horas de trabajo pro bono que debía incluir en su contrato. Pero Doubleday todavía no tenía una respuesta, cosa que lo había dejado bastante frustrado. ¿Qué haría si le contestaba que no?

Se acercó a la nevera y sacó una cerveza fría. El plan de aquella noche era reunirse en el apartamento que Fletcher tenía en el Upper West Side antes de salir a cenar. Pero por lo visto, antes, los chicos estaban esperando a que llegara algún entretenimiento de carne y hueso. Fletcher había protestado mucho al enterarse de que venía una estriper, pero él lo había pillado mirando hacia la puerta en más de una ocasión. Louis no podía evitar pensar que había protestado para que él lo viera, por si acaso su hermana se llegaba a enterar algún día de lo que iba a pasar aquella noche. Sí, claro. Como si le fuera a contar que su prometido tuvo a una chica desnuda bailándole sobre el regazo. Conociendo a su hermana ya sabía que su reacción anticiparía la llegada del apocalipsis.

Cuando sonó el timbre de la puerta se oyó un coro de vítores medio borrachos procedentes del salón que daban a entender que alguien había llegado al piso de abajo. Louis se apoyó en el mostrador de la cocina y le dio un trago a la cerveza. Él pensaba quedarse allí mismo, gracias. Lo que no viera quizá al final salvara su vida y la de Fletcher si alguna vez acababa en algún interrogatorio. ¿Qué estriper? Yo no vi a ninguna estriper. Otra de las cosas que había aprendido ejerciendo de abogado, era que uno debía asegurarse de que podía decir la verdad y ser sincero.

Oyó cómo se abría y se cerraba la puerta del apartamento y la silenciosa expectativa de los hombres que jaleaban hacía solo unos segundos resultó casi cómica. Entonces oyó la voz ronca que se había estado colando en sus fantasías.

—Me han dicho que hay un exquarterback por aquí. ¿Creéis que podría necesitar una animadora?

A Louis se le cayó la cerveza y lo salpicó todo, pero casi ni lo vio. «No. Ni de coña.» Se despegó del mostrador de la cocina y salió corriendo hacia el salón con un nudo en la garganta. Se sentía torpe y descompuesto, todo a la vez; el terror lo estaba envolviendo como una manta. Justo antes de que llegara al salón empezó a sonar una música lenta.

Roxy. Su chica conejo. Vestida de animadora. Balanceaba las caderas y se agarraba del pelo mientras movía la cabeza de forma sexy. No pudo evitar pensar en lo provocativa que estaba con aquella falda tan corta que dejaba entrever la parte superior de unos muslos bien torneados. Era una falda de cintura baja y se le veía la tripa. Su cuerpo reaccionó contra su voluntad. De una forma rápida y dolorosa. Probablemente igual que le había ocurrido a todos y cada uno de los capullos que había en la habitación. Ella sonreía mientras contoneaba el cuerpo y se movía lentamente hacia Fletcher, que la esperaba sentado, pero Louis advirtió la tensión en sus ojos verdes. Las vibraciones a animal atrapado que desprendía eran muy intensas. ¿Cómo era posible que ninguno de aquellos tíos las percibiera?

Louis quería gritar, cabrearse y romper cosas. Y entonces ella lo vio. Y se quedó helada.

Fue el peor momento de su vida. Sin duda. Ni siquiera se podía comparar a haber perdido un diente delante de todos sus compañeros de instituto. Roxy dejó de sonreír y dejó caer los brazos. La expresión de dolor que le nubló el rostro se enterró en el pecho de Louis.

«Cree que he sido yo. Piensa que la he vuelto a contratar. Otra vez.»

—Roxy.

—Eres imbécil.

—Roxy. —Hizo un gesto en dirección al grupo de tíos que la miraban y la tomó de la mano antes de que pudiera volverse hacia la puerta. Tiró de ella hacia su pecho—. Yo no he sido. Yo no lo sabía.

Louis se rebanó los sesos intentando comprender la coincidencia. Él ni siquiera sabía que Roxy fuera estriper, así que le habría sido imposible contratarla para aquello. No resultaba tan fácil hacer razonamientos deductivos cuando estaba más preocupado de evitar que todos aquellos tíos dejaran de mirarla. Y entonces le vino la respuesta a la cabeza: Zoe, la chica con la que se había enrollado, trabajaba con el padrino de Fletcher. Debía de haber compartido los detalles de la agencia con él. «Oh, joder.» Justo después de que él hubiera llamado a Zoe para pedirle el teléfono de la agencia. Para poder ponerse en contacto con Roxy. Eso era lo que le pasaba por hacer algo que ya sabía que saldría mal. Era evidente que Zoe lo había hecho por despecho, y se había vengado mandando a la chica por la que sabía que se había interesado él a hacer un estriptis para los amigos de su cuñado. Y para él. ¿Pretendía avergonzarla a ella? ¿Lograr que él se arrepintiera?

Dejó caer la cabeza sobre el hombro de la chica.

—Maldita sea, Roxy. Lo siento mucho.

Ella se quedó muy quieta y la tensión fue abandonando su cuerpo poco a poco. Louis no comprendía el cambio. En cualquier minuto se daría la vuelta y le soltaría una bofetada, ¿verdad? Había una parte de él que lo estaba esperando. Pero ella se dio media vuelta entre sus brazos con una pequeña sonrisa en los labios. Aunque la expresión no se reflejaba en sus ojos. Los tenía vidriosos, como ausentes. Un poco borrosos.

—Pediste una estriper, Louis, ¿no? —Le dio un empujón y lo hizo retroceder un paso. Se acercó a él y lo volvió a empujar, y él se desplomó sobre una silla vacía muy confundido—. Pues deberías ver cómo hago mi trabajo.

Louis presenció horrorizado cómo los hombres que tenía alrededor se ponían a silbar encantados con la situación. No. No. No podía dejar que ocurriera aquello. No solo porque le mataba la idea de que aquellos hombres la vieran desnuda, sino porque ella no quería hacerlo. Lo percibía. Estaba intentando conservar el orgullo porque pensaba que había sido él quien lo había organizado. Y de un modo enfermizo lo había hecho sin darse cuenta. Cosa que tenía la sensación de que lo perseguiría durante mucho tiempo.

Alguien subió la música hasta que le palpitó en los oídos al ritmo de su presión sanguínea. Porque a pesar de la desastrosa situación, Roxy se estaba acercando a él con una falda plisada minúscula y unas braguitas blancas que asomaban por debajo que le despertaban la conciencia. Sacarla de aquella habitación significaba rechazar un estriptis de la chica con la que llevaba una semana soñando con acostarse. Pero aunque su cerebro solo la veía a ella, no estaban solos en aquel salón. «Despierta, imbécil.»

—No, no pienso dejar que hagas esto. Vas a venir conmigo y dejarás que te lo explique.

—¿Qué hay que explicar, cariño? —Lo agarró de los hombros y se le sentó en el regazo. Luego —oh, Dios santo—, se deslizó por su cuerpo, se posó sobre su pene y se empezó a mover en círculos. «Mierda». Empezó a ver estrellas brillantes por detrás de los ojos. Se puso a sudar y se moría por deslizar las manos por sus muslos, agarrarla del culo y acercarla a él. Ella frunció los labios y le rozó el cuello antes de hablar—. Querías divertirte, y ahora vas a hacerlo. Tú relájate y disfruta del espectáculo.

Levantó la mano para evitar que se quitara la camiseta.

—No. No dejaré que lo hagas. Te sacaré de aquí a rastras si es necesario, pero esto no va a ocurrir.

Ella se soltó y se inclinó hacia delante para susurrarle al oído.

—¿Lo harías con la esperanza de que si me llevas a algún sitio más privado quizá haga algo más que desnudarme por un billete de veinte dólares?

Louis se distrajo un momento y no consiguió evitar que ella se quitara la camiseta. Llevaba un sujetador minúsculo de color negro. Se le transparentaban los pechos: a él se le hizo la boca agua. Y eso significaba que todos los demás también se los estaban viendo. Rugió, se puso de pie y la levantó a ella al mismo tiempo. Roxy se quedó rodeándolo con las piernas mientras él cruzaba el salón lleno de capullos en busca de la habitación más cercana dejando el coro de abucheos a su espalda.

En cuanto Louis cerró la puerta, ella empezó a pelear por soltarse. No tenía otra alternativa que soltarla, aunque lo que quería era abrazarla y estrecharla entre sus brazos. Pero tendría que conformarse bloqueando la puerta. Hasta que ella escuchara lo que tenía que decirle.

—Apártate —le ordenó apretando los dientes.

—No —le contestó negando con la cabeza.

A ella se le hinchó el pecho.

—¿Esto es lo que te pone a ti? ¿Te gusta avergonzar a chicas obligándolas a ir disfrazadas por toda la ciudad cada vez que se te antoja? ¿Te gusta fingir que te gustan para luego dejar que descubran que en realidad eres alguna especie de psicópata inframental?

—Yo no sabía que vendrías esta noche. —Alargó la mano en su dirección, pero ella se apartó—. Ni siquiera sabía que eras estriper.

—Y una mierda. Entonces, ¿por qué te estabas disculpando ahí fuera? —Maldijo entre dientes—. ¿Y de qué iba ese mensaje diciendo que querías pasar la cita a hoy? Nunca quisiste salir conmigo. Soy una idiota.

Entonces pareció recordar que no llevaba camiseta y se cubrió los pechos con las manos. De repente parecía tan expuesta, tan frágil. Un estado que Louis jamás había pensado que asociaría con aquella chica. No lo podía soportar ni un segundo más, así que se acercó a ella. Roxy se apartó, pero él siguió acercándose. Tal como imaginaba, ella le plantó las manos en el pecho y lo empujó. Él la abrazó para intentar evitarlo, pero ella siguió empujando. Louis solo podía esperar a que ella parara, cosa que acabó haciendo entre sollozos.

—Yo no soy una estriper. —Su voz sonaba apagada contra su pecho—. Ya sé que no me vas a creer o que te importa un pimiento, pero es verdad. Necesitaba dinero para pagar el alquiler de mi piso nuevo. Es la primera vez que lo hago.

—¿Y por qué piensas que no me lo voy a creer? —le preguntó con la boca pegada a su pelo.

—Porque los mentirosos siempre piensan que los demás también mienten. —Sorbió por la nariz—. ¿La historia del diente era real?

—Me temo que sí. Estás pensando en volver a rompérmelo.

—Con todo lujo de detalles.

—Lo entiendo. —Intentó que ella no notara que estaba inspirando su olor. ¿Y si era la última oportunidad que tenía? El pozo que se había abierto en su estómago bostezó—. Uno de los chicos de la fiesta trabaja con Zoe. Ya sabes, la, eh...

—¿La chica que escribió una oda a tu pene?

—Sí. Esa. —Carraspeó mientras rezaba para que aquella chica no volviera a colarse nunca más en sus conversaciones—. Debió de enfadarse un poco cuando la llamé para pedirle el número de la agencia. Para poder encontrarte.

—No se lo explicaste, ¿no?

—Pues sí. Pensé que lo más adulto era ser sincero. ¿Crees que es lo que haría un mentiroso? —No le contestó. Louis suspiró y su aliento le meció el vello de la sien, cosa que lo dejó fascinado. Quería acariciárselo con los dedos, pero no quería que ella se apartara. Estaba muy a gusto abrazándola—. Fue ella quien le dio el nombre de la agencia a su compañero de trabajo. Yo no tenía ni idea de que ibas a venir. Dios, lo último que quiero es que otros hombres puedan verte desnuda. Ni siquiera he podido verte yo todavía.

Su intento de hacerla reír no funcionó.

—Pues en este momento no tienes ninguna oportunidad, colega.

—Esa parece ser la triste realidad. —Se abandonó al deseo de tocarle el pelo y soltó el aliento despacio cuando descubrió que ella se quedaba donde estaba. Había llegado la hora de dar un paso más—. Supongo que el sábado tendré que volver a convencerte desde el principio.

Ella levantó la cabeza.

—Estás de broma, ¿no?

—Para nada. Ya he hecho las reservas y todo.

Los ojos de Roxy eran dos espejos llenos de confusión.

—Incluso aunque te perdone el tiempo suficiente como para comer contigo en algún restaurante pijo...

—¿Qué? —le preguntó cuando ella se detuvo.

Roxy se separó de él sin dejar de mirarlo fijamente. Se coló un atisbo de inseguridad en su mirada interrogativa antes de que pudiera esconderlo.

—Incluso a pesar de eso, de verdad querrías salir con la chica que... —se pasó una mano por el cuerpo, solo llevaba un sujetador transparente y una falda de animadora. Una imagen que se avergonzaba de estar almacenando en su memoria. La guardaría en una caja de seguridad a la que solo pudiera acceder él y la sellaría con tres cerrojos para que no pudiera escapar. «Presta atención»—, la chica que se presentó en casa de tus amigos con la intención de desnudarse? Me parece que no sales con muchas estripers.

—Pero tú no eres una estriper. Esta era tu primera vez.

—¿Y qué pasa si lo vuelvo a hacer? —Levantó un hombro y lo dejó caer, pero Louis se dio cuenta de que estaba fingiendo relajación—. Entonces, ¿qué?

La verdad era que no le gustaba. No, odiaba la idea de que ella pudiera entrar en una habitación llena de imbéciles con los puños llenos de billetes de un dólar sin tener ni idea de lo alucinante que era aquella chica. Aquellos hombres anónimos eran sus peores enemigos. Lo más importante era que podían ser peligrosos para ella. Cuando Louis se dio cuenta de que estaba apretando los puños y le temblaban las manos, sacó el aire con fuerza por la nariz. Aunque él se sintiera así, había algo que le decía que si se lo confesaba a Roxy, ella se marcharía. Lo vería como algo temporal incluso antes de empezar.

Así que le dio la razón y le mintió.

—Me da igual lo que hagas para ganarte la vida. —La mentira le dejó un sabor amargo en la boca, así que lo suavizó con la verdad—. Quiero salir contigo. Quiero conocerte.

«Mejor de lo que te conoce nadie.»

Ella miró hacia la puerta.

—No puedo volver a salir ahí.

Louis se quitó la camisa, se la puso sobre los hombros y la observó mientras ella abrochaba los botones con los dedos temblorosos.

—¿Ves? Ahora soy yo el que va medio desnudo. Estarán todos demasiado distraídos observando mis músculos como para mirar nada más.

La suave risa de Roxy hizo que su aliento caliente le lamiera el cuello.

—Es la segunda vez que me haces reír hoy en las peores circunstancias.

Vaya, eso lo hizo sentir bien. Muy bien. No se podía sentir mejor.

—Eso ya es algo, ¿no?

Mientras regresaban al salón, a Louis se le empezó a ocurrir un plan. Un mal plan. El plan perfecto. No estaba seguro. Si se ofrecía a prestarle dinero hasta que le fuera un poco mejor, se arriesgaba a que le arrancara la cabeza. Pero haría lo que fuera necesario para evitar que se volviera a poner en peligro. No podía negar tener también razones egoístas, como, por ejemplo, quererla para él solo.

Nadie volvería a hacerla sentir vulnerable.

6

El último año que Roxy fue al instituto, se matriculó tarde a las clases y tuvo que elegir teatro como asignatura optativa. Exteriorizar sentimientos delante de desconocidos le parecía tan agradable como un examen proctológico completo, especialmente cuando era una chica que solía esconderse en la última fila de las clases para dormir y después copiar los apuntes de sus amigas un día antes del examen. Hasta el fatídico día en el que se vio obligada a elegir esa aterradora optativa, lo único que había aprendido en el instituto era a fumar en los lavabos de chicas sin que la pillaran. Ya había visto a los alumnos de teatro por el campus. Comían en el césped que había en la puerta del auditorio dispuestos en círculo, y no dejaban de hacer el ridículo. Se creían que estaban todo el tiempo sobre el escenario. Se tiraban al suelo y se revolcaban presa de dramáticos ataques de risa, iban por ahí haciendo piruetas como si fueran hippies colgados de ácido.

Cuando el profesor de teatro vio la cara que puso de estar en el infierno, la colocó con los encargados del atrezo, lo que a ella le pareció fantástico. Se sentaba al fondo del escenario y pintaba árboles mientras aquellos bichos raros entraban en auténticos estados de euforia leyéndose textos los unos a los otros. Cuando decidieron representar *The Chocolate Affair* en la obra de primavera, a Roxy le resultó indiferente. Lo único que ella quería era que le dieran un pincel y que la dejaran en paz hasta que sonara el timbre. Una tarde se puso un poco chula con ese asunto de saltarse las normas y el profesor de teatro la pilló fumando en los servicios. Su castigo fue asistir a las audiciones que los estudiantes hicieron para los distintos papeles de la obra. Se arrellanó en una silla de la última fila con la intención de pasarse todo el tiempo navegando por Internet con su móvil, pero entonces un monólogo le llamó la atención. Bueno, decir que le llamó la atención sería un eufemismo. El monólogo que recitaba un personaje llamado Beverly la cogió del cuello y la sacudió como si fuera una botella de aliño para ensaladas.

Cuando la chica terminó, no podía estar más sorprendida: estaba llorando. Aquellas palabras —acerca de la monotonía y el odio por uno mismo—, habían despertado algo en su interior. Algo que solía mantener a raya escondido detrás de una pose muy bien estudiada. Algo que hacía ver que no le importaba. No se debía a la falta de interés que sus padres demostraban por su vida. Ni a su propia falta de talento, dirección u objetivo. Ni a su interminable lista de malas relaciones con chicos que le pisoteaban el corazón. No. Aquellas palabras la habían comprendido y ella las había entendido también. Le habían arrebatado el permiso para mostrarse indiferente, porque por fin era consciente de que en el mundo había otras personas que experimentaban exactamente lo mismo. De repente estaba impaciente por tener la oportunidad de expresarse. Y sabía que utilizar las palabras de otras personas le facilitarían la experiencia a alguien como ella, que tenía la madurez emocional de un niño de preescolar.

La tarde siguiente, el profesor de teatro le permitió hacer una audición cuando se hubo marchado todo el mundo; comprendía que ella necesitara ponerse a prueba sin que la viera nadie. ¿Y si fracasaba? ¿Y si los hippies saltarines se reían de ella? Por lo menos, si lo hacía fatal, solo tendría que ignorar a un hombre. Pero ocurrió un milagro y lo hizo bien. Todas las horas que había pasado la noche anterior ensayando el monólogo dieron sus frutos. Por fin era buena en algo.

El profesor ya había elegido a los actores de la obra, pero, para sorpresa de todos los raritos, la nombró suplente de Beverly. Al final, y después de varias semanas de ensayos, Roxy se dio cuenta de que los raritos eran bastante divertidos. Vivían la vida como si no los estuviera viendo nadie, pero también como si todo el mundo estuviera pendiente de ellos. Vivían pensando en cómo serían sus vidas después del instituto.

Su oportunidad llegó cuando llevaban una semana representando la obra. La actriz principal se rompió la pierna montando a caballo y ella la sustituyó. El primer día, cuando estaba sobre el escenario esperando a que se encendieran las luces, pensó en salir corriendo. Quería huir y no regresar nunca más. El público se pondría furioso, pero a quién le importaba eso cuando toda su rabia quería salirle disparada por la garganta. Y entonces pensó en Marisa Tomei. Marisa no le aguantaba tonterías a nadie. Era una chica dura de Brooklyn que se adueñaba de la pantalla cada vez que aparecía en escena. Ese fue el empujón que necesitaba para salir a escena, y en cuanto lo hizo se convirtió en el personaje, en Beverly. La obra pasó en un abrir y cerrar de ojos, tuvo la sensación de que la hubieran representado en solo un minuto. Y quería volver a hacerlo. Una y otra vez. Estaba como enganchada.

En ese momento, cuando regresaba al salón, a una habitación llena de hombres a los que había decepcionado porque no se había desnudado para que ellos pudieran divertirse, volvió a pensar en Marisa. Louis la estaba rodeando con el brazo, pero eso era un apoyo y una confusión al mismo tiempo. Tenía que enfrentarse a aquello ella sola y salir de allí con la cabeza bien alta. Si no, esa situación se convertiría en una pesadilla recurrente que se reproduciría una y otra vez siempre que cerrara los ojos. No pensaba dejar que aquellos imbéciles se sintieran mal por ella ni que pudieran hacerla sentir mal. Si se lo proponía se podía hacer con el control de aquella situación y olvidarla como si nunca hubiera ocurrido.

Entonces observó al grupo de hombres, que guardaron silencio en cuanto la vieron aparecer. No le sorprendía que el novio para el que tenía que desnudarse pareciera bastante decepcionado. Como si hubiera pagado por un espectáculo y no hubiera visto nada. Y eso le dio una idea.

Se deshizo del brazo de Louis. Él forcejeó un poco, pero al final la soltó, aunque por cómo miraba a los demás con el ceño fruncido, lo que quería era sacarla de allí debajo de una manta.

—Escuchad, chicos. Quiero pediros disculpas. Soy la peor estriper del mundo, ¿no? No hace falta que me recomendéis a vuestros amigos. —Todos se rieron incómodos. «Respira hondo. Ya lo tienes.» Miró al novio a los ojos y no cedió a las ganas que tenía de apartar la mirada—. Supongo que debería felicitarte por tu boda. Está claro que es una chica afortunada.

Él se acabó la cerveza y se atragantó un poco con el último trago.

—Gracias.

—Mirad, es evidente que no me he ganado el sueldo esta noche, pero espero que me dejéis que os lo compense con un poco más de ropa. —Notaba el calor del cuerpo de Louis a su espalda, y eso le dio un empujón cargado de confianza—. ¿Cuál es tu película preferida?

El novio bajó la mirada al oír la pregunta, pero al final respondió.

—No lo sé. Supongo que *Wall Street*.

Qué sorpresa. Debía de haberlo imaginado a juzgar por la gran cantidad de trajes caros que había en aquella habitación.

—¿Por qué no fingimos que tu película preferida es, no sé, *Pulp Fiction*? A todos los hombres les gusta Quentin Tarantino, ¿no?

—Buenísima —opinó alguien.

Unos cuantos tipos trajeados asintieron.

—Está bien —accedió el novio encogiéndose de hombros.

Roxy ocultó el alivio que sentía. Se apoyó en el hombro de Louis para no perder el equilibrio y se subió a la otomana que estaba pegada al sofá, convencida de que la larga camisa que llevaba le tapaba casi todos los muslos. Inspiró hondo por la nariz, le dio las gracias a Marisa una vez más por su ayuda, y luego pensó en Samuel L. Jackson. Entonces recitó el famoso monólogo que el actor representaba en *Pulp Fiction* para aquella sala llena de tíos medio borrachos que la miraban alucinados. Ese en el que cita el pasaje bíblico de Ezequiel 25:17 justo antes de explicar que su nueve milímetros es el pastor que protege su recto culo en el valle de la oscuridad. Era un monólogo alucinante. Era el mismo texto que había utilizado para conseguir el anuncio de SunChips hacía dos años. Los productores no se lo esperaban. Y ella se arriesgó. Y, sin embargo, tuvo la sensación de estar siendo fiel a sí misma mientras lo representaba. Como si en el fondo estuviera destinada a ser una mafiosa en lugar de una aspirante a actriz. La hacía sentir invencible. Y esa era la clase de emoción que necesitaba en ese momento.

Cuando iba por la mitad, se hizo con el control de la situación. No solo se sabía las palabras de memoria, sino que también consiguió que aquellos hombres le prestaran toda su atención. Ella ya sabía que probablemente solo se estuvieran divirtiendo, que quizá estuvieran un poco impresionados de que hubiera memorizado aquel discurso profano sobre la violencia, pero decidió que, por su propia satisfacción, se tomaría sus asentimientos sonrientes como una señal de respeto. Lo que fuera con tal de poder salir de allí con esa parte de ella misma que había dejado en la puerta. Cuando estaba llegando al final, cometió el error de mirar a Louis. Estaba allí plantado, sin camisa, guapísimo, y el orgullo que irradiaba estuvo a punto de hacer que perdiera el texto, pero siguió adelante y acabó haciendo una floritura con la mano.

Hizo una reverencia exagerada mientras la aplaudían y luego Louis la bajó de la otomana y la dejó en el suelo. Pero no la soltó: la arrastró hacia la puerta agarrándola de la mano con fuerza. Luego recogió su bolso y la gabardina del suelo, donde ella los había tirado al entrar, y se los dio antes de sacarla al pasillo.

La agarró de las mejillas y le levantó la cabeza.

—Oye. Eres completamente alucinante, ¿lo sabías?

—¿Sí? A veces no lo tengo muy claro —le contestó, sorprendida de su arranque de sinceridad.

A Roxy le parecía una locura que personas a las que conocía muy bien fueran incapaces de sacarle una reacción sincera, y ese chico, que seguro la haría sufrir, lo consiguiera con absoluta facilidad. No quería pensar mucho en ello, así que hizo lo que estaba acostumbrada a hacer en esos casos. Lo ignoró. Entonces, empezó a desabrocharse la camisa de Louis con mucha seguridad. Todavía la llevaba puesta. Quería devolvérsela para que no tuviera que pasarse toda la noche paseándose por ahí con el pecho desnudo, incluso aunque la población femenina de Manhattan fuera a enloquecer al ver sus abdominales accesibles. Dios, qué guapo era. Pero se reprimió mentalmente: no tendría que estar pensando en eso en ese momento.

Pero antes de que llegara al segundo botón, él la detuvo sujetándole la muñeca.

—¿Qué estás haciendo?

—Devolverte tu camisa.

Él negó con la cabeza con energía.

—Quédatela.

Roxy señaló la gabardina que tenía encima del bolso.

—Tengo mi abrigo. No pasa nada.

—Ya, pero para que podamos completar el intercambio de ropa, tendrás que volver a ponerte ese disfraz de animadora, y no me quiero excitar al verlo.

Ella esbozó media sonrisa.

—No quieres. Pero ¿lo estás?

—Hasta un punto lamentable.

«¿Por qué no me niego a hablar con este tío?» Cualquier otro ser humano que la hubiera visto caer tan bajo no una, sino tres humillantes veces, ya habría desaparecido en los confines más oscuros de su mente, y no volvería a resucitar a menos que bebiera demasiado vino. Hablaba muy en serio cuando lo había acusado de mentiroso en ese dormitorio, pero él había conseguido encontrar la forma de volver a deslizarse bajo su piel. En realidad pensaba que él se había quedado tan sorprendido al verla en la fiesta como ella de verlo a él. Pero ¿por qué? No tenía ni idea. Lo único que sabía era que lo sentía más como un aliado que como un enemigo. Y ayudaba mucho que él hubiera rechazado su baile erótico.

—¿Te gustaría besarme ahora mismo, Louis?

Él le respondió con un rugido que no silenció cuando la besó, solo se intensificó. O quizá fuera su propio rugido, que se unió al de él. Cuando Louis posó los labios sobre los suyos y destruyó todo lo que ella pensaba que sabía sobre el arte del beso, las únicas palabras coherentes que le vinieron a la cabeza fueron «más» y «más cerca». Le separó los labios con la boca y, durante un momento, los dos se limitaron a inhalar el uno pegado a la boca del otro, saboreando el momento. Disfrutando de las ráfagas de sensaciones. Cuando él deslizó la lengua por sus labios y luego se la metió en la boca para enredarla con la suya, ella se tambaleó empujada por una oleada de calor. Entonces le rodeó el cuello con los brazos para no perder el equilibrio y pegó el cuerpo al de él. Cosa que le recordó que no llevaba camisa. Roxy no tuvo más remedio que actuar siguiendo su impulso desesperado, y le arrastró las uñas por el pecho muy despacio, apretó un poco cuando pasó por encima de sus abdominales, y concluyó el paseo justo por encima de la hebilla de su cinturón.

—Por favor, nena. Sigue bajando. —La voz de Louis sonaba como un puñado de gravilla—. Agárramela para que pueda saber por fin lo que es sentir tus manos sobre mi piel.

A Roxy le encantó oír aquello. Le gustó percibir ese hilo de desesperación en su voz. Desesperación por ella. «Fuerza de voluntad, aquí estás sobrando.» Lo besó más despacio para poder mirarlo a los ojos, y dejó resbalar la mano hasta la bragueta abultada de sus pantalones. «Vaya. Es de las que se agarran con las dos manos.» Louis soltó una carcajada dolorida y ella se dio cuenta de que lo había dicho en voz alta.

—Pues adelante, Rox. —Le mordió el labio inferior y lo succionó con los dientes—. Déjame sentir las dos manos.

—Paciencia —murmuró antes de volver a dejarse llevar por el beso.

Cuando ella agarró su longitud con ambas manos, apretó y las deslizó hacia arriba; el rugido de Louis le provocó una oleada de calor que se afincó justo entre sus muslos. Parecía que él había percibido aquella reacción química en ella, porque la cambió de posición y la pegó a la pared. Dejó resbalar las manos por sus muslos con aspereza y la agarró con fuerza.

Ella dejó caer la cabeza hacia atrás y jadeó, cosa que le dio a Louis el espacio que necesitaba para pasear los labios por su cuello. Roxy se perdió en el momento: lo agarró del pelo con ambas manos y arqueó la espalda. Él tenía la respiración cada vez más entrecortada. Le lamió el escote y dejó resbalar la lengua por el valle que se abría entre sus pechos antes de volver a lamer el camino de vuelta hasta su garganta.

Ella soltó un pequeño grito de sorpresa.

—Guau. Eso me gusta.

—Te gustará todo lo que te haga. —Louis le mordió la oreja—. ¿Me dejarás que te enseñe cuánto te va a gustar, Roxy?

—Aún no lo sé. —Le rodeó la cintura con una pierna—. Necesito que me convenzas un poco más, por favor.

Louis la sujetó de la rodilla.

—Te lo advierto, Rox: si me rodeas también con la otra pierna, te llevaré a mi casa, a mi cama, donde te podré follar como es debido. —Flexionó la mano—. Si eso es lo que quieres, adelante. Si no...

—¿No quieres que te rodee con las piernas? —jadeó ella.

Él le rozó los labios con los suyos.

—No podía decirlo en voz alta. Es demasiado triste.

¿Quería irse a casa de Louis? Claro que sí. Con lo excitada que estaba, era probable que incluso dejara que él la cargara sobre su hombro en plan bombero por todo West Broadway. Ese chico irradiaba mucha seguridad. Pero no era la clase de egocentrismo exagerado que había percibido en los chicos que había conocido hasta entonces. No, su seguridad estaba relacionada con la madurez. Era evidente que sabía cómo manejar a una chica, pero no era engreído. Sencillamente, llevaba esa seguridad en sí mismo como si fuera una segunda piel. Quería que vertiera en ella toda esa seguridad. Y supo, por instinto, que estar desnuda y sudada con Louis sería increíble.

Pero después de la noche que había tenido, no quería ningún héroe. Y eso es exactamente en lo que él se convertiría si se la llevaba de allí y le proporcionaba un orgasmo alucinante en la otra punta de la ciudad antes de que pudiera, siquiera, quitarse el uniforme de animadora. No importaba cómo había llegado allí esa noche, él la había salvado de un estriptis, y ahora la estaba haciendo sentir necesitada y deseada. Vale, excitada. Pero ella quería ser su propia heroína aquella noche. Quería marcharse por sus propios medios, quería recordar cómo había vuelto a esa habitación y se había enfrentado a sus miedos. Él podría ser su héroe otra noche. Aquella noche era suya.

«Maldita sea. ¿Tenía que elegir este momento para empezar a tomar buenas decisiones?»

Louis suspiró maldiciendo.

—No te vienes, ¿verdad?

—Me parece que ninguno de nosotros va a venir esta noche.

Roxy ya se estaba arrepintiendo de haber tomado la decisión de marcharse, pero bajó la pierna y se empezó a separar de la atracción magnética que zumbaba entre ellos.

—Oh, no. —Los ojos marrones de Louis se pusieron oscuros—. Antes de que te marches, te daré algo en lo que pensar, preciosa.

A ella se le encogió el estómago.

—¿Es que no lo has hecho ya?

Él soltó una risa áspera.

—Cuando estés en la cama esta noche, quiero que pienses en esto.

Entonces descolgó sus enormes manos por su cintura y la agarró del trasero. Roxy no tuvo tiempo de disfrutar de la punzada de lujuria que sintió en la tripa porque él la agarró con fuerza y tiró de ella hacia arriba hasta ponerla de puntillas.

—¡Oh!

Louis posó la boca sobre sus labios como si quisiera absorber su jadeo de sorpresa.

—La primera vez que te subas encima de mí, te pienso agarrar del culo justo así. Controlaré tus movimientos. Yo decidiré el ritmo: rápido, lento. Todo dependerá de mí y de mi forma de agarrarte.

Oh, Dios. Oh, Dios. La promesa de Louis destilaba lujuria y frenesí. «Respira.»

—Parece un buen plan.

—No es un plan. Es una promesa. —Le lamió los labios y la besó de un modo que prometía... Lo prometía todo. Más.

—Buenas noches, Rox.

Cuando la volvió a dejar de pie, a ella le costó muchísimo separarse de él.

—¿Cuándo hemos empezado a utilizar apodos?

Louis plantó las manos en la pared y agachó la cabeza para apartar la mirada.

—Desde que empezaste a volverme loco. ¿Te parece una buena razón?

Roxy se alegró de no verle la cara. En realidad se alegró de no verse ella tampoco. Si supiera la cara que había puesto, todo habría sido demasiado real. Las palabras de Louis le perforaron el pecho y se sintió incómoda. No le iba a resultar tan fácil como de costumbre tapar el agujero que él había abierto. Entonces se humedeció los labios, que seguían sensibles de los besos de Louis, se desabrochó la camisa con rapidez y se puso el abrigo. Como él seguía sin moverse, le dejó la camisa encima del hombro.

—Oye, ponte esto. Me parece que cuando esos tíos llamaron a mi agencia pidiendo un entretenimiento con desnudo incluido, no estaban pensando en alguien como tú.

Louis se volvió muy despacio hacia ella y se puso la camisa: en sus movimientos se adivinaba control y represión.

—Espero que entiendas que no me ría.

—Si yo me puedo reír, tú también —le dijo ella muy seria.

Él lo pensó un momento y luego asintió con aspereza.

Roxy no podía marcharse sin rebajar la tensión de esa situación tan incómoda. Si lo hacía, no conseguiría volver a tranquilizarse hasta que volviera a verlo. ¿Por qué? ¿Por qué aquel chico le provocaba esas reacciones tan extrañas? Cualquier otro día, y con cualquier otro chico, ya habría pasado de él y se habría ido a comprar un falafel al puesto de comida que había visto en la calle. Se abandonó a la necesidad, se inclinó y le besó la barbilla.

—Nos vemos el sábado, Louis. Piensa en mí.

—Intenta detenerme.

Roxy consiguió reprimir la sonrisa hasta que se cerraron las puertas del ascensor.

7

—¡COME. COME!

Cuando la señora Ravanides le servía una tercera ración de tarta de espinacas en el plato, Louis notó cómo se le encogía el estómago en señal de protesta. Como la mayoría de los chicos de su edad, él engullía como si la comida fuera a desaparecer, pero si tomaba un bocado más de comida griega, le daría algo. Y ya no le importaba que su negativa despertara la ira de la anfitriona, que lo miraba espátula en mano. Quería llegar vivo al sábado.

Cuando pensó en el sábado, recordó a Roxy, sentada sobre su escritorio, y hambrienta porque todavía no había desayunado.

Se maldijo, agarró el tenedor y comió otro bocado.

Roxy. No conseguía retenerla en un mismo sitio durante más de diez minutos y, sin embargo, se había convertido en su mayor distracción. Si su intención era volverlo loco para que la cita fuera más entretenida, estaba funcionando. A ese ritmo, acabaría dispuesto a probar cualquier cosa —desde figuras de animales hechas con globos, hasta una lectura de poesía—, lo que fuera con tal de conseguir que se estuviera quieta durante una hora. Quería mirarla. Quería hacerla reír. Y, por encima de todo, quería llevársela a su casa.

Lo que habían hecho en el rellano del apartamento de su futuro cuñado...; al recordarlo lo asaltó una oleada de necesidad, incluso con dos raciones de spanakopita en el estómago. Una necesidad palpitante, sudorosa e insaciable de tenerla debajo de su cuerpo. Y cuando dos caras ancianas te están mirando desde la otra punta de la mesa mientras comentan lo bien que comes, esa necesidad no es precisamente la emoción que uno prefiere sentir.

Había aceptado la invitación a comer de uno de los clientes a los que asesoraba gratis con la esperanza de poder quitarse de la cabeza a la escurridiza Roxy durante unas cuantas horas. Por no mencionar que la mujer de aquel hombre se había presentado en su despacho y se había negado a aceptar una negativa: prácticamente lo había sacado del despacho arrastrándolo de la corbata. Al principio se divirtió un rato. Se había sentado en el plástico que recubría el sofá de aquella gente, y había contemplado las viejas fotos de sus hijos. Los había escuchado mientras le contaban cómo habían emigrado a América hacía ya treinta años, y que su tienda de comestibles había sido clave en el éxito que habían tenido en la ciudad de Nueva York. Le fascinaba que aquella gente no diera por sentado nada de lo que tenía. Él procedía de un mundo en el que era normal dar por hecho todo lo que uno tenía. Era lo habitual. Probablemente su padre jamás entraría en la tienda de esa gente por miedo a ensuciarse las puntas de los zapatos, pero para ellos, esa tienda era su mundo.

Louis siempre había deseado tener algo como eso. Algo que no pudiera conseguir con facilidad. Algo que requiriera esfuerzo. Cuando uno tiene todo lo que quiere desde tan pequeño —vacaciones de verano, ropa, lecciones de vela—, se perdía el valor de las cosas. ¿Bastaría con el trabajo gratis que estaba haciendo para ganarse todo lo que le habían dado? Eso esperaba. Pero no se podía quitar de encima la sensación de que tenía que hacer algo más.

Y había utilizado a Roxy para bloquear todos esos pensamientos. Pensaba en la mezcla de confianza e inseguridad que transmitía, y en cómo se esforzaba por ocultarla. Recordaba cómo le había mirado con esos brillantes ojos verdes y le había dicho: «Piensa en mí». Ahora todo tenía sentido. Le había maldecido.

Ya imaginaba que la primera chica que consiguiera que él quisiera trabajar así de duro —y «duro» era la palabra clave—, actuaría como si pudiera tomarlo o dejarlo. Aquel era su castigo por no haber mantenido nunca una relación que fuera más allá de su dormitorio. Y como resultado, no sabía cómo hacerlo. Se le daba fatal.

Y a Louis se le daba fatal que se le dieran fatal las cosas.

En consecuencia, llevaba todo el día intentando convencerse de que no quería mantener ninguna relación con Roxy. Ni con ella ni con nadie. Oh, sí, su actitud había sido muy convincente, en especial porque había mirado el móvil para comprobar si tenía algún mensaje de ella, incluso antes de darle forma a ese pensamiento. Y, por supuesto, ella no le había escrito. Patético.

«Bueno, se acabó.» Había aguantado dos días. Miró al señor y la señora Ravanides esbozando su mejor sonrisa y se retiró de la mesa.

—¿Me disculpan un minutos? Solo necesito un poco de aire.

—Claro, claro. —La señora Ravanides se puso formal y le retiró el plato—. Te lo pondré para llevar.

—Si no lo hubiera hecho usted, pensaba hacerlo yo mismo. —Le guiñó el ojo—. Me lo pienso comer mañana.

La mujer se ruborizó.

—Como debe ser. Te pondré un poco más de cordero y pan de pita.

Louis salió al porche delantero y se sentó en el escalón de la entrada. Menos mal que había reservado mesa en un restaurante italiano para la noche siguiente. Si alguna vez volvía a ver otro trozo de queso feta, probablemente saldría corriendo sin dejar de gritar. Se metió la mano en el bolsillo, sacó el teléfono y se detuvo en la fotografía de Roxy. La indignación que sentía por su culpa se redujo, inmediatamente, a un susurro, y lo único que quiso era saber de ella.

«Ayúdame.»

«¿Cuál es el problema, señor?»

Genial. Ya estaba sonriendo. ¿Por qué no podía ser así de fácil todo lo relacionado con ella?

«He comido demasiado. Necesito que alguien me saque rodando de Queens. Una grúa también serviría.»

«¿Qué has comido?»

«Griego.»

«Entonces ha valido la pena.»

«Díselo a la hebilla de mi cinturón.»

Se hizo una larga pausa que lo inquietó. ¿La habría sorprendido haciendo algo? Era viernes por la noche. ¿Habría salido con alguien? Oh, tío. No le gustaba nada imaginársela con otro. En realidad esa idea lo volvía un poco loco. Al instante su teléfono vibró de nuevo.

«Si me acerco tanto a la hebilla de tu cinturón, ¿estás seguro de que lo que quieres es que me ponga a hablar?»

Dios santo. Ese comentario se había adueñado de su frustración sexual y había subido el volumen hasta convertirla en un grito ensordecedor. No tenía que verla en persona para saber que ese comentario tenía toda la intención de desequilibrarlo. Y había funcionado.

«Bien visto. Pero no es justo que me digas eso sin estar presente.»

«¿Ayudaría que te dijera que tengo muchas ganas de verte mañana por la noche?»

Puede que antes de ese último comentario. Pero ahora definitivamente no.

«No. Distráeme.»

«En este momento estoy en una audición para un tinte de pelo. La convocatoria era para chicas de veintipocos con imagen playera y el pelo como despeinado por el viento. Hay una chica que se ha traído el abanico. Y hay otra que ha venido vestida de sirena.»

«No te creo.»

Le llegó una fotografía un minuto después.

«Vale. Te creo.»

Aunque le estuvieran quitando hierro a la situación, saber a lo que ella se tenía que enfrentar cada día justificaba perfectamente la llamada que había hecho la noche anterior. Roxy ya le había demostrado en varias ocasiones el talento que tenía, incluso en la pequeña actuación que había hecho en la despedida de soltero de Fletcher, cuando regresaron al salón al salir de la habitación. Era un apaño muy sencillo. Ella solo necesitaba una oportunidad. Muy pronto ya no tendría que volver a enfrentarse a tanto rechazo. Ya no tendría que desnudarse para mantenerse a flote hasta la siguiente audición que, probablemente, tampoco le saldría bien. Se acabaría eso de vivir al día. De cheque en cheque. Pero ¿ella también lo vería de esa forma?

«Me toca. Deséame suerte.»
«Mándame tu dirección, Rox. Quiero pasar a buscarte mañana por la noche.»

Transcurrió tanto tiempo que Louis pensó que había pasado de él. Que la había presionado demasiado y había ido muy deprisa. La vibración de su teléfono interrumpió la retahíla de tacos cargados de frustración que soltó. Ella le había enviado la dirección, el número del apartamento y todo. Entonces esbozó una lenta sonrisa. Por fin, era un progreso.

—¿Cómo se llama la chica?

Louis se volvió y se encontró con el señor Ravanides, que estaba apoyado en la pared justo detrás de él. Dios. ¿Cuánto tiempo llevaría allí? Esas eran la clase de cosas que ocurrían cuando una chica complicada y preciosa de un metro sesenta y cinco se adueñaba de todos los pensamientos de uno. Que te arriesgas a que un extranjero peludo se te acerque por la espalda y no te des ni cuenta. Y la mirada de complicidad que vio en los ojos del hombre le dejó muy claro que el griego no se tragaría sus mentiras.

—Roxy. Solo Roxy. Ni siquiera sé cómo se apellida.

—¿Ya has ido a conocer a su padre? ¿Le has pedido permiso?

—¿Permiso para qué?

Frunció sus gruesas cejas.

—Para salir con ella.

Louis se rio.

—Ya me está costando lo suficiente conseguir que ella me dé su consentimiento.

—Ah. —El señor Ravanides asintió con sabiduría—. Es una de esas.

—No sé a qué se refiere con eso. —Louis se volvió y se quedó mirando la calle—. Pero supongo que tiene razón. Tiene todas las bases aseguradas.

—Hasta que des el paso —dijo el hombre con seriedad—. No cederá hasta que no le estreches la mano a su padre y lo mires a los ojos.

Louis asintió para tranquilizarlo.

—¿Eso es lo que hizo usted con la señora Ravanides?

—Qué va. Nosotros nos fugamos.

Louis se rio y le dolió la barriga, había comido demasiado, pero no pudo evitar la carcajada. Le caía muy bien aquel hombre. En realidad le tenía cariño a toda la familia. Le gustaba que estuvieran tan unidos. Cuando los veía, deseaba tener lo mismo que ellos. Se preguntó qué clase de relación tendría Roxy con su familia. Dios, no sabía nada sobre ella. Eso cambiaría a partir de mañana. Todo iba a cambiar.

—¿Puedo preguntarle una cosa? —dijo Louis mientras se revolvía incómodo—. Si cuando usted conoció a la señora Ravanides hubiera tenido la forma de facilitarle la vida, ¿lo habría hecho? ¿Aunque eso hubiera significado no decirle la verdad?

—¿Mi abogado me está pidiendo consejo? —Se alejó de la pared y se sentó con él en el último escalón—. No te preocupes. Lo haré gratis.

La carcajada de Louis se convirtió en un rugido cuando la spanakopita utilizó sus arterias como tobogán.

—Gracias.

El señor Ravanides le ofreció un tubo de pastillas de antiácido que llevaba escondido en la mano.

—Siempre les digo a mis hijos que la sinceridad es la mejor alternativa. Siempre. Pero a veces las personas son demasiado orgullosas como para pedir ayuda cuando la necesitan. Y esas personas necesitan un pequeño empujón. —Le dio una palmadita en el hombro—. Sé muy bien la clase de hombre que eres. Si estás ocultando la verdad será por un buen motivo.

Louis se metió la pastilla de antiácido en la boca. Por enésima vez desde la noche anterior, se preguntó si los motivos egoístas que tenía para querer que Roxy ganara un poco de seguridad, sobrepasarían sus buenas intenciones. Pero ya no se podía echar atrás. Ya estaba hecho.

—Esperemos que tenga usted razón.

—No suelo equivocarme. A menos que la discusión sea con la señora Ravanides. —El anciano se levantó—. Venga. Volvamos dentro. Mi mujer ha horneado dos bandejas de baklava y se deben de estar enfriando.

«Dios santo.»

Galletas. El apetecible olor catapultó a Roxy por las escaleras del apartamento. Juró que podía sentir cómo se engordaba un kilo y medio solo de olerlas. Y si Honey tenía algo que ver con eso, estaba convencida de que nunca la contratarían en aquella ciudad. No porque no se pudiera permitir engordar un poco, sino porque se pasaría todo el día comiendo hasta acabar con la cara cubierta de mantequilla y azúcar glas. «¿Qué audición? Por favor, pásame los rollos de canela, tonta.»

Por desgracia, según la religión personal de Roxy, rechazar la comida gratis era un sacrilegio. La comida gratis era una ofrenda digna de valorar y respetar. Había que saborear cada bocado. Había comido demasiados fideos y brioches rancios como para dejar pasar la oportunidad de probar la última creación de su compañera de piso. A ella le había sorprendido un poco la inclinación de Honey por compartir, lo hacía como si fuera algo inevitable. Como tenía ese acento del sur y se pasaba el día en la cocina, le recordaba a esas mujeres de los dibujos animados antiguos que siempre dejaban tartas de manzana en el alféizar de la ventana. Era como una madre.

Se deshizo de esos pensamientos tan extraños. Por lo menos aquella vez había ido preparada con una botella de tequila para contribuir. Honey y Abby parecían decididas a crear alguna clase de ritual para la cena. Por lo visto había dado con un par de seres humanos funcionales. Tendrían que haber avisado de aquel rollo en el anuncio.

Las dos primeras noches se había escabullido a su habitación con un plato sintiéndose como una gorrona. Las había oído hablar de cómo les había ido el día a través de la puerta entreabierta de su dormitorio porque, en contra de su voluntad, la verdad era que quería saber más sobre ellas. Honey volvía a casa de la universidad de Columbia y cocinaba entre clase y clase. Abby había dicho la verdad: no tenía amigas, así que se había enganchado a la amigable e inocente Honey como... bueno, como las moscas a la miel. Pero ¿dónde encajaba ella? Su zona de confort en materia de conversación empezaba y concluía con una salida rápida y una estrategia de huida. Nunca se había imaginado ofreciéndole a nadie un relato pormenorizado de lo que había dado de sí su día.

Y, sin embargo, y por extraño que pudiera parecer, a medida que sus compañeras de piso estrechaban lazos, ella se iba sintiendo cada vez más dejada de lado. Cosa que no tenía ningún sentido, dado que su exilio era autoimpuesto. Y, aun así, ella seguía teniendo esa sensación pegada a la piel. ¿Por qué no se podían ignorar como compañeras de piso neoyorquinas normales y comunicarse a través de una pizarra colgada en la cocina?

Esa noche pretendía seguir con su costumbre de cenar y huir en cuanto terminara, pero por lo menos les llevaba un regalo para aliviar su creciente sentimiento de culpabilidad. Alcohol a cambio de galletas. Le parecía un trato justo. Con suerte la botella mantendría distraídas a sus compañeras de piso el tiempo suficiente como para escabullirse a la seguridad de su habitación. Puede que ella y su casera no fueran amigas del alma, pero por lo menos podía disfrutar de sus vistas. La noche anterior se había sorprendido contemplando la Novena Avenida; le relajaba observar los taxis que aparecían cada vez que el semáforo se ponía verde, y a las personas que salían de sus apartamentos solo para comprar un poco de comida en la tienda de comestibles de la esquina.

Vale, sí, había fingido sentirse fascinada por los hábitos de sus nuevos vecinos de Chelsea, cuando, en realidad, su cabeza estaba en el Lower East Side con cierto abogado de físico imponente. Ya había debatido consigo misma: una parte de ella estaba decidida a mantenerse alejada de él hasta el sábado, pero la otra se moría por subirse a un tren, bajar hasta el centro y llamar a su puerta. Una retahíla de imágenes se habían deslizado por detrás de sus párpados cerrados mientras intentaba dormir. Imágenes en las que veía lo que haría Louis si se la encontraba en su puerta a medianoche y sin poder ocultar los desvergonzados motivos de su visita. ¿Conseguirían llegar al dormitorio o acabaría tumbada sobre el suelo de la entrada? O quizá ella se pusiera encima...

«La primera vez que te pongas encima de mí, te agarraré del culo justo así.»

Le trepó una oleada de calor por el cuello. La noche siguiente parecía estar a diez años de distancia. Inspiró hondo, sacó la llave y abrió la puerta.

—Honey. ¡Ya estoy en casa!

Honey gritó.

Las galletas salieron volando.

Ocurrió a cámara lenta, como si fuera una imagen salida de una pesadilla. Estaba ocurriendo algo terrible, pero Roxy se sintió incapaz de mover los pies. Se quedó en la puerta boquiabierta y completamente inmóvil: absolutamente inútil. Tampoco habría evitado la tragedia, pero si hubiera sido un poco más rápida, quizá podría haber agarrado un par de galletas al vuelo, como si se tratara de un *frisby* delicioso. Pero los pequeños círculos de masa perfecta fueron cayendo al suelo uno a uno, y los sutiles sonidos que hacían al impactar contra el suelo eran una prueba insultante de su naturaleza esponjosa.

Honey se quedó plantada en la cocina con la bandeja del horno en la mano y el aspecto de no creerse lo que había pasado. Abby salió de su habitación y se quedó mirando el desastre un momento antes de encogerse de hombros y marchar en dirección al cuarto de la limpieza. ¿Acaso pretendía barrer las galletas?

—Oh, no, ni se te ocurra. —Ella cerró de un portazo—. Hay que aplicar la regla de los diez segundos.

Se tiró al suelo. Honey soltó la bandeja en el mostrador al mismo tiempo y se puso a cuatro patas junto a ella. Cuando Roxy agarró la primera galleta, se dio cuenta de que no lo había planificado demasiado bien. Las galletas estaban recién salidas del horno y ardían. Y, sin embargo, no pensaba dejar que se echaran a perder. Ni de coña. Agarró la primera víctima desconchada con las manos como si fuera una patata caliente, la fue soplando hasta llegar al mostrador, la soltó y se volvió a agachar para coger otra. Después de hacer algunos viajes, se dio cuenta de que Abby también les estaba ayudando y trasladaba galletas del suelo al mostrador como si fueran soldados heridos en el campo de batalla. Tenían todas tal cara de concentración y preocupación que la superó. La situación era demasiado absurda. Entonces se dejó caer de culo al estilo indio y se empezó a reír.

—¿Qué haces? —le preguntó Honey—. Has sido tú la que ha sacado a relucir la regla de los diez segundos.

Roxy se rio con más ganas.

—Ya lo sé, es que... ¿no podemos dejar atrás ninguna galleta... o las galletas o la muerte?

Estaba divagando, pero Honey pareció comprender la comparación militar. Dejó caer la galleta que llevaba en las manos y se rio entre dientes.

Abby se puso de pie, tomó una manopla del mostrador y, con una elegancia despreocupada, puso a salvo el resto de los tesoros horneados.

—Puede que el otro día me precipitara cuando dije que parecíais bastante normales.

—Pues sí que has tardado en darte cuenta. —Roxy alargó la mano hacia la puerta y sujetó la botella de tequila que había dejado en el suelo para participar en la Operación de Rescate de Galletas—. ¿Os puedo tentar con una copa?

Honey se levantó de un salto.

—Iré a por los vasos.

Abby se sentó junto a Roxy después de hacer unas cuantas maniobras incómodas; parecía que no se hubiera sentado en el suelo ni una sola vez en su vida. Y puede que no lo hubiera hecho.

—Supongo que una copa no me hará daño.

—Eso nunca. —Roxy sujetó uno de los vasos que le ofreció Honey y sirvió. No se sentía tan incómoda como había imaginado. Probablemente fuera porque había conseguido sacar a aquellas chicas de su zona de confort para llevarlas a su terreno: beber tequila en el suelo—. Bueno, ¿qué le pasa al tío del tercero? Cada vez que paso por delante de su puerta carraspea. Y lo hace superfuerte, es como si quisiera que supiera que está espiando por la mirilla.

—Pensaba que solo me pasaba a mí. —Honey dio un buen trago sin pestañear, cosa que la hizo subir unos cuantos peldaños en la escala de Roxy—. ¿Lo has visto alguna vez, Abby?

—No. —Miró la bebida que tenía en la mano con suspicacia—. Solo he visto a una persona desde que vivo aquí. En el primer piso vive un anciano que lleva una gorra de capitán y fuma puros. Siempre me dice que llevo el zapato desabrochado, pero no es cierto. Se cree muy gracioso.

—Deberíamos llevarle galletas sucias —dijo Honey—. No lo sabrá nunca. Pero nosotras sí.

—Qué mala eres.

La rubia se atusó el pelo.

—Eso dicen.

—Bueno. —Abby cambió de postura en el suelo—. ¿Cómo os ha ido la semana?

Roxy le dio un trago al tequila dando por hecho que sus compañeras de piso se adentrarían en su charla habitual y la dejarían al margen. Pero cuando se hizo el silencio, se dio cuenta de que las dos chicas la miraban con expectación. Enseguida le resultó evidente que, últimamente, aquellas chicas hablaban demasiado. Ahora querían saber de su díscola tercera compañera de piso, que había pasado hibernando la primera semana de su vida en común. ¿Acaso había dado pie, sin querer, a que esas chicas pensaran que quería estrechar lazos? Mierda. Sus compañeras de piso sonreían, pero parecían dispuestas a abalanzarse sobre ella de un salto y a esposarla al radiador si intentaba escaquearse. Y, sin embargo, incluso a pesar de lo nerviosa que se estaba poniendo al sentir que era el centro de atención —ella, y no algún personaje que estuviera representando—, sintió una punzada de agradecimiento. No había sentido muchas veces en su vida que alguien se interesara de verdad en lo que tuviera que decir. Que alguien se interesara por ella.

Tenía que tomar una decisión: o bien se decantaba por ser sincera y explicaba los detalles de su semana a la aspirante corporativa y a la alegre erudita, o les mentía y se inventaba algo. Aparte de haberles confesado de un modo un tanto impreciso que era actriz, no sabían nada de ella. De hecho, le resultaría muy fácil mentirles para ganar un poco más de tiempo. Tiempo para convertirse en algo digno de explicar. Pero si hacía eso, ¿tendría que admitir que en ese momento no era nadie?

A la mierda.

Apuró el tequila que le quedaba en el vaso.

—He conocido a un tío.

Honey se iluminó.

—Ooh. Cuéntanos.

—¿A qué se dedica? —preguntó Abby.

—Es abogado. —Carraspeó en el silencio que se hizo—. Me mandaron a su casa para cantarle un telegrama disfrazada de conejita rosa gigante. Nos besamos. Nos hemos mandado mensajes. Luego aparecí en una despedida de soltero a la que él estaba invitado. Había ido a hacer un estriptis. Nos besamos un poco más. Nos enviamos unos cuantos mensajes más. Voy a salir con él mañana por la noche. —Las dos chicas se quedaron en silencio un momento. Honey alargó la mano muy despacio hasta la botella de tequila, y se rellenó el vaso. Roxy vio algo en ese gesto que alivió la presión que sentía en el pecho, pero no desapareció del todo—. Ah, y un par de *hipsters* estudiantes de cine envueltos en bufandas me volvieron a llamar para que interpretara el papel de *Lassie*.

Abby frunció el ceño.

—Pero si los perros no hablan.

—Ya lo sé.

Se hizo el silencio en el apartamento. Justo cuando Roxy se iba a poner de pie para irse a su habitación, Honey espetó:

—Voy a seducir a mi profesor de lengua.

Abby se quedó boquiabierta.

—Llevamos cenando juntas varios días y no habías dicho nada. Me he ganado saberlo.

—No es una conversación propia de una cena. —Honey alargó el brazo, agarró una galleta del mostrador de la cocina y la mordió muy sonriente—. Estoy segura de que será todo un desafío.

Roxy no podía ocultar su diversión.

—No parece que te preocupe.

—¿Preocuparme? —Se metió un trozo de galleta en la boca—. Es un requisito.

Abby parecía perdida. Su expresión no era crítica —como Roxy había anticipado—, pero sus dos compañeras de piso parecían mirarla de un modo distinto. Como lo haría cualquiera al que le hubieran soltado una bomba informativa como aquella. Y a juzgar por sus caras de curiosidad, tampoco habían acabado con las preguntas. Pero de momento no la estaban presionando, y Roxy se sentía agradecida. ¿Qué había esperado de aquellas chicas? ¿Que la echaran? Era evidente que no les había dado el reconocimiento que merecían.

—Venga, Abby. —Roxy alzó la barbilla en dirección a la morena—. Seguro que tienes algún trapo sucio guardado por ahí.

—No.

—Danos algo —le suplicó Honey—. No puede ser tan terrible como lo de Roxy.

—Gracias, colega.

—Está bien. —Abby dio un trago de tequila—. Solo me he besado con dos chicos. Y uno era mi hermanastro.

Se hizo un sorprendido silencio.

—Está bien. —Roxy asintió—. Pásame una puta galleta.

8

Louis llamó a la puerta del apartamento de Roxy y esperó. La luz que se colaba por la mirilla se oscureció, y luego se iluminó un segundo después. Oyó un ruido que procedía del interior del apartamento, pero la puerta siguió cerrada. Quienquiera que le hubiera abierto la puerta de la calle supondría que subiría, ¿no? Entrar en el apartamento de alguien era un proceso que se completaba en dos fases.

—Está bueno —dijo una voz amortiguada al otro lado de la puerta. No era Roxy. Quizá fuera una de sus compañeras de piso—. Es un nueve como mínimo.

«¿Un nueve?» Louis resistió las ganas que le dieron de mirarse para deducir dónde había perdido el punto que faltaba. Quizá tendría que haberle traído flores. Eso, por lo menos, lo habría hecho subir hasta un nueve y medio.

—Ei, os estoy oyendo. ¿Me abrís la puerta?

—Sí, pero llevo un kimono.

Era una pena que no fuera Roxy quien llevara puesto ese kimono. No le habría importado verla con una batita de seda. Aunque tenía tantas ganas de verla, que le habría dado igual que llevara un saco puesto.

—¿Quieres ir a cambiarte?

—Sí, pero me da miedo, porque si me voy igual me lo pierdo todo.

En momentos como ese se alegraba de haber crecido con dos hermanas. Él hablaba muy bien el idioma de las mujeres. Por lo menos la mayor parte de las veces. Aunque, por lo visto, Roxy hablaba un dialecto distinto.

—¿Qué te parece si me dejas entrar y yo cierro los ojos? Te prometo que no me marcharé con Roxy hasta que te hayas cambiado.

—Sí. Vale. —La mirilla se volvió a oscurecer—. Cierra los ojos.

Louis obedeció y se preguntó en qué momento se habrían convertido en algo normal en su vida aquellos encuentros tan extravagantes delante de una puerta. Oyó cómo la llave daba dos vueltas antes de que se abriera la puerta. Entonces una mano lo sujetó del hombro y tiró de él hacia el interior del apartamento.

—¿Está aquí?

—Estamos todas aquí —dijo otra voz a su derecha. Seguía sin ser la chica que había ido a buscar—. Nos tenemos las unas a las otras. Para cuando las cosas van mal. —se cerró algo que parecía la puerta de un horno—. ¿Me captas, abogado?

—Empiezo a sentirme muy en desventaja con los ojos cerrados.

—Honey, no lo asustes —dijo la chica del kimono—. Ahora vuelvo. No os mováis.

Quería abrir los ojos para mirar a su alrededor y tomar nota de las amenazas potenciales de aquellas voces incorpóreas, pero mantuvo su promesa y esperó hasta que los pasos de la chica kimono desaparecieron. «Vaya.» Entonces giró sobre sus pies. Sabiendo lo que sabía de los problemas financieros de Roxy, no esperaba que viviera en un sitio como ese. Era más grande que su apartamento. La verdad era que allí cabían, por lo menos, tres locas, mientras que en su casa solo había espacio para un abogado con frustración sexual. Y, sin embargo, se relajó cuando comprobó que vivía en un buen edificio y acompañada de personas que se preocupaban lo bastante por ella como para amenazar a los desconocidos bienintencionados. Y hablando del tema...

Una rubia troceaba zanahorias en la cocina. Con un brillante cuchillo de carnicero.

—Hola. —Sonrió—. Soy Louis.

—Ya sé quién eres. —Chop. Chop—. Yo soy Honey. Y este es mi cuchillo, Bubba.

Louis asintió una vez.

—¿Rox? —gritó por el apartamento gigantesco—. ¿Estás lista?

—Detrás de ti.

Cuando oyó aquella voz ronca a su espalda, se tensó de pies a cabeza. Por fin. Quería darse media vuelta y sorprenderla. Besarla con fuerza para compensar todos los días que había pasado sin hacerlo. Pero tenía que ser cuidadoso con lo rápido que se movía con esa chica, necesitaba tantearla primero. Se volvió hacia ella muy despacio. La diversión que brillaba en sus ojos le dejó claro que había oído las conversaciones que había mantenido con sus compañeras de piso. Puede que incluso apreciara los esfuerzos que había hecho por conocer a aquellas locas. Eso fue todo lo que pudo observar en su cara antes de que se acercara a él y fuera consciente de sus piernas. De sus pechos. De sus caderas.

Russell abrigaba la teoría de que todas las chicas tenían un vestido perfecto capaz de conseguir que los hombres hicieran lo que quisieran. Él siempre se había reído de su amigo: estaba convencido de que le sobraba habilidad para controlar sus acciones. Para tomar sus decisiones. En especial por lo que se refería a las chicas. Y, sin embargo, si en ese momento Roxy le hubiera pedido que saltara por la ventana, se habría convertido en una tortita aplastada en la acera de la Novena Avenida antes de que ella hubiera acabado la frase.

Lo más inquietante fue que su primer pensamiento coherente no tuvo nada que ver con la forma en que la tela ajustada se ceñía a sus pechos, ni con el hecho de que la costura de la falda le rozara los muslos cuando caminaba. Ni siquiera pensó en lo fácil que le resultaría levantar aquella tela vaporosa para llegar a las braguitas que se esconderían debajo. Nada más lejos de la realidad. Lo que pensó fue: «¿Quién narices más la ha visto con este vestido? Los voy a matar a todos uno a uno».

Le preocupó advertir la intensidad con la que aquel pensamiento le atravesó la cabeza, como si lo hubieran disparado con un cañón y lo fuera destruyendo todo a su paso. Quería encerrarse con ella en el dormitorio que veía a su espalda. A la mierda con la cita que había planeado. ¿Por qué no podía ser el único que pudiera mirarla? ¿Era tanto pedir?

Ella se plantó delante de él y su olor a cerezas se le subió a la cabeza como varios chupitos seguidos de orujo. Oh, Dios. Vaya mierda. Vista de cerca era preciosa. Había olvidado hasta qué punto.

—Vaya. ¿Qué te está pasando por la cabecita, Louis McNally Segundo?

No podía decirle la verdad. Se encerraría en ese dormitorio. Sin él. Y si ocurría eso, creía que sería capaz de desmoronarse y romper a llorar. «Tranqui. Tú tranqui.»

—Tu compañera de piso me ha amenazado con un arma.

—Es del sur.

—Quiero arrancarte ese vestido absurdo —le murmuró al oído.

«A eso lo llamo yo estar tranqui.»

Los labios que le quitaban el sueño esbozaron una sonrisa.

—Entonces está funcionando. —Miró a la cocina—. Honey, ¿te importaría guardar el cuchillo? Louis es amigo. No es una amenaza.

Él se volvió justo cuando una chica castaña entraba corriendo en la habitación, y luego adoptaba un ritmo más pausado al advertir que no se habían marchado. Le resultaba un poco familiar, pero no recordaba dónde ni cómo la había conocido. Debió de ser por la imagen que desprendía, muy parecida a la gente con la que él había crecido. Gente con dinero. Era como un mantón invisible que llevaban sobre los hombros.

Se acercó a él y le tendió la mano; era evidente que estaba cómoda en un ambiente formal. Por lo menos cuando iba vestida del todo.

—Encantada de conocerte. Yo soy Abby. ¿Adónde te llevas a nuestra compañera de piso?

«Así que esto es lo que se siente cuando uno está al otro lado del interrogatorio.»

—Primero la voy a alimentar.

Honey se cruzó de brazos. Todavía no había soltado el cuchillo.

—Eso ya lo puedo hacer yo. ¿Qué más tienes?

Roxy se puso a su lado.

—Vale. Hay suficiente locura en esta habitación para iluminar Nueva York durante una semana seguida. Será mejor que salgamos de aquí antes de que te pidan el historial médico.

Abby se adelantó para abrirles la puerta.

—Pasadlo bien. Cuando vuelvas quiero que me lo cuentes todo.

Roxy agarró su chaqueta vaquera del perchero de madera y se la puso, cosa que ocultó parcialmente sus pechos. Louis no había notado la tensión que se había afincado en su nuca hasta que desaparecieron de la vista. Dios, necesitaba relajarse. Puede que la miraran otros hombres, pero ella había salido con él. Si se lo iba recordando de vez en cuando, quizá evitara ir volviéndose gradualmente loco a medida que avanzaba la noche.

—Se supone que el chico no debe enterarse de que vamos a hablar de él, Abby. —Roxy sonrió mientras su amiga abría la puerta—. Es mejor que piense que salgo con uno distinto cada noche.

Abby asintió como si estuviera archivando esa información para meditarla después.

—Claro. Aunque no sea verdad.

—Esto se te da fatal.

Después de aquel desliz cargado de información tranquilizadora, Abby se convirtió en la compañera de piso de Roxy que mejor le caía. Louis le sonrió a Honey y la chica sorbió por la nariz. Por lo visto tendría que ganarse a aquella asesina en potencia. Esperaba tener la oportunidad de hacerlo. Entonces se arriesgó y tomó a Roxy de la mano. A ella le tembló la sonrisa, pero no se soltó.

—¿Lista?

—Claro.

Cuando salía se volvió para mirar a Abby.

—Estoy bastante satisfecho con el nueve, pero solo por curiosidad, ¿dónde he perdido el punto que falta?

Ella torció el gesto.

—No me obligues a decírtelo a la cara.

—Díselo —le ordenó Honey con la cabeza medio metida en el horno.

—No te has afeitado.

Louis se pasó la mano por la cara.

—Me he afeitado esta mañana. Pero vuelve a salir.

—Bueno. —Abby entrelazó las manos como si estuviera un poco avergonzada—. Pues la próxima vez.

«La próxima vez.» Sí. Definitivamente era su preferida.

—Buenas noches, señoritas. Prometería devolverla a salvo, pero deberíais saber algo desde ya: voy a hacer todo lo que esté a mi alcance para conseguir que pase la noche conmigo. En realidad espero que no la volváis a ver hasta mañana. —Cada una de las tres chicas esbozó una expresión distinta. Honey parecía indignada. Abby, escandalizada. Y Roxy, impresionada—. He pensado que tenía que avisaros.

Estaba extrañamente cómoda de la mano cálida de Louis mientras paseaban por Eataly, el enorme mercado italiano de varias plantas. Ya había oído hablar de aquella animada meca para gourmets, pero nunca había estado dentro. En realidad era tan grande, que cada sección tenía su propio restaurante, y todos los locales estaban llenos de gente que aguardaba en la puerta a que les dieran mesa. Las voces de los clientes rebotaban en los techos abovedados y, combinadas con la ópera que sonaba por los altavoces, creaban un torbellino de sonidos. Era sábado por la noche y el mercado estaba especialmente lleno, pero a Louis no parecía preocuparle el tema de la mesa. Daba la impresión de estar encantado caminando por los pasillos y, de vez en cuando, tomaba alguna de las muchas cosas que ofrecían para picar, y se las daba a probar a ella también. Tiraba de ella cuando tenían que escurrirse por entre las aglomeraciones. Se rozaba con ella de una forma que a Roxy le parecía planificada de antemano. Pero si era así, estaba funcionando: se le erizaba el vello de la nuca, tenía los labios más sensibles. Y ni siquiera la había besado todavía. ¿Por qué no la había besado aún?

«No seas paranoica.»

—¿En qué restaurante has reservado?

Él esbozó una sonrisa muy sexy y a ella se le encogió el estómago.

—En todos.

Una mujer le pidió permiso para pasar y Roxy se acercó a él. Louis no se retiró, dejó que ella impactara con su pecho y la rodeó con firmeza con el antebrazo. Entonces intentó no pensar en qué partes de su cuerpo estaban pegadas a ciertas partes de Louis. Lo tenía demasiado cerca y se daría cuenta. Abdominales accesibles. Abdominales accesibles. «¿De qué estábamos hablando?»

—¿En los siete?

Louis murmuró al asentir y ella sintió las vibraciones en el pecho.

—Lo único que sé de ti con seguridad es que te gustan los bocadillos de manteca de cacahuete y plátano. Quería darte opciones.

—Eres un poco peligroso, ¿no?

—Eso depende de a qué te refieras.

Roxy se humedeció los labios cuando él le miró la boca, pero Louis no hizo ademán de besarla, el muy canalla.

—Ni siquiera te has inmutado cuando las locas de mis compañeras de piso te han asediado. Ahora me estás haciendo creer de que soy yo quien está al mando de la cita, cuando en realidad lo has planeado todo tú. Y me tienes casi convencida.

—Mi malvado plan está funcionando. —La abrazó con más fuerza—. Dime, ¿qué restaurante prefieres? Si me dejas elegirlo a mí, me decidiré por el que esté más lleno para que, con un poco de suerte, tengas que sentarte en mis rodillas.

—Ah, ahí está el truco. Reservaste mesa para uno, ¿no?

—No. —Louis dejó caer la cabeza sobre el hombro de Roxy y rugió—. No había pensado en eso. ¿Ves? No soy el gran planificador de citas que esperabas. ¿Decepcionada?

Ella se separó de él, aunque no se lo puso fácil.

«No pierdas la cabeza, chica. A Louis se le dan mucho mejor estas cosas que a los chicos a los que estás acostumbrada, pero no es distinto al resto. Es imposible.»

—Solo me sentiré decepcionada si no llegamos a ver la cervecería que hay arriba. Vamos.

—Eso es lo más bonito que me han dicho en mi vida.

Subieron las escaleras que conducían a la Birreria, el restaurante acristalado que había en la azotea del Eataly. Su mesa —para dos—, tenía unas vistas espectaculares de la ciudad, que había empezado a iluminarse al oscurecer. Las demás mesas estaban ocupadas por parejas y grupos de amigos que se reían entre copas. Los camareros se movían con elegancia por entre las hileras de clientes y les dejaban cervezas y platos de comida en la mesa. Roxy se detuvo un momento para observar maravillada cómo todo funcionaba como un reloj, igual que el resto de la ciudad: predecible dentro de su imprevisibilidad. Le gustó recordar lo mucho que adoraba aquella ciudad, porque últimamente las experiencias que había tenido le estaban haciendo olvidar los motivos por los que se había trasladado allí.

Percibió la mirada de Louis, los ojos de su acompañante se desplazaban por su piel como una palma áspera. Bajo aquella luz, sus ojos oscuros eran todavía más sombríos, y su barba incipiente parecía más espesa. Y al sumarle esa mirada, sentía la repentina necesidad de tirarse un cubo de agua helada por encima de la cabeza.

—Ya sé lo que estás pensando —le dijo.

—Puede que sepas el qué, pero no sabes cómo.

«Cielo santo.» Cuanto más tiempo pasaba con él, más ganas tenía de saberlo. Muchas ganas.

—Mmmm. ¿Qué hacías ayer en Queens comiendo comida griega?

Louis se llevó la mano al estómago con expresión dolorida.

—Un cliente... Él y su mujer decidieron alimentarme para todo el año. Esa mujer cree que las personas son como camellos, que almacenan la comida en las jorobas hasta que la necesitan.

—¿Crees que podría estar interesada en adoptarme? Me ganaría mi ración colaborando en casa.

—Lo preguntaré. —En ese momento se acercó un camarero y pidieron las bebidas. Roxy volvió a concentrarse en Louis y vio que la estaba mirando—. ¿Dónde están tus padres, Rox?

Por un momento ella pensó que la pregunta había salido de la nada, pero entonces recordó que acababa de interesarse por una posible adopción. Lo último que quería era hablar de sus padres, pero supuso que era mejor aclarar el error para que dejara de pensar que era huérfana.

—En New Jersey. —Y luego cambiar de tema lo más rápido posible—. ¿Y los tuyos?

Louis pareció quedarse con ganas de pedirle más detalles, pero cedió con un suspiro.

—Mi padre vive en Manhattan y mi madre en Francia, con el abogado que le llevó el divorcio.

—Vaya.

—Sí.

Los dos dieron sendos tragos a las cervezas que les acababan de traer.

—¿Y qué hay de tus hermanas, las gemelas terroríficas? ¿Viven en la ciudad?

—Oh, sí, están aquí. Me sorprende que no puedas sentir sus vibraciones malignas.

—¿Eso es lo que estoy sintiendo? Pensaba que la cerveza se me estaba subiendo a la cabeza. —La grave risa de Louis cruzó la mesa y se apoderó de ella de tal forma que la hizo sentir como si fueran las dos únicas personas del restaurante—. Cuéntame alguna anécdota sobre ellas. La peor de todas.

Louis se inclinó hacia delante.

—Te contaré una anécdota, pero después tendré derecho a hacerte tres preguntas y tendrás que contestarlas. No podrás redireccionar la conversación.

—No me vas a impresionar con tu sofisticada terminología de abogado. —Cuando vio que Louis guardaba silencio, ella asintió. No se sentía bien esquivando sus preguntas. Y menos cuando sabía tantas cosas sobre él y sobre su familia. Además, quería que supiera algo sobre ella. ¿Qué daño podía hacer?— Me parece justo. Podrás hacerme tus tres preguntas.

La expresión de placer de Louis hizo que le ardiera la piel por debajo del vestido. Parecía que... Parecía que él quisiera compensarla por haber accedido. En ese preciso momento. De una forma muy específica. Roxy estuvo a punto de ceder y pedirle que le describiera lo que le estaba pasando por la cabeza, pero el camarero se acercó a la mesa y rompió el hechizo. Ni siquiera leyó el menú, se decidió rápidamente por el entrante de pescado y le devolvió la carta al camarero.

—Vale. Estoy preparada. Horrorízame.

Louis apoyó los codos en la mesa y se pasó la mano por el pelo. ¿Sería la posición que adoptaba para contar historias?

—Lena nació tres minutos antes que Celeste. Ese siempre ha sido un tema conflictivo y, créeme, dicho así es el eufemismo del siglo. —Agarró la cerveza y la volvió a dejar en la mesa—. Cuando las dos tenían seis años, Lena dio un estirón y se pasó un año entero midiendo tres centímetros más. Tres centímetros. La niñera encontró a Lena atada en su habitación. Celeste estaba delante de ella con una sierra en la mano. La había cogido del armario de las herramientas. Y estaba a punto de cortar esos tres centímetros de más.

Roxy se llevó la mano a la boca para evitar que se le escapara la cerveza.

—Sí hombre. Eso es imposible.

—Vale. Es mentira. —Louis esquivó la servilleta que le tiró—. ¿Estás preparada para la historia real?

—Después de esto va a ser decepcionante.

—¿Tú crees? —Roxy asintió y Louis puso cara de enteradillo—. Cuando tenían diez años, mis padres las enviaron a un campamento de verano. Pero no era la clase de campamento que te imaginas. No hacían manualidades ni iban de excursión. Básicamente se limitaron a tomar el sol y a leer revistas durante dos semanas en un hotel junto al lago. En fin, a lo que voy es a que se celebró un concurso de talentos. Ellas hicieron un *playback* de «The Boy is Mine», Brandy y Mónica, ¿conoces la canción?

—Sí, es un clásico. Continúa.

—Bueno, pues los jueces les dieron el segundo premio. Ni siquiera creo que hubiera un premio por ganar, solo era algo que se hacía para que los niños estuvieran entretenidos durante un par de horas. —Adoptó un tono más serio—. No atacaron enseguida. Esperaron el momento perfecto. En realidad, aguardaron seis años, hasta que tuvieron el carné de conducir. Y entonces condujeron hasta la casa del chico que había ganado el primer premio y le rajaron las ruedas del coche.

Roxy dejó la cerveza en la mesa muy despacio.

—Por favor, dime que también te has inventado esta historia.

—No. Yo iba en el asiento trasero, y quedé aterrorizado de por vida.

El camarero se detuvo junto a su mesa sosteniendo una bandeja llena de comida. Los dos se echaron hacia atrás para que les pudiera servir.

—¿Y tus hermanas ya han encontrado algún marido al que aterrorizar?

Louis asintió.

—Lena se casa la semana que viene.

—Pobre tío. —Roxy agarró el tenedor—. ¿Es una ceremonia de sangre?

—No he participado en los preparativos, pero yo no descartaría nada. —Se quedó en silencio hasta que el camarero se marchó—. En realidad, conociste a su prometido la semana pasada, Rox.

La confusión la dejó helada justo cuando iba a dar el primer bocado, pero al final comprendió a qué se refería. Bajó la mano hasta apoyarla en la mesa: se le había acelerado el corazón.

—¿Esa era la despedida de soltero del prometido de tu hermana? Estuve a punto de...

«Desnudarme para él.»

—Casi. —Louis negó con la cabeza—. Pero no lo hiciste.

Qué absurdo. Era absurdo que no hubiera atado cabos. No se le había ocurrido preguntarle a Louis de qué conocía al invitado de honor. Había preferido borrarlo de su memoria, igual que hacía con todos los recuerdos desagradables. Se limitaba a fingir que no había ocurrido. Dios, ¿qué estaba haciendo allí con ese tío? ¿Adónde podía conducir aquello? Ella nunca podría presentarse delante de sus amigos o de su familia sin que la juzgaran. Toda su relación estaba condenada.

Louis se pasó la mano por la cara.

—Tendría que haber esperado un poco más para decírtelo.

Roxy se obligó a probar el pescado.

—¿Y qué más da?

—Quizá si hubiera esperado a que me conocieras mejor, ahora no estarías buscando la salida más cercana.

—No es verdad.

—Rox.

—Vale, es verdad. —Le dio un trago impaciente a la cerveza—. Te has ganado tus tres preguntas, Louis. Dispara.

Se la quedó mirando fijamente durante un momento de una forma que le dio a entender que quería hacerla razonar.

—Eres de la clase de persona que cumple su palabra, ¿verdad?

Ella se encogió de hombros mientras se preguntaba adónde querría ir a parar con esa clase de pregunta.

—Sí.

—Bien. —Se concentró en la comida—. Entonces me lo tomaré con calma. Ya habrá tiempo para preguntar.

Roxy alzó las cejas. «Bien jugado.»

9

Mientras paseaban por la calle 37, Louis contempló cómo la brisa le levantaba el pelo a Roxy y dejaba entrever su cuello. En ese momento ella llevaba las manos bien metidas en los bolsillos, donde él no podía alcanzarlas, cosa que emitía una señal más intensa que la bocina de un tráiler. Después del bache de la cena, no había dejado de parlotear, de hacerle preguntas sobre el trabajo y de explicarle anécdotas divertidas sobre sus audiciones. Pero el brillo de sus ojos se había esfumado. O, para ser más exactos, él lo había apagado con un cubo lleno de zumo de estupidez. Si ella no le hubiera dado pie para que le confesara de quién era aquella despedida de soltero, él se habría guardado aquella información durante un poco más de tiempo. En realidad, ya tenía todo un plan en marcha que requería que omitiera la verdad. La idea de volver a mentirle lo había hecho sentir como el mayor capullo del mundo, así que había mordido el anzuelo.

—¿La verdad te hará libre?

Por lo visto eso no iba con él.

Cuando estaban en el restaurante, había conseguido leer los pensamientos de Roxy en la expresión de su cara. El horror se había convertido en resignación justo delante de sus ojos. Ahora ella pensaba que aquella cita no tenía ningún sentido. Creía que él no tenía ningún sentido.

Y eso era genial.

Porque por mucho que Roxy pensara que su cambio de actitud lo habría apaciguado, no era así. Y ahí era donde su cerebro de abogado metía la quinta marcha y se ponía a examinar las reacciones desde todos los ángulos, a sopesar palabras y acciones. Era un gaje del oficio que solía molestarlo mucho cuando no estaba trabajando. Pero esa noche le quería comprar un coche a esa capacidad que tenía, porque le estaba dando unas esperanzas que necesitaba mucho. Si Roxy pensaba que tener algo con él ya no tenía sentido, significaba que no opinaba lo mismo antes de que él sacara a relucir a Fletcher. Antes de que él le dijera que su cuñado era el invitado de honor de aquella despedida de soltero, ella también había sentido algo. Había imaginado algo más con él. Porque si no, no habría tenido ninguna esperanza que perder.

¿Verdad?

Vale, esa era la explicación con la que pensaba quedarse. De momento. Porque si no, tendría que enfrentarse al hecho de que ya no pasaría más tiempo con aquella chica que lo excitaba y lo volvía loco y, sin embargo, le daba paz al mismo tiempo. Y no podía permitir que ocurriera eso. Se sentía bien con ella, era como si ese fuera el sitio donde tendría que haber estado siempre, pero hubiera llegado muy tarde. Y eso lo tenía aterrorizado. Él nunca había estado comprometido con nadie. Bueno, es que ni siquiera sabía cómo se hacía. ¿Qué ejemplo se suponía que debía seguir? Sus padres habían estado más comprometidos con sus asistentes de compras que con su matrimonio. Pero había algo que sí sabía: la posibilidad de que ella no sintiera lo mismo, o de que pensara que él no merecía la pena lo aterrorizaba todavía más. Así que, en cualquier caso, estaba muerto de miedo.

Solo necesitaba un poco más de tiempo para entenderla. Necesitaba más tiempo para comprender por qué de repente quería pasar todas las noches con la misma chica, cuando ni siquiera habían pasado ni una sola noche juntos. Y hablando del tema, la brisa de la noche le levantaba el vestido y lo hacía ondear contra sus muslos como si fuera la bandera a cuadros de una carrera de la Nascar. Y lo que era peor aún, ella no dejaba de estrecharse la chaqueta vaquera como si tuviera frío, pero el mensaje que transmitía alto y claro informándole de que podía mirar pero sin tocar, evitaba que él pudiera darle calor y estrecharla entre sus brazos, donde había estado en Eataly antes de que él hubiera apagado la chispa.

—Ya llevamos un buen rato caminando hacia el este. —Roxy esbozó una sonrisa ausente que él quiso borrar a besos—. Si seguimos acabaremos en el río.

—Ya casi hemos llegado. —Louis percibió la tirantez en su voz e intentó apaciguarla. Su instinto le decía que los chistes no ayudarían. No, todo tenía que quedar claro antes de que pudiera volver a empezar. Así que se armó de valor y le hizo la pregunta que llevaba días atormentándolo—: Dijiste que el miércoles era la primera vez que hacías un estriptis. Ya sé que necesitabas dinero, pero ¿no podías recurrir a nadie?

—¿Esta es una de tus tres preguntas?

Se lo preguntó como si esperara que él la interrogara sobre ello, como si ya hubiera pensado la respuesta.

—Sí. Siempre que no haya otra forma de hacerte hablar.

Ella lo miró con recelo y luego suspiró despacio.

—El día que me presenté en la puerta de tu apartamento mi compañera de piso me acababa de echar. No tenía adónde ir aquella noche, así que me quedé en un café de Internet buscando un sitio que me pudiera permitir. —A Louis se le encogió el estómago. Él había pasado la noche bebiendo con sus amigos mientras ella vagabundeaba. Quería regresar en el tiempo para darse una buena patada en las pelotas, pero ella seguía hablando, así que dejó en espera sus viajes en el tiempo—. Encontré un anuncio que ofertaba una habitación en Chelsea. Era... bueno. Ya lo has visto. Me gané a Abby y le di un cheque sin fondos. Necesitaba solucionarlo y no tenía dinero suficiente en el banco, así que acepté el trabajo. Solo lo iba a hacer esa vez.

—Solo será esa vez —rugió antes de poder planteárselo.

Ella frunció el ceño.

—No necesito un héroe, Louis. Me las apaño muy bien sola.

—Eso ya me ha quedado muy claro. —No le había pasado por alto que no le había contestado del todo. ¿Tenía alguien a quien pedirle ayuda? Se acercó a ella y la sujetó por la cintura—. Ya basta. Quiero verte, Roxy. ¿Por qué no te dejas ver?

—Porque ahora ya sé lo que es esto. Ya sé la clase de chico que eres. —Lo estaba atacando. Por fin una reacción. Louis tuvo ganas de gritar de alivio, pero no creía que ella apreciara el gesto—. Eres un chico decente, Louis... Puede que incluso te sientas un poco mal por mí después de lo que pasó en la despedida de soltero. Puede que pretendas ganar puntos contigo mismo, o con tu familia, que quieras demostrar que puedes olvidar el dinero, los trabajos y las cosas importantes. Quizá estés intentando ganar puntos con otra persona.

Au. Eso no se lo esperaba. Si era así como lo veía, tenía mucho más trabajo del que pensaba.

—¿Sabes qué? Eso es un montón de mierda. —«Tú a por todas, ¿no?»— Yo no necesito ganar puntos con nadie, en especial con mi familia. En realidad me esfuerzo mucho para no ganar puntos con ellos.

—¿Y qué significa eso?

—Espera. Estoy intentando explicarte algo.

—Vale.

Louis suspiró.

—A mí la única opinión que me importa es la tuya. Sí, te contrataron para que te desnudaras delante de mi cuñado. Me han pasado cosas más raras.

—¿Y qué pasa si se entera tu hermana?

—No bromees con eso. —A Roxy se le escapó una carcajada, pero seguía pareciendo triste. Louis le apartó el pelo de la cara y decidió concentrarse solo en su risa—. ¿Por qué te echó tu compañera de piso? ¿Tienes alguna costumbre terrible que deba conocer?

—Esa es la segunda pregunta. Y no. Solo era la enésima vez que le pagaba tarde el alquiler. —Frunció los labios—. Aunque me comí su bolsa de nachos de linaza. A pesar de que tenían una etiqueta con su nombre. Me parece que esa fue la gota que colmó el vaso.

—Esos nachos son asquerosos.

—No tuve más remedio.

«Dios, qué mona era.»

—Aun así, los amigos no se echan a la calle.

—No éramos amigas, éramos compañeras de piso. Igual que la compañera que tuve antes que ella: solo era mi compañera de piso. —Apartó la vista—. Tú eres la clase de chico que hace amigos con facilidad, ¿verdad? Probablemente seas de esos que se paran a acariciar los perros de personas desconocidas por la calle mientras hablan del tiempo. Yo no hago esas cosas. Somos demasiado diferentes.

Louis se acercó a ella hasta que se vio obligada a echar la cabeza hacia atrás. Interpretó su gesto a la perfección y él absorbió esa conexión como si fuera una droga. Eso significaba que no se estaba imaginando la atracción que había entre ellos. Las curvas de Roxy se fueron relajando lentamente contra su cuerpo y se le escapó un pequeño suspiro.

—Maldita sea, Rox. Deja de intentar provocar una pelea para deshacerte de mí. No va a funcionar.

—Funciona con todo el mundo. —Louis se encogió por dentro al advertir aquella pizca de pánico en los ojos de ella—. ¿Este es mi castigo por enrollarme con un abogado?

—¿Estamos enrollados? —Le enterró los dedos en el pelo y le rozó los labios con la boca. Dios, era alucinante sentirla tan cerca. «Oh, sí.» Estaba convencido de que ella le había mirado los labios—. Venga, preciosa. Libérame de este sufrimiento.

—Mmmm. —Ella le posó la mano en la nuca y tiró de él—. ¿Por qué no empezamos con un beso y vemos qué tal te va?

Sus caderas se encontraron y los ojos de Louis se cerraron como si cada párpado le pesara dos toneladas. Cuando notó el roce del cuerpo de Roxy, se quedó sin aire en los pulmones y se le llenaron de otra cosa. De necesidad. De determinación. De ella. Estaban en una calle muy transitada y no podía ver ni sentir nada que no fuera a ella. Por una milésima de segundo desapareció la farsa alegre que ella mostraba, y él vio lo que le había estado ocultando hasta ese momento. La necesidad que él había sentido desde que se habían conocido apareció en la expresión de Roxy, justo delante de sus ojos. Para que pudiera verla. Para que pudiera memorizarla. Se dio solo un momento para saborearla antes de que se apoderara de él la urgencia imponente de satisfacer esa necesidad. La había provocado él. Era él quien la había generado y ahora tenía que satisfacerla.

—¿Por qué no me has besado todavía?

—Buena pregunta —logró decir antes de que...

Ella vibrara. ¿Ella había vibrado?

—Mierda. —Le quitó una de las manos del cuello para metérsela en el bolsillo de los vaqueros—. Mi teléfono... tengo que contestar. Podría ser una audición, o...

Louis no era capaz de formar palabras y se limitó a asentir de un modo muy poco expresivo. Cerca. Había estado muy cerca.

—¿Hola? —La mirada de disculpa que le lanzó se le congeló en la cara—. Sí, soy Roxy Cumberland. ¿Quién dice que es? —Pasó un segundo—. Vaya. Pensaba que lo había oído mal.

El pánico se adueñó del estómago de Louis. No. No podía ser.

—Pero yo no he hecho ninguna audición para Johan Strassberg, cómo...

A Roxy se le apagaron las palabras y asintió un segundo después. Dios, no. Se suponía que Louis no tenía que estar con ella cuando recibiera esa llamada. ¿A quién se le ocurría llamar para concertar una audición un sábado por la noche? No esperaba que Johan se pusiera en contacto con ella hasta el lunes, cuando Louis estaría a salvo en el trabajo pensando en ella en vez de viéndola. Y mintiendo. Fingiendo que no tenía nada que ver con el hecho de que Johan la llamara para que hiciera una audición para su próxima película.

¿Y ahora qué? Ahora tendría que sonreír y felicitarla. Guardarse la verdad. Otra vez. Por eso precisamente odiaba mentir, porque una sola mentira solía llevar, inevitablemente, a una segunda. Y luego a una tercera. Hasta que uno ya no sabía cómo salir del lío en el que se había metido.

Johan Strassberg era un prodigio del mundo del cine y era amigo de su familia. De hecho, se habían criado en los mismos círculos, asistían a las mismas fiestas, y habían ido a las mismas escuelas privadas. Y a pesar de que nunca habían sido amigos íntimos, en su mundo las cosas funcionaban así. El padre de Louis era uno de los asesores legales de los padres de Johan. Y él le había llamado para pedirle ese favor porque sabía que Roxy tenía talento, sabía que si podía ponerla delante de alguien con un poco de influencia podría convertirse en la oportunidad que necesitaba. Sin embargo, ella nunca lo vería de esa forma, en especial después de lo que le había dicho hacía solo un momento. Para ella sería un gesto de caridad. Así que no le quedaba otra alternativa que cerrar la boca y mentir.

Si no, se arriesgaba a perderla en ese preciso momento y en ese mismo lugar.

Cuando ella esbozó la sonrisa más impactante que había visto en su vida, decidió que, tal vez, la mentira había valido la pena, aunque solo fuera un poco.

Por el momento.

Cuando Roxy colgó habría jurado que todo brillaba a su alrededor. Aquella no podía ser la misma calle por la que estaba paseando hacía solo un momento. Esa calle le había parecido solo un espacio peatonal gris, pero ¿aquello? Le recordó a ese momento de *El mago de Oz*, cuando todo se tiñe de color. Solo que lo que le estaba sucediendo a ella no podía ser un sueño. O eso creía.

Louis se metió las manos en los bolsillos.

—¿Va todo bien?

A Roxy se le escapó una carcajada que le brotó de dentro. Como si la hubiera estado guardando para cuando ocurriera algo alucinante. Y había pasado. Johan Strassberg, el director de moda, quería que ella hiciera una audición para su película. El lunes por la tarde. En menos de cuarenta y ocho horas estaría recitando el texto mientras él la observaba. Todo aquello por lo que tanto había trabajado, todos los kilómetros que había recorrido con los tacones altos, todo acabaría en solo unos minutos.

Sí, era cierto, cabía la posibilidad de que no le saliera bien. Una gran posibilidad. Pero por lo menos, cuando hubiera pasado todo, sabría si tenía lo que había que tener, o si aquello solo era un sueño que compartía con un millón de aspirantes a actriz. Se había dado dos años para perseguir ese sueño, y el final de ese plazo siempre había sido muy difuso. Pero ahí estaba. Su momento decisivo había llegado.

—Rox. —Louis se encorvó y la miró a los ojos—. ¿Sigues aquí?

—Sí. —Asintió con energía—. Estoy aquí. Yo...

«Oh, a la mierda.»

Lo agarró del pelo y le besó. No se esperaba que él vacilara, y eso que a Louis se le escapó un jadeo en cuanto sus labios se rozaron. Pero ella no dejó que eso la detuviera. Besarlo era la única forma de saber que no se había dado un golpe en la cabeza y se había imaginado la conversación telefónica.

Roxy oyó un grave rugido que dio paso a un cambio de actitud en Louis. La abrazó con la fuerza del acero y la estrechó mientras se internaba en el beso. La besó con tanta fuerza que ella no tuvo más remedio que arquear la espalda para evitar perder el equilibrio. Sentía la hebilla del pantalón de Louis y los músculos que se escondían debajo de su ropa, que se presionaban y se movían por encima de la tela ligera de su vestido. Le rozaron y le frotaron la piel hasta que se excitó. Mucho. Habían empezado dándose largos tirones de los labios el uno al otro, pero el beso se había transformado en algo más. Louis le lamía la boca por dentro y sacaba la lengua muy despacio mientras la agarraba de la tela del vestido. Parecía que quisiera arrancárselo del cuerpo. En cierto modo ella también deseaba que lo hiciera. ¿En cierto modo?

Una de sus rodillas trepó por el muslo de Louis sin que ella pensara en lo que estaba haciendo. Solo sabía que quería estar más cerca de él, que quería sentir cómo se movía contra ella de la mejor forma posible. Esa forma que de repente se moría por sentir, como si la boca de Louis fuera afrodisíaca.

Él dejó escapar un sonido torturado y le bajó la pierna.

—La próxima vez que me vuelvas a rodear con la pierna, te juro que te voy a follar como un loco. —Pegó la frente a la suya—. A menos que quieras que lo haga aquí mismo y en esta calle, será mejor que mantengas los muslos debajo del vestido.

Roxy pensó que le iban a fallar las rodillas. Aquella no era la primera vez que presenciaba el lado agresivo de Louis. Y le encantaba. Le encantaba saber que ella era la responsable de que estuviera apretando los dientes y de que perdiera la compostura. Quería más, pero la realidad se empezó a imponer de nuevo a su alrededor. La gente susurraba al pasar junto a ellos, y luego se reían cuando pensaban que ya no podían oírles. Tenía que dejar de actuar como una alumna de segundo año de instituto con las hormonas alborotadas. Por lo menos tenía que conseguir comportarse como si estuviera en último curso.

—Me he dejado llevar. —Se esforzó por respirar—. Denúnciame.

Cuando Louis le soltó la tela del vestido, ella se dio cuenta de que él seguía agarrándola con fuerza.

—Yo también. No debería haber dicho eso.

—No, ha estado muy bien. Me ha gustado.

Él le apoyó la cabeza en el hombro y rugió.

—Estás intentando matarme, ¿verdad?

—Eso sería un rollo. La verdad es que me gusta estar contigo.

Era la pura verdad. Después de cenar, ella había evitado el motivo de su mal humor, pero esa llamada de teléfono le había hecho recordar lo que había entre ellos. Roxy había imaginado lo que pasaría si los amigos de Louis y su familia se enteraban de quién era, si supieran lo que había estado a punto de hacer y, por un momento, se había sentido avergonzada, cosa que la había cabreado mucho. Odiaba sentirse de esa forma. No quería sentirse así. Por desgracia, sí que quería estar con Louis. Y por muchos más motivos que esa aparente inclinación por darle órdenes. A ella le gustaba estar con él, hablar con él, escucharlo. Besarle. Oh, sí, eso también le gustaba.

—Hace solo unos minutos estabas intentando deshacerte de mí —dijo mirando por encima de su hombro—. ¿Acaso ha cambiado algo?

—No. Solo he decidido admitirlo.

—Vale. —El pobre chico parecía estar rezando en silencio para tener paciencia—. Tú, emm... ¿estás segura de que no ha tenido nada que ver con esa llamada de teléfono?

—Llamada de teléfono... —Dios, se había dejado llevar por él mucho más de lo que pensaba—. No te lo vas a creer. Era la secretaria de Johan Strassberg. Es el director de cine *indie* que escribió *Bangkok Boogie*. Quiere que vaya a una audición el lunes. —La excitación le burbujeaba en el pecho y se mezclaba con las cálidas sensaciones que se le habían quedado enredadas después de ese beso. A ese ritmo acabaría necesitando de verdad tirarse al río para tranquilizarse. Y después darse un baño de agua helada—. Me recomendó algún director de casting para el que hice una audición y le pasó mi número... No me lo puedo creer. Estas cosas no ocurren nunca. Por lo menos a mí.

Louis esbozó una sonrisa tensa. ¿Se debería a la frustración sexual? Tenía que ser por eso. No hacía mucho que lo conocía, pero ya sabía que era la clase de chico que se alegraría de que ella tuviera una oportunidad como esa. Hacía solo un momento le había rugido, literalmente, por insinuar que podría plantearse volver a hacer un estriptis.

Entonces le puso un mechón de pelo detrás de la oreja.

—Es genial. Los vas a dejar muertos.

—Estás convencido de que he venido a este mundo a matar a alguien, ¿verdad?

—Yo soy la prueba viviente.

—No por mucho tiempo. —Roxy soltó una carcajada maléfica que alivió parte de la tensión que asomaba a los ojos de Louis—. Bueno, ¿qué? ¿Llegaré a ver cómo acaba esta cita?

—Sí, siempre que no lleguemos demasiado tarde.

Louis la tomó de la mano y empezó a caminar de nuevo hacia el este tirando de ella. Roxy tuvo que acelerar para poder seguir sus largas zancadas, pero decidió no comentar nada y no le dijo que, de repente, lo veía un poco raro. En cuanto cruzaron Second Avenue, vio un montón de gente haciendo fotos delante de la entrada del túnel Queens-Midtown. Parecía que estuvieran mirando por encima del muro, algo que estaba debajo... Algo iluminado por varios focos. ¿Estaban rodando una película?

Oyó un fuerte sonido animal y dio un traspié.

—¿Eso ha sido un elefante?

Louis le sonrió por encima del hombro justo cuando llegaban donde estaba toda aquella gente.

—Sí.

Roxy se quedó mirando su espalda ancha mientras rodeaban a la multitud y él la conducía hasta un banco un poco apartado de la acera. No entendía por qué la estaba alejando de la acción hasta que la subió al banco. Desde allí podía ver la entrada del túnel por encima del muro. Tardó varios segundos en creerse lo que estaba viendo. Eran elefantes, y salían en fila del túnel. Ya habían salido por lo menos diez, y no dejaban de salir, uno detrás del otro. Cada uno de ellos iba agarrado de la cola del de delante con la trompa, y formaban una enorme cadena de elefantes.

—¿Qué es esto?

Roxy no se dio cuenta de que Louis se había subido al banco detrás de ella hasta que le habló al oído.

—Estos elefantes cruzan el túnel una vez al año cuando el circo llega a la ciudad. Es una tradición.

—No me puedo creer que no lo supieras —murmuró.

Entonces la rodeó por la cintura y la estrechó contra su cuerpo.

—Me alegro de que no lo supieras, porque si no habría sido una sorpresa un poco pobre.

—Es todo lo contrario de pobre. Es antipobre.

Se quedaron en silencio un momento y observaron cómo la procesión salía del túnel. Roxy se relajó contra el reconfortante pecho de Louis y dejó de pensar en lo que significaba estar allí, pegada a él, como si fueran una pareja. O en por qué se sentía tan bien o le resultaba tan natural. En cuanto el último elefante salió del túnel, los focos brillantes empezaron a apagarse uno tras otro, y la multitud se dispersó en distintas direcciones. En cuestión de minutos se quedaron rodeados de oscuridad y prácticamente solos en la calle. Como estaban apartados de la acera y Louis seguía abrazándola por detrás, la postura pasó de ser reconfortante y dulce a algo completamente diferente.

El aliento de Louis le rozaba el cuello y notó cómo a él se le aceleraba la respiración. Dejó resbalar hasta sus caderas el brazo con el que la rodeaba por la cintura, y tiró de ella para atrás hasta que le pegó el culo al regazo. A ella se le escapó un jadeo diminuto cuando sintió su dura erección, y apenas consiguió controlar la necesidad de frotarse contra él. Louis maldijo y se retiró. Roxy empezó a protestar, pero él se bajó del banco y tiró de ella antes de que pudiera decir una sola palabra. La puso mirando hacia delante. Le volvió a clavar la espalda contra su duro pecho y le pegó la boca cálida al cuello mientras la adentraba en aquella alcoba oscura. Cuando llegaron al muro, no tuvo más remedio que pegar las manos a la pared para no darse en la cara. La posición parecía perfecta e indecente a un mismo tiempo. Estaba con las palmas pegadas a la pared mientras Louis le besaba el cuello y le paseaba las manos por las caderas. Se hallaban casi escondidos en la oscuridad, pero seguía siendo un lugar público. Sin embargo, en ese momento, Roxy estaba demasiado excitada como para que le importara.

—Te voy a meter el dedo, Roxy. Dime que quieres que lo haga.

La aspereza de las palabras de Louis le provocó una corriente eléctrica que le recorrió toda la piel.

—Quiero que lo hagas.

Se dejó llevar por el impulso y le tomó la mano para metérsela debajo de la falda. Se la posó sobre el muslo esperando a que él diera el siguiente paso. Que la tocara donde se moría por sentirlo.

Louis le rozó la oreja con los dientes.

—No, eres tú quien me va a poner la mano donde se supone que tiene que estar.

La oleada de calor se arremolinó entre sus muslos intensificada por el desafío de Louis. ¿Debería preocuparle lo diferente que se volvía Louis cuando se estaban tocando? No estaba preocupada. Quería más. Cuando acabó de saborear la expectativa, le volvió a agarrar la mano y se la colocó entre las piernas. Inspiró hondo a medida que la incomodidad disminuía y crecía a un mismo tiempo.

Él rugió con la boca pegada a su pelo.

—¿Estás caliente y húmeda debajo de estas braguitas?

Le presionó el sexo imprimiendo la presión justa para que ella pusiera los ojos en blanco.

—Estoy segura de que ahora sí.

—No soy capaz de dejar de tocarte el tiempo suficiente como para llevarte hasta mi casa. —Le deslizó los labios por el lateral del cuello hasta llegar a la piel sensible que se extendía por detrás de su oreja—. ¿Te podré llevar a mi casa esta noche, Rox?

—Sí. —No había tomado una decisión consciente, pero era inevitable. Lo había decidido mucho antes de que empezara la cita—. Me iré a casa contigo. Y esa era tu tercera y última pregunta.

—Bien. —Notó una brisa cuando le levantó el vestido, pero el calor la reemplazó de inmediato. Louis pegó la cadera contra su culo prácticamente desnudo y la empotró contra la pared—. Mira lo que has hecho, chica sexy. Voy a necesitar que te ocupes de esto.

—Y lo haré. Te voy a tratar muy bien.

Cuando se oyó decir aquello a Roxy le dio vueltas la cabeza. Ella nunca decía esas cosas. Nunca hablaba de esa forma. Era excitante. Era superdesconcertante.

Sus pensamientos desordenados implosionaron cuando él le apartó las bragas y le metió el dedo anular en el sexo. La repentina sensación fue tan inesperada que a duras penas consiguió reprimir el grito que resonó en su garganta. Cerró los dedos de la mano contra el muro en busca de algo a lo que agarrarse, pero no encontró nada. Louis pareció percibir su falta de equilibrio y la agarró con fuerza con el otro brazo, estrechándola contra su cuerpo.

—Ya te tengo. —Se inclinó un poco hacia delante llevándola consigo—. Tú solo tienes que decirme lo que te gusta y yo me aseguraré de dártelo. Así es como va a funcionar esto.

Cuando empezó a frotarle el clítoris con el pulgar, ella echó la cabeza hacia atrás y se la apoyó en el hombro.

—Oh, Dios. Más. Más rápido.

Él le lamió el cuello muy despacio.

—También querrás que mueva rápido la lengua, ¿verdad?

«Oh, Dios.»

—Sí.

Louis empezó a frotar la cadera contra el culo de Roxy, la única barrera que los separaba era la suave tela de sus braguitas. Le insertó un segundo dedo sin olvidar la perfecta tortura a la que estaba sometiendo la zona más sensible de su cuerpo . El placer que ella sentía se movió y se expandió hasta envolverla por completo. Se moría por contonearse contra él, pero no quería moverse por temor a que aquella sensación tan estimulante pudiera desaparecer. Un punto de apoyo. Necesitaba agarrarse a algo. Volvió la cabeza hasta que encontró la boca de Louis y gimió cuando él le dio exactamente lo que necesitaba. Un furioso y caliente beso.

Cuando por fin se retiró, los ojos de él estaban tan oscuros que parecía que pertenecieran a otra persona.

—Córrete en mis dedos, Roxy. Necesito llevarte a algún sitio donde pueda meterme dentro de ti.

Louis acompañó sus últimas palabras de una serie de duras embestidas con los dedos que la propulsaron hasta la línea de meta. Ella se mordió el labio para no gritar mientras temblaba contra la mano de él. Su abrazo era lo único que evitaba que se desmoronara en la acera, se sentía muy débil. Él siguió acariciándola entre las piernas, pero sus caricias se habían vuelto tranquilizadoras y suaves. Experimentadas. Cielo santo, ese chico había conseguido en solo dos minutos lo que a ella solía llevarle diez, una botella de vino y una película de Jason Statham. Cuando se dio cuenta de lo bien que se le daba aquello, se quedó un poco pensativa.

Las caricias cesaron, pero no dejó de tocarla.

—¿En qué estás pensando?

«No seas tonta. Fuiste tú la que le cantaste un telegrama en forma de oda a su pene el día que lo conociste. Esto no es ninguna novedad. No ha cambiado nada. No eres su novia.»

Roxy se dio la vuelta y miró sus ojos confundidos.

—Nada. —Se puso de puntillas y le dio un beso en la barbilla—. Llévame a tu casa.

10

«Enhorabuena, eres un capullo depravado.»

Cuando entraron en su edificio, Louis saludó al portero haciendo un gesto con la cabeza. Llevaba a Roxy de la mano. Lo ponía un poco enfermo saber que era muy probable que el hombre quisiera felicitarlo por llevarse a casa a otra chica más, pero no podía pararse a explicarle por qué aquólla era distinta. Que esperaba que ella cruzara aquella puerta muchísimas veces más. No, no podía hacerlo, porque ella se había vuelto a meter en ese escondite que tenía dentro de la cabeza, y ya no sabía cómo llegar hasta ella. No debería estar pensando en cómo desnudarla, debería estar hablando con ella.

Pero ese era el punto en el que se convertía en un capullo depravado.

Si conseguía meterla en su cama, podría lograr que ella aceptara la conexión que había entre ellos. Ese era su plan maestro. No sabía si esa seguridad procedía de algún lugar plagado de arrogancia, solo que esa convicción estaba aporreando su interior y era la responsable de que mantener una charla seria en ese momento fuera una opción completamente inviable. Aquella sensación, esa necesidad de estar lo más cerca de ella que fuera humanamente posible, le resultaba del todo desconocida. Era cierto que había tenido sus rollos. Vale, puede que hubiera tenido muchos. No le faltaba seguridad por lo que al sexo se refería. Y en ese momento, cuando no podía quitarse de encima la convicción de que ella se le estaba escapando, pensaba que era lo único que le quedaba.

Cuando la había estado tocando en la calle, por un momento había tenido la sensación de que todo encajaba. Ella había confiado en él, se había dejado ir y se había mostrado sincera. Louis solo quería volver a esa situación para poder... ¿qué? ¿Que ella le prometiera que no se marcharía? ¿Para poder obligarla a jurar que no tendría que esperar otra semana entera para volver a verla?

Sí, esa era más o menos la idea.

Pero cabía la posibilidad de que no funcionara, dado que ella se había ido encerrando gradualmente en sí misma después de que él se comportara como un maníaco sexual. Quizá la alejara más. ¿Por qué? La palabra corría de un lado a otro de su cerebro. A ella le había gustado lo que le había hecho. Era imposible fingir esa clase de reacción. Entonces, ¿por qué no lo había mirado cuando subían al ascensor? Louis volvió a pensar en aquella calle oscura, en las cosas que le había hecho. Puede que hubiera sido demasiado agresivo, pero no había podido evitarlo. Cuando se tocaban perdía el control. Perdía la capacidad de filtrar sus palabras y decidir si debía dejarlas salir. Aquellos... sentimientos que tenía por ella habían pasado tanto tiempo encerrados que quizá su subconsciente los hubiera disfrazado de otra cosa.

Vale, ya había encontrado una forma de excusar su plan de utilizar el sexo para convencerla de que se quedara con él. ¿Qué había del resto? ¿Qué pasaba con la mentira? Aquella noche había mirado sus emocionados ojos verdes y le había mentido. Aunque ella nunca averiguara que le había hecho un favor, sería algo que siempre estaría ahí recordándole que la había engañado para conseguir lo que él quería. Y lo que él quería era a ella. Y para conseguirla y conservar la sensatez, en la ecuación no podía existir la posibilidad de que ella pudiera desnudarse en casa de ningún desconocido.

Le iba a costar mucho conservarla, pero perderla sería mucho peor. De momento se concentraría en eso, ya se preocuparía por el hacha que colgaba sobre su cabeza en otro momento.

—Estás muy callada.

Roxy cambió de postura y se puso un mechón de pelo detrás de la oreja.

—¿Sí? Bueno, es que la última vez que estuve en este ascensor iba vestida de conejita.

Louis suspiró.

—Pensaba que habíamos acordado que no volveríamos a hablar de eso.

—Acordamos que no hablaríamos de la canción —le corrigió, sonriendo por fin.

—Y lo acabas de hacer.

—Bueno, como ya he roto el pacto... —Roxy carraspeó y empezó a cantar—. A mi conejito bombón...

Louis se abalanzó sobre ella y le tapó la boca con la mano.

—No hagas eso.

Su cuerpo registró la cercanía de Roxy cuando impactó con ella y se empezó a poner tenso. «Dios.» Así de fácil. Cuando la sonrisa desapareció de los ojos de Roxy y se le empezaron a dilatar las pupilas, Louis comprendió que ella también lo sentía. Esa reacción, tan acompasada a la suya, le dio el último empujón. Llevársela a su casa y conseguir sentirla debajo de su cuerpo era lo correcto. Estar con ella de cualquier forma no podía ser malo. Y menos cuando ella lo hacía sentir de esa forma. Puede que sus motivos no fueran todo lo honorables que deberían, y sí, le había mentido. Pero aquello, aquello que había entre ellos, era lo más sincero del mundo. Y también lo fueron las palabras que dijo a continuación.

—Roxy, incluso con ese disfraz, estabas tan guapa, que me parece que no he vuelto a respirar con decencia desde entonces.

Ella hizo un ruido por detrás de su mano que le recordó que todavía le estaba tapando la boca. En cuanto la apartó, le rodeó el cuello con los brazos y pegó ese diminuto y sexy cuerpo que tenía contra él. Louis solo tuvo un segundo para felicitarse por haberla alejado de lo que fuera que estuviera pensando antes de empezar a besarla. Se lamieron, se mordieron y luego se devoraron. A lo lejos oyó un pitido y las puertas del ascensor se abrieron.

«Llévatela a la cama, capullo depravado. Ahora.»

Se separó de ella con un rugido, agarró su apretado y dulce culito, y la levantó para rodearse la cintura con sus piernas. Ella le siguió los movimientos con tanto apetito que a él se le nubló la mente por un momento y salió tambaleándose del ascensor sin soltarla. Se empotraron contra la pared opuesta del pasillo y sus labios se volvieron a enzarzar en otro embrollo de lenguas y labios. El calor que emanaba de entre los muslos de Roxy se vertía directamente encima de su miembro duro y no tuvo más remedio que embestirla. «Jodeeeeeer.» Sabía que debajo del vestido solo llevaba unas delicadas braguitas y estaba loco por arrancárselas. Se moría por desabrocharse los pantalones y enterrarse en ella. Y a juzgar por cómo le tiraba del pelo, Roxy también lo estaba deseando.

—Espera, nena. Deja que te lleve hasta casa. —Roxy lo miró a los ojos y gimió mientras movía las caderas en círculos y lo acercaba peligrosamente al éxtasis. «Esto es increíble. Es posible que no consiga llegar ni a la maldita puerta»—. ¿No has tenido suficiente con mis dedos? —La embistió con fuerza y la hizo trepar por la pared—. ¿Esto es lo que quieres? ¿Lo quieres todo?

—Sí. —Cada vez que ella inspiraba hondo los pechos le asomaban por el escote del vestido—. Por favor, Louis.

—Oh, joder, cómo me gusta oírte decir mi nombre.

Hizo acopio de la poca fuerza de voluntad que le quedaba, la separó de la pared y se la llevó al apartamento. No le fue fácil rebuscar las llaves en el bolsillo con el aliento acelerado de Roxy pegado a su oído y, además, notaba cómo le rebotaba el cuerpo pegado al suyo con cada paso que daba. Por fin, por fin, consiguió meter la llave en la cerradura.

—Roxy, te voy a dar tanto placer que...

Las luces de su apartamento estaban encendidas. ¿Qué narices...?

—¡Lou-is!

Aquella chillona voz familiar lo golpeó con la fuerza de un mazo. No, no, no. Aquello no podía estar pasando. No podía ser que la vida fuera tan cruel. Roxy no se estaba bajando de él después de soltar un grito alarmado y se estaba escondiendo detrás de su espalda. Definitivamente no. Si se quedaba allí y no decía ni una sola palabra, aquella pesadilla viviente desaparecería y podría volver a besar a Roxy. Por favor. Por favor. ¿Por favor?

Intentó, por última vez, que la escena que tenía ante los ojos se desvaneciera y apretó los ojos y los abrió muy despacio. No, su hermana Lena seguía allí, sentada en su sofá.

Con cara de estar completamente deprimida.

Tenía las mejillas llenas de rímel y se había recogido la melena oscura de cualquier forma encima de la cabeza. Él recorrió la habitación a toda prisa en busca de pistas. Mierda, su hermana había encontrado el tequila. Aquello no iba a ser agradable.

Volvió la cabeza muy despacio para poder hablar con Roxy sin dejar de mirar a Lena.

—No hagas movimientos bruscos.

—¿Quién es esa?

A Louis le sorprendió advertir los celos que destilaba su voz. Enseguida se dio cuenta de que no debería asombrarse. ¿A qué conclusiones llegaría él si encontraba a un hombre en su apartamento cuando se suponía que vivía sola? También se sintió aliviado de saber que ella se sentía posesiva con él. Por lo visto había conseguido avanzar un poco aquella noche.

—Mis hermanas.

Roxy se relajó un poco a su espalda.

—¿Hermanas? ¿En plural?

—A donde va la una... siempre suele ir la...

—¡Lou-is!

—Otra.

Celeste salió del baño encendiéndose un cigarrillo.

—¿Dónde estabas? Estamos muertas de hambre. Lo único que tienes en el congelador es lasaña congelada y tranchetes, perdedor. —Se dejó caer en el sofá junto a Lena, que estaba mirando fijamente la pared como si estuviera en trance—. ¿Quién es esa chica? Te estoy viendo, chica. Espero que te haya llevado a cenar, porque aquí no hay absolutamente nada.

Oyó cómo Roxy respiraba hondo detrás de él antes de moverse hasta colocarse a su lado. Dios, lo que más deseaba en el mundo era llevársela de allí y no volver nunca más.

—Hola, me llamo Roxy. Hemos cenado en un italiano, así que no hay problema.

Celeste gesticuló expresivamente con el cigarro en la mano.

—¡Pues qué suerte! Por lo visto yo me sentaré aquí hasta morirme de hambre. Ponte cómoda y disfruta viendo cómo se me marcan cada vez más las costillas.

Louis se pellizcó el puente de la nariz.

—¿Por qué no habéis pedido algo para llevar?

—Lena ha tirado nuestros teléfonos móviles al váter.

—¿Los dos?

Lena se levantó.

—Sí. Los dos. ¿Quieres saber por qué?

Roxy le dio una palmadita en el hombro.

—¿Sabes? Creo que me voy a marchar.

—No. —Louis se plantó delante de la puerta. Genial. Le estaba impidiendo la salida por tercera vez desde que se conocían. A la mierda. Ya se preocuparía por su aumento de patetismo en otro momento. Si la dejaba marchar en ese momento, podría perder su oportunidad. Y Dios, la deseaba tanto que le dolía todo el cuerpo—. Me desharé de ellas. Quédate.

—¿Sabes por qué he tirado nuestros teléfonos al váter? —preguntó su hermana a su espalda arrastrando las palabras—. Para que el bastardo de mi prometido deje de intentar ponerse en contacto conmigo. ¡Una estriper! ¡Había una estriper en su despedida de soltero!

Se volvió hacia Roxy.

—Quizá será mejor que te vayas.

Louis alargó la mano para abrirle la puerta, pero Lena se puso delante.

—¡Mira! He encontrado su camiseta debajo de su sofá.

Su hermana agitó delante de sus narices una camiseta blanca que le resultaba muy familiar. Olía a flores de cerezo. De repente recordó cómo Roxy se abrochó su camisa encima de su sujetador y la falda aquella noche. No llevaba camiseta. Estaba claro que era suya. Con mucha sutileza se colocó delante de Roxy, que observaba la escena con los ojos abiertos como platos.

—Sabía que me ocultaba algo, así que les pregunté a los memos de sus amigos.

Celeste se colocó justo detrás de Lena.

—Me-mos —repitió como si fuera una psicótica.

—Pero ninguno ha querido decirme la verdad.

Lena se sacó algo del bolsillo. Un mechero Bic amarillo.

Y luego le prendió fuego a la camiseta.

—Tú me contarás la verdad, ¿a que sí? Tú estabas allí. —Las llamas treparon por la camiseta hasta convertirla en un montón de harapos carbonizados. A Lena no parecía importarle la posibilidad de que pudiera quemarse los dedos. En realidad quizá incluso disfrutara de ello—. Siempre puedo contar con la sinceridad de mi hermano, ¿verdad?

—¿Puede? —repitió Celeste—. ¿Puede, Louis?

—¿Debería ponerme en paz con Dios? —susurró Roxy a su espalda.

—Lena, mírame. —Louis le tendió las manos en un gesto tranquilizador sin dejar de controlar el progreso de las llamas—. ¿Recuerdas aquellas vacaciones en las que diste marcha atrás y acabaste metiendo el Mercedes nuevo de papá en el lago? —Ella asintió y Louis sintió un poco de alivio en el nudo que tenía en el pecho—. ¿Quién cargó con las culpas por ti?

—Tú —reconoció ella de mala gana.

—Cuando ibas a noveno, ¿quién te advirtió de que tu permanente parecía un caniche muerto?

Ella se limpió los chorretones de rímel de la mejilla.

—Tú.

—Exacto. Así que puedes confiar en mí cuando te digo que aquella noche no entró ni una sola estriper en casa de Fletcher. Ni una.
—Por lo que a él respectaba, Roxy era actriz. Ya había dicho suficientes mentiras por una noche. No pensaba añadir otra más a la lista. En especial teniendo en cuenta que su hermana era capaz de quemarle el apartamento si percibía que no le estaba diciendo la verdad—. Tu futuro marido pasó toda la noche libre de pecado. Tienes mi palabra de hermano.

Lena lo miró entornando los ojos.

Él desenterró su sonrisa de inocente hermano pequeño y se la dedicó a su hermana.

—Supongo que te creo. —Hizo un gesto con la barbilla en dirección a Roxy—. ¿No me vas a presentar?

—¿Por qué no apagamos la camiseta en llamas primero? —A Louis no le quedó más opción que dejar a Roxy con su hermana para evitar que acabaran todos chamuscados. Le quitó la prenda y se fue hacia el fregadero de la cocina. Después de abrir el grifo del agua para apagar el fuego, volvió rápidamente con las chicas—. Escuchad, mañana comemos juntos en casa de papá, ¿no? ¿Os importaría...?

—No nos estarás echando, ¿no? —Celeste se dejó caer de nuevo en el sofá—. Acabamos de llegar.

—Sí, venga, hermanito. —Lena olvidó el drama de la estriper, lo agarró de la mano y tiró de él hacia el sofá. Louis se esforzó por no ceder al impulso de agarrarse a Roxy, cuyo miedo parecía estar convirtiéndose en diversión. «Qué bien»—. No nos eches. Necesitamos pasar una noche con Louis.

—He comprado palomitas —terció Celeste.

—¿Y por qué no te las has comido si tenías tanta hambre?

Había elevado la voz hasta convertirla casi en un grito, un tono mucho más alto del que solía emplear con sus hermanas. ¿Acaso podía evitarlo? No. La chica a la que necesitaba más que el oxígeno ya tenía una mano en el pomo de la puerta.

«Necesitan una noche con Louis», articuló Roxy en silencio.

—Queríamos esperarte —le explicó Lena.

Sus hermanas se pusieron tan tristes como un par de niños tras una regañina. Él suspiró con frustración mirando al techo y les echó un brazo sobre el hombro a cada una. Las dos se acurrucaron contra él y ronronearon como gatitas. Tenía gatitas en lugar de hermanas. Dos gatitas locas con problemas para controlar la ira.

Sabía que no le serviría de nada, pero miró a Roxy y le imploró:

—¿Te quedas?

Ella ya casi había salido antes de que pudiera acabar de decir la palabra.

Por lo visto la persecución tendría que esperar a mañana.

11

Russell estuvo a punto de tirar su sexta cerveza cuando intentó alcanzar el teléfono de Louis.

—No la llames, tío. Si la llamas, juro por Dios que le daré una patada tan fuerte a tu móvil que lo enviaré hasta New Jersey.

Él esquivó las manos de su amigo.

—Estoy comprobando el correo. —Se quedó mirando su teléfono. Bueno, sus teléfonos. ¿De dónde había sacado dos móviles? Cerró un ojo. «Ah, vale.» Volvía a ser solo uno—. Relájate, ¿quieres?

—Estás mirando demasiado el correo para ser un domingo por la noche —dijo Russell—. Y mientes de pena, McNally. Si no te ha llamado ya, no lo hará.

—Ignóralo —terció Ben a voces, tambaleándose hacia atrás al dejar otra ronda de cervezas en la mesa—. Diga lo que diga se equivoca. Este es el mismo tío que nos dijo que las mujeres que comían ensalada en la primera cita, acabarían matándonos mientras dormíamos.

Russell se encogió de hombros y le dio un trago a la cerveza fresca.

—Y lo sigo pensando.

—¿Y dónde están tus estadísticas? —Ben tuvo que intentarlo tres veces antes de pronunciar bien la palabra «estadísticas»—. No tienes ninguna. Porque solo son los desvaríos de un lunático.

—No sé, Ben. —Louis se metió el móvil en el bolsillo, aunque en realidad tenía ganas de lanzarlo hasta la otra punta del bar—. Tenía razón con la teoría del vestido.

—¿La teoría del vestido? —Russell se enderezó—. ¿Utilizó «el vestido» en la primera cita?

Louis dejó caer la cabeza y se golpeó contra la mesa intentando bloquear la imagen del cuerpo de Roxy forrado con aquella suave tela floreada. Y el tacto de aquel vestido en sus dedos.

—Sí.

—Es malvada —anunció Russell—. Tienes que huir de ella como de los tertulianos de la prensa amarilla.

Ben y Louis se miraron.

—¿Qué ves por televisión, tío?

—La pongo de fondo cuando estoy planchando. No intentes cambiar de tema. —Russell hizo rodar los hombros hacia atrás—. Si una chica se pone «el vestido» en la primera cita, solo hay dos opciones: o bien persigue una venganza de sangre contra tu familia de la que no sabes nada... —Fue contando con los dedos—. O tiene más de un vestido. No quiero ni imaginarme lo que pueda tener reservado para la segunda cita.

—Yo sí. —Louis asintió con energía—. Me muero por averiguarlo.

—No —insistió Russell golpeando el vaso de cerveza contra la mesa—. De eso nada. Mírate, tío. Ni siquiera te has afeitado esta mañana. ¿Y eso qué es? ¿Una camisa hawaiana?

—Es día de colada —murmuró Louis—. ¿Ya os he mencionado lo afortunado que me siento de teneros por amigos?

—Todo llegará.

Ben le lanzó a Russell una mirada de asco antes de volverse hacia Louis.

—Escucha, la verdad es que no puedes culpar a esa chica por largarse cuando aparecieron tus hermanas. Yo las conozco. Y no son exactamente el mejor comité de bienvenida.

—¿Tú crees? —Louis hipó—. Lena quemó la camiseta de Roxy con un mechero Bic. Eso tiene que ser un gesto de bienvenida a la familia en alguna cultura, ¿no?

Ben y Russell se inclinaron muy despacio hacia delante.

—¿Que hizo qué?

—Es una larga historia.

No pensaba contarles a sus amigos por qué aquella camiseta acabó siendo pasto de las llamas. Y no era porque lo que hizo Roxy lo avergonzara, sino porque no quería que ellos pudieran imaginársela desnuda. Cosa que no tenía sentido, porque ellos no sabían cómo era, pero él ni siquiera quería que se imaginaran cómo podía ser y luego se imaginaran desnuda a aquella Roxy imaginaria. Vale, por lo visto estaba más borracho de lo que creía.

Ese domingo había sido una mierda por dos motivos. Para empezar, se había despertado oyendo los ronquidos de sus hermanas en el suelo de su habitación, en lugar de despertarse con Roxy durmiendo a su lado en la cama. Y, además, habían rechazado las horas de trabajo pro bono que quería añadir a su contrato con Winston y Doubleday. En domingo. Y por correo electrónico. Cuando alguien echa por tierra las esperanzas de uno, siempre resulta un poco más insultante si las noticias van seguidas de la frase «enviado desde mi iPhone».

¿En qué posición lo dejaba esa noticia? ¿Debía conservar el puesto de trabajo que le había conseguido su padre y vivir con una reputación que no había pedido nunca? Si no seguía haciendo las horas de trabajo gratuito que le ayudaban a mantener los pies en el suelo, sería como todos los compañeros del despacho, que se pasaban el día persiguiendo comisiones después de haber olvidado los motivos por los que habían empezado a estudiar derecho. Y él no quería olvidar. No quería dejar que su vida se empañara tanto que el trabajo se convirtiera en un medio para ganar dinero y nada más. Pero ¿qué opciones tenía? A su padre le daría un ataque al corazón si supiera que aún no le había dado una respuesta directa a Doubleday. Lo podía oír resonando en su cabeza: «¿A quién se le ocurriría dejar un trabajo como este?» Y tenía razón.

Ben parecía tener la intención de presionarlo para que desembuchara toda la historia, pero por suerte no lo hizo.

—Yo voto por llamarla. Por lo que cuentas podría estar traumatizada.

—No. No habrá llamadas si yo puedo evitarlo.

Louis ignoró a Russell.

—¿Traumatizada? Se marchó sonriendo.

—Malvada.

Ben tampoco le hizo caso a Russell.

—Oye, eso es bueno. No hay muchas chicas que hayan conseguido salir con vida de su primer contacto con las Gemelas Terroríficas, y mucho menos reírse de ello.

—Sí, ya lo sé.

Louis notó una tirantez en el pecho. Maldita sea, debería llamarla. Puede que ella contestara al tercer tono y lo llamara por su nombre completo: «Hola, Louis McNally Segundo». A esas horas de la noche, quizá incluso estuviera en la cama, y se la podría imaginar con el pelo húmedo y el pijama puesto, acurrucada contra una almohada mientras hablaban. Tendría la voz suave y soñolienta.

Dios. Se estaba convirtiendo en un memo. Tenía que hacer algo. Quería ser capaz de agarrar el teléfono y llamar a Roxy cuando le apeteciera sabiendo que ella estaría encantada de oír su voz. Todo ese rollo de las adivinanzas empezaba a ser cansino. Puede que fuera la primera vez que persiguiera a una chica como aquella, pero pensaba que, por ahora, su actuación había sido bastante decente. Quitando el momento en el que su intercambio de fluidos se vio interrumpido por una situación de alta amenaza para la integridad física, claro.

Pero Ben tenía razón. Era muy posible que Roxy se hubiera quedado un poco descolocada con la aparición de sus hermanas y, sin embargo, ella había parecido más divertida que otra cosa. Esa chica se adaptaba muy bien a los imprevistos. Cómo le gustaba eso de ella. Era una habilidad que él también debería aprender, no solo por su profesión, sino porque su familia llevaba el drama incorporado a cualquier sitio. Y ahí es donde él y Roxy tendrían los problemas. Había advertido el recelo en los ojos de ella cuando Lena le pidió que la presentara. No había salido corriendo de su apartamento porque tuviera miedo de Lena y Celeste. Había tenido miedo de conocerlas. Algo que haría cualquier novia.

Roxy parecía decidida a mantener una relación despreocupada y poco seria con él. En cualquier otro momento de su vida, estaría encantado de haber tenido la suerte de conocer a una chica que no quisiera un compromiso verbal conciso. Un estatus, un anillo de compromiso y una presentación paternal. Un puto viaje a Vermont del que pudieran presumir con sus amigos mientras disfrutaban del *brunch*. Él y Roxy no hacía mucho que se conocían, y sabía que la necesidad irracional que sentía por conseguir que aquella chica le prometiera algo no era realista. Pero eso no cambiaba el hecho de que quisiera abrazarla y exigirle que accediera a verlo sin esa enorme y pesada fecha de caducidad planeando sobre su cabeza. También estaba allí. La percibía cada vez que estaban juntos.

Cuando Russell le dio un puñetazo en el hombro, se dio cuenta de que estaba mirando al techo.

—¿Qué?

—El límite estaba en esta pinta que llevas de turista sin afeitar. Lo de hablar con el techo está entrando en un territorio nuevo francamente aterrador.

Ben dio unos golpecitos en la mesa con un posavasos de cartón.

—Llámala. ¿Qué es lo peor que puede pasar?

La sonora carcajada de Russell hizo que varias cabezas se volvieran hacia ellos.

—Célebres últimas palabras. No me puedo creer que te dediques a educar a nuestros jóvenes. —Miró a Louis con complicidad—. ¿Qué es lo peor que podría pasar? En cuanto sepa que vas detrás de ella, se habrá adueñado de tus pelotas.

—Me parece que ya sabe que voy detrás de ella.

—Nunca es demasiado tarde, tío. Le puedes dar la vuelta a todo este circo. —Russell apartó unos cuantos vasos de cerveza y se inclinó hacia delante—. Es como si tú fueras el león y ella la gacela. Lo que pasa es que en este momento, y siento decírtelo, tú eres la gacela y...

—Estoy demasiado borracho para metáforas.

—Yo nunca estoy demasiado borracho para metáforas. —Ben miró a Russell y negó con la cabeza—. Solo para las ridículas.

—Lo único que digo es que esperes un par de días. —Russell se cruzó de brazos—. Me lo agradecerás, colega.

Louis se tomó un trago de cerveza.

—¿Ya os he mencionado que tiene dos compañeras de piso muy monas?

Russell lanzó su teléfono encima de la mesa.

—A la mierda. Llámala ahora.

Louis no la había llamado.

Tampoco es que estuviera esperando que la llamara. O que la necesitara. Pero estaba realmente convencida de que la llamaría. Hasta que aparecieron sus hermanas el sábado por la noche, las cosas estaban yendo bastante bien. Si hubieran llegado a un apartamento vacío, estaba bastante segura de que habrían acabado desayunando tortitas juntos la mañana siguiente. ¿Y? ¿Qué se supone que debía haber hecho? ¿Tendría que haberse quedado y esperar a que una de sus hermanas empezara a hacerle preguntas? No, gracias. Le gustaba conservar los ojos en la cara. Si Louis se había enfadado con ella por haberse marchado, no podía hacer nada. No necesitaba para nada su culo de príncipe azul perfecto de las citas perfectas.

Pero quería oír su voz. En realidad se moría por oírla. Dentro de cinco minutos saldría de su apartamento y tomaría el metro para ir a la audición de su vida. Le sudaban las palmas de las manos, la ropa no le quedaba bien y, por algún motivo, estaba convencida de que él sabría exactamente qué decirle para tranquilizarla. ¿Cómo lo sabía? No tenía ni idea. Si aquello le hubiera pasado hacía solo una semana, en ese momento se estaría motivando ella sola, y no le gustaba aquella dependencia repentina de Louis para sentirse segura. A la mierda, ella tenía seguridad de sobra. El problema era que, en ese momento, necesitaba un poco más de la habitual. Un montón.

¿Ya habría pasado de ella? ¿Incluso sin que hubieran llegado a la parte del sexo? Eso sería nuevo. A menos que hubiera decidido que no merecía la pena esforzarse tanto por ella. Se miró en el espejo que tenía al otro lado de la habitación y se preguntó qué vería él. Quizá hubiera pensado que le faltaba algo. Puede que fuera menos sofisticada que las chicas con las que acostumbraba a salir. El dolor que sintió al pensar aquello le dejó muy claro que quizá ya se hubiera dejado llevar demasiado.

Alguien llamó a la puerta del apartamento y la devolvió al presente. Pensó en llamar a Honey para que abriera, pero recordó que su compañera de piso ya se había ido a su clase de física de la tarde. Suspiró, metió el rímel en el cajón del tocador de segunda mano, e hizo repicar sus tacones por todo el apartamento hasta llegar a la puerta.

—¿Quién es?

—Mensajero.

Louis. Un animalito cubierto de plumas revoloteó en su estómago. Hizo ademán de abrir la puerta a toda prisa, pero decidió no parecer demasiado entusiasta.

—Me ha abierto un tipo con una gorra de capitán.

Roxy negó con la cabeza a pesar de que él no podía verla.

—Menuda seguridad.

—Soy muy persuasivo. —Se hizo una pausa larga—. Supongo que ya te has dado cuenta de que todavía no has abierto la puerta, ¿no?

—Puede que solo lleve puesta una toalla.

—Ahora vuelvo.

Roxy se abalanzó hacia la mirilla para poder verlo.

—¿Adónde vas?

Él la miró directamente.

—A buscar un ariete.

Ella sonrió, pero controló su arranque de entusiasmo y abrió la puerta.

—Hola —dijo con despreocupación intentando no mirar la bolsa que él llevaba en la mano.

—¿Hola? —Louis se rio entre dientes—. Eso es todo, ¿eh?

—Estaba a punto de marcharme a la audición. —Vaya, era más mezquina de lo que pensaba. Lo estaba torturando por no haberla llamado el domingo. ¿En quién se estaba convirtiendo?— ¿Qué hay en esa bolsa?

Louis se le acercó hasta que no tuvo más remedio que apartarse para dejarlo entrar en el apartamento, o dejar que chocara contra ella. Lo cual era muy tentador, pero tenía la sensación de que si dejaba que él se acercara, llegaría tarde a la mayor oportunidad de su vida profesional. Cerró la puerta y se dio media vuelta decidida a explicarle que solo disponía de dos minutos para no darle ideas.

Pero él la empotró contra la puerta y pegó su musculoso cuerpo al suyo. Se le fue pegando más y más hasta que tuvo que meter barriga para dejar que él pudiera pegarse todavía un poco más.

Su aliento le acarició la oreja y a Roxy se le aceleró el pulso.

—¿Estás enfadada conmigo por no haber llamado?

—No —dijo demasiado rápido.

—Sí que lo estás. —Soltó la bolsa, que hizo un ruido sordo al caer junto a ella, y luego levantó la mano para sujetarla de la nuca—. Me alegro.

—¿Te alegras? —Una ráfaga de irritación le recorrió toda la piel. Irritación. No recelo. Estupendo—. ¿Estás jugando conmigo, Louis? Pensaba que eso era cosa mía.

—Y lo es. Y se te da muy bien. —Se retiró para mirarle los labios, pero no la besó—. A mí no me gusta jugar. Pero tampoco pienso ser el tío del que no dejas de pasar.

Se le contrajo la garganta.

—Yo no paso de ti.

Louis la ignoró y le masajeó la nuca con el pulgar. Por Dios, qué gusto. Toda la situación era placentera. Tenerlo cerca. Inspirar su aliento. Roxy quería hundirse en él y no salir a respirar nunca más.

—Quiero saber que no vas a desaparecer cada vez que tengamos un mal momento o que mis hermanas se presenten con pinta de haberse escapado de una casa encantada. Necesito que te quedes conmigo. De. Una. Puta. Vez. —Louis pegó los muslos a los suyos y la hebilla de su cinturón le rozó el estómago—. Llevas robándome el sueño desde que nos conocimos y, hasta ahora, la verdad es que no sabía si sentías algo por mí. Así que sí. Si estás enfadada porque no te he llamado. Me alegro.

La leche. Nunca había estado tan excitada. Todo lo que había dicho era justo. La había puesto en su sitio, y eso le gustaba. Mucho. Incluso había cierta parte de ella que estaba emocionada de saber que le había robado el sueño cuando debía estar durmiendo.

—¿Has acabado?

El aliento mentolado de Louis le calentó los labios.

—¿Por qué?

—Para poder besarte.

Él se mordió el labio inferior y ella lo observó con avergonzada fascinación. La verdad era que tenía una boca alucinante.

—Nada de besos esta mañana. —«¿Qué? ¿Lo había oído bien?»— Si quieres que te bese, ven a buscarme luego. Ven tú a mí.

—Eso tiene toda la pinta de ser un juego —le respondió con ingenio.

—Es posible. Pero es un juego que podemos ganar los dos si no eres obstinada.

Antes de que pudiera contestarle, Louis apartó los labios de su boca. Se apoyó en el pomo de la puerta y se fue agachando, muy despacio, delante de ella. Mientras se arrodillaba, arrastró la boca entreabierta por entre sus pechos y siguió por encima de su tripa. El ruido de los rugidos que se le escapaban vibraba sobre la piel de Roxy. Cuando por fin se puso de rodillas, la sujetó por las caderas y le puso la boca entre las piernas, cosa que le provocó un torbellino de sensaciones que la empotró contra la puerta. Solo pudo disfrutar unos segundos del calor de su boca colándose por encima de la tela del vestido antes de que se apartara.

—¿Qué estás haciendo? —le preguntó jadeando.

Louis agarró la bolsa de la compra.

—Te estoy deseando suerte en tu audición. —Sacó una caja de zapatos de dentro y la dejó en el suelo mientras ella lo miraba con los ojos entornados. Entonces giró la muñeca con habilidad y levantó la tapa para descubrir un par de tacones de piel negra. Los ángeles cantaron en la lejanía. Eran los zapatos más bonitos que ella había visto en su vida. También supo que eran de su número sin necesidad de probárselos—. Tuve que salir de compras con mis hermanas ayer para conseguirlos. Ahora que las conoces, ya sabes qué clase de infierno tuve que pasar.

No podía aceptar los zapatos. ¿Podía? Los suyos estaban muy desgastados, pero eran suyos. Por lo menos los había pagado ella. No, no podía aceptarlos. En especial después de haberle dado tantas largas.

—Louis, no puedo...

—Oh, sí. La tarde del domingo pasé cuatro horas en Bloomingdale's: créeme, te los vas a quedar.

La sujetó por el tobillo, le quitó el zapato y le puso el nuevo. Vaya, fue como si una nube se amoldara a su pie cansado y lleno de ampollas. No le quedó más remedio que dejar que él repitiera la maniobra con el otro pie. Tenía que saber lo que se sentía llevando los dos zapatos. También era probable que el hecho de estar sintiendo las grandes manos de Louis acariciándole el pie con tanta delicadeza tuviera algo que ver con sus reticencias a apartarse. Verlo allí arrodillado delante de ella, rodeado de un evidente halo de frustración, encendió el deseo en su interior. Si se agachaba junto a él en el suelo podría convencerlo fácilmente para que se replanteara la regla antibesos. Pero sería una victoria superficial. Por algún motivo irritante, quería concederle la victoria que necesitaba, y esperaría hasta más tarde. Por muy duro que fuera.

—¿Cómo has sabido el número que calzo?

Louis se apoyó las manos en las rodillas flexionadas mientras contemplaba los zapatos en sus pies.

—Mis hermanas son buenas en algunas cosas. Con solo echarte un vistazo ya sabían todas tus medidas.

Roxy se negó a sentirse dolida por su tono entrecortado.

—Parece que estés muy enfadado conmigo.

—Estoy contemplando tus piernas desnudas desde una posición ventajosa, y no puedo hacer nada ahora mismo o los dos llegaremos tarde. —Se pasó una mano por el pelo—. A la mierda. Necesito algo.

Sin previo aviso, se inclinó hacia delante y le besó la cara interior de la rodilla, como si no pudiera seguir separado de ella un segundo más. Mientras desplazaba los labios por la cara interior de su muslo, el aliento de Louis acarició su piel sensible. La oleada de calor que le provocó la embistió con tanta fuerza que tuvo que agarrarse a sus fuertes hombros con ambas manos para no caerse. La boca de Louis se posó sobre la otra pierna, y esta vez utilizó la lengua para provocarla al tiempo que intercalaba pequeños mordiscos entre un lametón y otro. Roxy oyó un ruido y enseguida se dio cuenta de que era ella: estaba gimiendo. Louis le estrechó los muslos por detrás y soltó un rugido cargado de irritación; luego se puso de pie. Como llevaba puestos los tacones nuevos, los ojos le quedaron justo a la altura de la boca de él: se moría por besarlo. Tenía tantas ganas que le temblaban las manos. El jadeo entrecortado que soltó le dio a entender que él sabía cómo se sentía, pero tenía un gesto decidido. «¿Y ahora quién es el obstinado?», quería preguntarle.

—Tengo que pasarme toda la tarde en un juicio que se celebrará en el centro de la ciudad, y ha empezado hace diez minutos. Pero quiero verte esta noche, Rox. Ven a verme.

Era una orden, no una petición. Una parte de ella estaba indignada. Ella decidía dónde y con quién pasaba su tiempo. Pero también estaba esa otra parte, la más importante, la parte en la que le gustaba que él tomara las decisiones por ella. Estaba encantada. También debió ayudar el acalorado tono que percibió en su voz. Louis la necesitaba. Ella le necesitaba.

—Nos vemos esta noche, Louis.

Él intentó ocultar el alivio que sentía, pero Roxy lo vio de todos modos.

—¿Estás preparada para la audición?

—¿Con estos preciosos zapatos nuevos? Ya tengo un pie dentro.

Louis esbozó una sonrisa reticente.

—Deja de ser tan mona o romperé mi regla antibesos.

—No podemos permitir eso —le contestó en un tono muy dramático mientras le abría la puerta.

Mientras salía le lanzó una mirada lujuriosa.

—Ponte los zapatos para mí esta noche.

Ella le deslizó las uñas por el pecho.

—Solo si tú te pones la corbata.

Cuando cerró la puerta, lo oyó rugir una maldición con tanta fuerza que resonó por el pasillo. Pero no tenía tiempo de reírse. Llegaba oficialmente tarde.

12

«Debo de estar en el lugar equivocado.»

Dos pares de ojos críticos se volvieron hacia Roxy cuando abrió la puerta de entrada, y le dieron el repaso obligatorio que toda actriz dedica a sus competidoras. Curiosamente, la situación la desconcertó más de lo habitual. En la mayoría de audiciones a las que iba, la recibían cuarenta, a veces incluso cincuenta pares de ojos. Nunca, jamás, se había encontrado con solo dos pares. La falta de competencia hizo que se preocupara más por la prueba. Cuando una no tenía ninguna oportunidad, la presión desaparecía. Pero cuando se dio cuenta de que solo tenía que hacerlo mejor que aquellas dos chicas, la presión le oprimió el cuello como una soga. En especial cuando aquellas dos chicas parecían recién salidas de las páginas del *Teleprograma*. ¿La rubia no había salido en esa serie con Neil Patrick Harris? Se llamaba *Cómo conocí a vuestro hermano*, o algo así.

Reprimió las ganas de atusarse el pelo y se acercó a una de las sillas libres que quedaban en la sala de espera, se sentó y sacó el guion del bolso. A su derecha, la puerta de la oficina donde entraría dentro de pocos minutos aguardaba cerrada, y no se oía ni una mosca en el interior de la estancia.

La tarde anterior le habían enviado las frases que le correspondían por correo electrónico, y se había pasado la mayor parte de la noche ensayándolas delante del espejo del lavabo. La nueva película de Johan Strassberg se centraba en la vida de una joven que se había visto obligada a dejar su carrera universitaria en Nueva York para cuidar a su madre enferma en el Medio Oeste.

Aunque solo le habían hecho llegar una parte del guion, Roxy tenía curiosidad por el personaje de Missy Devlin. Había tanto resentimiento, vulnerabilidad y sueños en aquella pequeña parte del texto, que estaba ansiosa por ver el resto. Se moría de ganas de meterse en el papel si le daban la oportunidad. «Por favor, que me den la oportunidad.»

Una joven pelirroja con auriculares salió del despacho con un sujetapapeles en la mano. Roxy inspiró hondo y rezó para que llamaran primero a una de las otras. Necesitaba un minuto para recomponerse, en especial después del ardiente encuentro con Louis de hacía unos minutos. Por suerte la chica de los auriculares dijo otro nombre y la rubia se levantó para seguirla hasta el despacho.

Roxy respiró hondo por segunda vez.

«Vale. Vale, puedes hacerlo. Eres Missy. El destino te ha obligado a dejar la universidad de tus sueños, has tenido que separarte de tu novio y de tus mejores amigas y tienes que ir a cuidar a tu madre. Deberías estar ansiosa por estar con ella. Deberías tener ganas de pasar junto a tu madre los últimos momentos de su vida. Pero no es así. En absoluto. Nunca os habéis entendido. Cuando eras pequeña te dejaba con cualquier desconocida para poder largarse con su ligue de turno... y estás enfadada. Estás tan enfadada que cuidarla te resulta difícil. Aunque creas que es tu obligación, eres incapaz de olvidar el pasado. Te sientes culpable. Te sientes indefensa. Estás enfadada.»

Una voz se internó en la conciencia de Roxy y la hizo levantar la cabeza y regresar a la realidad. La pelirroja estaba de pie en la puerta del despacho y la miraba con impaciencia.

—Sí. ¿Roxy Cumberland? Ya estamos listos.

—Genial.

Soltó la palabra con tirantez. Como lo haría Missy. En ese momento tenía todas las emociones que necesitaba burbujeando en su interior. Si lograba entrar en ese despacho y dar rienda suelta a esas emociones, conseguiría que aquella gente la viera actuar. Tenía que conseguir que vieran a Missy atrapada en su interior, tratando desesperadamente de escapar. Se volvió a meter el guion en el bolso. Ya no lo necesitaba.

«Esta audición es como todas las demás. Has entrado en cientos de despachos como este. Agarra el miedo y dáselo a Missy, no te lo quedes tú. Durante los próximos cinco minutos debes vivir dentro del papel.»

Cruzó la puerta con paso decidido y se encontró con una imagen que le resultaba muy familiar. Tres caras aburridas suspendidas sobre los papeles llenos de anotaciones que tenían en la mesa. Una pequeña cámara la apuntaba desde lo alto montada sobre un trípode. La única diferencia era ver al famoso director de cine Johan Strassberg arrellanado en un puf que había en una esquina de la sala. Tenía un puntero láser en la mano y lo apuntaba a la cabeza pelirroja de la asistente de producción mientras se reía. Iba descalzo. Llevaba unos auriculares con cancelación de ruido alrededor del cuello. No solo era guapo, sino también adorable. Esa enorme sonrisa de niño y esos ojos brillantes se habían ganado el corazón del público. Ella no imaginaba que el director se comportaría de aquella forma, pero quizá formara parte de su personaje. Se podía permitir ser un poco excéntrico.

—¿Quién es esta? —canturreó Johan sin siquiera mirarla.

Un hombre con barba y una gorra de béisbol de *The Book of Mormon* consultó su libreta.

—Esta es... Roxy Cumberland.

—Nunca he oído hablar de ella —murmuró la fatigada rubia de su derecha con la boca pegada a su lata de Coca-Cola light.

Johan se enderezó y la miró con curiosidad.

—Ah, Roxy Cumberland. Me han hablado muy bien de ti. —Apuntó su láser hacia el suelo y alzó una ceja—. ¿Has venido a deslumbrarnos?

—Ese es el plan.

El tipo de la barba resopló.

«Bien.» Eso era exactamente lo que necesitaba. Necesitaba que la subestimaran. Así no tendría nada que perder, como el personaje que debía encarnar. ¿Pensaban que no los iba a impresionar? Muy bien, había llegado la hora de despertar a aquellos imbéciles.

La rubia sacó una hoja de papel.

—Yo leeré contigo —anunció con un tono monótono—. Di tu nombre mirando a la cámara y empieza cuando estés preparada.

Roxy inspiró hondo y se dio un momento para meterse en los zapatos de Missy, para bloquearlo todo excepto a su madre, que estaba sentada al otro lado de la mesa de la cocina. Cinco... cuatro... tres... dos...

—¿Quieres tortitas, mamá?

—No tengo hambre —se apresuró a contestar la rubia.

Roxy asintió con tirantez para representar la frustración de Missy.

—¿Te apetece hacer algo hoy?

—Nada en particular. No sé qué sentido tendría.

Roxy soltó una risa amarga.

—¿Sabes qué? Yo tampoco. —Dio dos pasos hacia la mesa—. ¿Por qué me has hecho venir a casa, mamá? ¿Acaso pensaste que sería más sencillo pasar por esto si yo me mostraba manejable? ¿Si me entristecía al verte así? ¿Eh? ¿Por qué narices lo has hecho? —Roxy imaginó que la rubia era una mujer mayor. Una mujer frágil pero obstinada—. Quieres que me sienta culpable, ¿verdad? ¿Debería ponerme una corona de espinas en la cabeza y colgarme de una cruz para absolverte del pasado? Las cosas no funcionan así. No sé cómo sentir algo por ti. —Roxy agarró un frasco imaginario de pastillas y lo sacudió. Rebuscó en lo más hondo de sí misma, encontró un pozo lleno de impotencia, y se sumergió en su interior—. Esto no cambia nada. Aquí. Nunca. Cambiará. Nada.

Tardó un momento en darse cuenta de que la escena había terminado. Tenía el pulso acelerado y se arriesgó a mirar a la mesa de los ejecutivos. El aburrimiento había desaparecido y en su lugar veía caras de interés. Incluso la rubia, que había leído el papel de la madre de Missy, parecía un poco aturdida. Dios, esperaba que no lo hubiera hecho tan mal que los hubiera dejado sin habla. Por favor, que se tratara de todo lo contrario. Entonces se tragó el nudo de incomodidad que tenía en la garganta y miró a Johan. En algún momento de la actuación, el director se había puesto de pie para colocarse detrás de la cámara, quizá para verla en directo y a través de la pantalla al mismo tiempo.

—Cumberland, ¿te importaría salir un momento al pasillo? —preguntó Johan—. Te llamaremos dentro de un momento.

—Claro.

Bueno, aquello no era normal. Aunque para ella tampoco era normal que la contrataran, así que aquel procedimiento tan poco ortodoxo podría ser positivo. Esperaba que sí. Se obligó a moverse, se agachó y agarró el bolso antes de salir. Cerró la puerta y se sentó en una de las duras sillas de plástico de la sala de espera pensando en todo lo que daría a cambio de poder escuchar la conversación que estarían manteniendo al otro lado de la puerta. La otra chica, que evidentemente también había acudido a la audición, la miró con recelo. ¿Otra buena señal? ¿O estarían llamando por teléfono al gremio de actores para prohibirle la entrada de por vida?

Pasaron cinco minutos antes de que la puerta se volviera a abrir. Los tres ejecutivos salieron, el hombre de la barba incluso le sonrió mientras desfilaban por el pasillo en dirección a la entrada. ¿Adónde iban?

Johan apareció en la puerta, ya no llevaba aquellos auriculares gigantescos. Hizo un gesto en dirección al despacho vacío.

—Sígueme, Roxy.

Quería preguntarle de qué iba todo aquello, pero tenía la garganta tan apelmazada que tuvo miedo de que sus palabras sonaran a swahili. Johan la guio de nuevo hasta el escenario improvisado, pero advirtió que ya habían apagado la cámara. Empujó una silla con ruedas que había detrás de la mesa y se sentó, sin embargo no le ofreció asiento a ella, que se quedó de pie a algunos metros de distancia. Durante unos largos y tormentosos momentos no dijo nada, se limitó a ladear la cabeza para examinarla con una sonrisa de medio lado. Roxy sintió una oleada de incomodidad en el estómago al sentirse tan expuesta, pero se negaba a ser la primera en apartar la vista. No era la primera vez que la miraban tan fijamente. Aquello no era distinto. Si tenía la sensación de que el escrutinio era más intenso de lo habitual, podría ser que se lo estuviera imaginando.

—No eres como esperaba —dijo Johan al fin—. En absoluto.

Roxy se esforzó para dejar de moverse.

—Lo mismo digo.

El director soltó una carcajada.

—Sí. Eres toda una sorpresa.

Ella frunció el ceño. A Roxy no le había parecido que su actuación hubiera sido tan extraordinaria. ¿Por qué se le veía tan sorprendido?

—¿Te importa que te pregunte qué director de casting me recomendó? Tu asistente no me dio ningún nombre cuando me llamó.

Él encogió los hombros bajo una camiseta *vintage*.

—¿Y qué más da? El papel es tuyo.

Roxy empezó a ver lucecitas blancas por detrás de los párpados.

—Yo... ¿qué?

—Nos has dejado alucinados. ¿O acaso te crees que cualquiera puede dejar sin habla a esos tres capullos estirados?

La risa con la que le respondió ella sonó un poco histérica. Aquello estaba ocurriendo de verdad. No lo había entendido mal. El papel de Missy Devlin era suyo. Formaría parte de una producción de primera línea. Si hubiera estado teniendo esa conversación con otra persona, le habría pedido más pruebas, habría exigido hablar con alguien con más poder. Pero Johan había escrito el guion y sería él quien dirigiría la película. Era el eslabón más alto de la cadena alimenticia. Ya no se podía subir más arriba.

—Gracias —consiguió decir—. Has tomado la decisión correcta.

Johan parecía divertido.

—Me va a encantar trabajar contigo. —Se puso de pie y se acercó a ella—. Y lo vamos a hacer mucho. Lo de trabajar juntos —le dijo con elocuencia.

Se volvió a sentir incómoda. Ella no quería sentirse así, no quería que ningún sexto sentido molesto estropeara la perfección del momento exacto en el que había alcanzado su sueño. Pero la sensación se quedó con ella de todos modos y le advirtió que mantuviera los ojos bien abiertos.

—Eso espero —bromeó—. Eres el director de la película.

—Así es. —La observó con detenimiento—. Nuestro protagonista masculino, Marcus Vaughn, todavía estará una semana más en Los Ángeles. Ya hemos repasado el guion con él varias veces. Cuando vuelva a la ciudad, me gustaría que te pusieras las pilas para que nos podamos poner en marcha.

Roxy asintió con entusiasmo.

—Claro. Me puedo llevar el guion a casa hoy y...

—No, no. —Su sonrisa destilaba un poco de condescendencia. No podía evitar pensar que Johan debía de ser así. Y no el simpático e irreverente chaval que intentaba proyectar—. Tú y yo necesitaremos ensayar unas cuantas veces. Necesito que estés preparada del todo.

Aquella molesta sensación de incomodidad se convirtió en un intenso pitido de alarma. No era ninguna ingenua. Nada más lejos de la realidad. Después de haber pasado dos años esperando a que le tocara el turno para entrar a alguna audición mientras escuchaba a otras chicas contar miles de historias de pruebas de guion que acababan entre las sábanas, ya se conocía el cuento. Y aunque él no le hubiera dicho directamente que quisiera nada a cambio del papel, estaba bien claro. El sueño que creía haber alcanzado cuando había vuelto a entrar en la sala, se desmoronó un poco, pero no del todo. Todavía no. Si Johan se creía que ella se acostaría con él para conseguir el papel, estaba muy equivocado. Ella solo tenía que mantenerse en su sitio y jugar bien sus cartas.

—Genial. Me encanta ensayar. Odio quedarme rezagada. —Se ciñó el bolso al hombro haciendo una mueca de dolor interna cuando se dio cuenta de que lo estaba utilizando como si fuera una especie de escudo—. ¿Nos ocupamos del papeleo?

Johan bajó las cejas.

—Aún es muy pronto para eso. Todavía tenemos que asegurarnos de que tú y Marcus tenéis la química necesaria en la pantalla cuando estéis juntos. Pero estoy seguro de que será así —se apresuró a añadir—. Sin embargo, nos tenemos que asegurar de que conoces a la perfección todas las facetas de Missy antes de que filmemos las primeras pruebas—. Le posó la mano en el hombro y la dejó ahí—. ¿Por qué no empezamos mañana por la noche? Nos vemos aquí sobre las seis.

—A las seis. —Roxy se apartó un poco hasta que él se vio obligado a retirar la mano—. Aquí estaré.

—Genial. —Volvía a tener esa sonrisa tan auténtica en la cara—. Estoy impaciente.

Cuando salió del despacho advirtió que, por lo visto, la otra chica se había cansado y se había marchado. Cuando llegó a la acera se detuvo un momento: se sentía perdida. Confundida. En cuestión de cinco minutos había pasado de estar en lo más alto a sentirse por los suelos. Ahora estaba entre las dos emociones. Encontraría una forma de conservar ese papel. Tenía que lograrlo. Pero bajo ninguna circunstancia estaba dispuesta a transigir para alcanzar sus sueños. Si lo hacía, lo echaría todo a perder.

Y eso significaba que cabía la posibilidad de que perdiera el papel de su vida.

Mientras caminaba hacia el metro se sintió desnuda. Expuesta. La idea de volver a casa y sentarse en su habitación sintiéndose de aquella forma hasta que anocheciera le parecía horrible. Solo se mortificaría pensando en el ensayo del día siguiente y se volvería loca. Se zamparía todas las sobras que Honey había dejado en un *tupper* dentro de la nevera. Se apropiaría del mando a distancia para pasar toda la tarde viendo lo que ponían en Lifetime.

No, necesitaba sentirse mejor. Ahora. Cuando pensaba en lo que la había hecho sentirse feliz últimamente, en lo que la hacía sentirse cálida y segura... veía a Louis. No le sentaba bien pensar que necesitaba que él, un chico, borrara la repulsión que le había provocado Johan, pero era lo que había. Hablar con Louis, ver su cara, la hacía... feliz.

En vez de tomar la línea dos de vuelta a Chelsea, cambió de dirección y cogió la línea cinco en dirección al centro. Se iba a los juzgados.

13

Louis le guiñó el ojo a uno de los niños que estaban sentados en la primera fila del juzgado y se esforzó por transmitir seguridad, aunque al contrario que el niño, él no se sentía así ni mucho menos. Las dos primeras filas las ocupaban los miembros de un centro para jóvenes del Lower East Side. Todos llevaban la misma camiseta verde brillante de esta organización, que proporcionaba actividades extraescolares para los chavales de la escuela pública de la ciudad. Por desgracia, también corrían el riesgo de que los desahuciaran, porque llevaban varios meses sin pagar el alquiler del local. Se estaban esforzando mucho para lograr una subvención gubernamental que les permitiera seguir funcionando, además de pedir la ayuda de donaciones privadas, pero se les había acabado el tiempo antes de reunir la cantidad que necesitaban. Louis había aceptado el caso con la esperanza de poder conseguirles un aplazamiento. Si no lo lograba, todos los chicos que lo miraban con seriedad desde la primera fila, no tendrían adónde ir cuando salieran de la escuela. La mayoría de los padres dependían de ese centro para que los mantuviera a salvo y ocupados con actividades positivas hasta que ellos llegaran a casa al salir del trabajo.

El juez le indicó que procediera. Pasó los siguientes quince minutos explicando detalladamente todo lo que estaban haciendo los administradores del centro para ponerse al día con los pagos. Presentó los documentos necesarios mientras sentía el peso de treinta pares de ojos pegados a la nuca. Ya había comparecido ante aquel juez unas cuantas veces, y sabía que era un tipo duro. Por eso, cuando le concedió el aplazamiento, estuvo a punto de preguntarle si estaba seguro.

Se sintió muy aliviado al oír los vítores que gritaron los chicos por detrás de él. Y cuando se volvió para chocar los cinco con los niños, algo captó su atención. ¿Roxy? Estaba de pie al fondo de la sala con aspecto de sentirse un poco descolocada y lo observaba completamente desconcertada. Antes de que pudiera pensar en moverse, ya había cruzado la mitad de la distancia que los separaba. Ella sacudió un poco la cabeza y se reunió con él a medio camino.

—Rox. —Levantó la mano y le acarició la mejilla. No pudo evitarlo. Estaba tan radiante y preciosa en aquel juzgado de mala muerte lleno de personas indeseables... También se dio cuenta de que ella lo miraba de una forma especial. Como si lo estuviera viendo por primera vez. ¿Eso era bueno o malo?—. ¿Qué estás haciendo aquí? ¿Va todo bien?

—Todo va bien.

A Louis le sorprendió que ella volviera la cara y le rozara la palma de la mano con los labios. Había una parte de él que quería regodearse en el hecho de que hubiera ido a buscarlo al trabajo en lugar de haber esperado hasta la noche. Y no solo eso, además parecía... parecía aliviada de verlo. Eso debería bastar para que empezara a golpearse el pecho como si fuera alguna versión moderna de Tarzán, ¿no? La chica que lo había estado mareando estaba allí delante aceptando sus caricias.

Entonces, ¿por qué la felicidad que sentía estaba teñida de preocupación?

Roxy caminaba con los hombros echados hacia atrás. Aunque la palabra «caminar» no bastaba para definir su forma de desplazarse. Se deslizaba contoneando la cadera a cada paso que daba. Y Louis lo sabía porque había elaborado toda una tesis sobre su forma de moverse, en especial de la forma que tenía de caminar cuando se marchaba. En ese momento a ella le faltaba un poco de confianza, y ya imaginaba por qué. El terror se afincó en su estómago. Quería darse una patada en el culo por alegrarse de que ella lo hubiera ido a buscar después de una mala audición, pero esa sensación estaba ahí, y cada segundo que pasaba era más intensa. Louis quería arreglar todo lo que le hubiera pasado. Inmediatamente.

Roxy miró por encima de su hombro, en dirección a las voces de los chicos alborotados.

—No sabía que hicieras estas cosas. —La miró a los ojos y se encontró con una mirada especulativa. Quizá incluso un poco impresionada—. Ha sido alucinante. Has salvado el centro.

—De momento. —Se rascó la nuca preguntándose por qué se estaría sintiendo mejor después de escuchar las alabanzas de Roxy. Quizá fuera porque nadie lo felicitaba nunca por esas cosas, ni en el trabajo ni en la familia. Los únicos con los que había hablado de estos temas alguna vez eran Ben y Russell—. Todavía hay que recaudar muchos fondos.

—Pero tú les ayudarás.

—Sí. —Vaya, se sentía demasiado bien regodeándose en la aprobación de Roxy. Tenía que cambiar de tema, por muy desagradable que le resultara—. ¿Cómo ha ido la audición? —le preguntó, convencido de que ya sabía la respuesta.

Era evidente que no le habían dado el papel.

—Después te lo cuento.

Se apartó el pelo de la cara, lo miró por debajo de las pestañas y esbozó una sonrisa de medio lado. Louis estuvo tentado de mirarla dos veces, y se preguntó si se habría imaginado la falta de la habitual seguridad que había visto en ella cuando había llegado. De repente volvía a estar allí... era inconfundible. Había muy pocas cosas capaces de excitarlo en aquel entorno. Cuando estaba entre las cuatro paredes de aquel juzgado, siempre se concentraba solo en el trabajo. Se lo tomaba muy en serio. No había nada ni remotamente erótico en el papeleo, los jueces y el café malo.

En cuanto Roxy lo miró con sus ojos verdes, Louis supo lo que quería. Sabía por qué había ido a verlo. Se le aceleró el corazón y hasta el último músculo al sur de su cuerpo empezó a ponerse tenso.

«No, no. Aquí no. ¿Por qué me está haciendo esto?»

Era como si llevara once meses en dique seco en lugar de solo once míseros días. Se le secó la boca y tenía tantas ganas de tocarla que le ardían las palmas de las manos.

Ella debió de percibir que él se había dado cuenta, porque sonrió con más ganas. Le rozó el cinturón con la yema del dedo.

—¿Hay algún sitio donde podamos hablar? —Cuando ella se humedeció el labio inferior, él rugió por lo bajo—. Por favor, Louis.

Él echó una ojeada por encima del hombro para asegurarse de que no le oía nadie.

—Vas a venir a mi casa esta noche, Roxy. —Su tono de voz era tan grave que resultaba prácticamente irreconocible—. Ya pensaba empezar la semana follándote. Pero después de esto, después de que hayas aparecido aquí y me hayas hecho esto, pienso hacerte gritar hasta que te quedes sin voz.

Roxy se ruborizó, pero no parecía avergonzada. Parecía excitada. Por él. Para él.

—No puedo esperar hasta esta noche —susurró—. No puedo.

La necesidad que había sentido Louis de arreglar todo lo que le ocurriera no había desaparecido, solo había mutado. Ahora se había descontrolado. Estaba en medio de un juzgado lleno de gente, todos sus colegas y conocidos de la profesión paseaban por los pasillos del edificio, pero él no veía nada de eso, no veía a nadie. Solo podía ver a Roxy, con sus ojos suplicantes y los labios separados. Aquella mañana se había arrodillado delante de ella, y ahora su cuerpo le pedía que lo volviera a hacer.

«Dale lo que necesita.»

Y en el centro de todo estaba esa faceta agresiva de él que solo Roxy parecía despertar. Quería enfadarse con ella por ponerlo en ese estado. Y después de haber compartido todos esos besos cargados de electricidad sexual y de tantas caricias robadas, era incapaz de decir que no. No podía dejar escapar la oportunidad de tocarla. Le daba igual dónde estuvieran. Y sí, en cierto sentido quería enfadarse con ella para tener una excusa y poder follársela como un loco. Y teniendo en cuenta cómo se sentía, sería imposible que lo hiciera de otra forma. Ella no se merecía eso, pero a él le dolía todo el cuerpo, y su capacidad para pensar en otra cosa que no fuera en estar a solas con ella había empezado a desvanecerse, igual que su determinación.

—Louis —murmuró poniéndose de puntillas para acercar la boca a sus labios—. Prometo estarme calladita, pero necesito que empieces a follarme ahora mismo.

Esa fue la gota que colmó el vaso. Cuando se la imaginó reprimiendo los gritos, la tomó de la mano y se la llevó arrastrando hacia la escalera. Mientras avanzaban, redujo un poco el paso pensando en los tacones de Roxy, pero en cuanto hubieron bajado dos tramos de escaleras y salieron a una planta llena de despachos, aceleró de nuevo. Por suerte la mayoría de despachos ocupados estaban cerrados. Era muy consciente de que no era normal que Roxy estuviera en aquella planta del edificio. Aunque tampoco es que a él le preocupara mucho: el corazón le aporreaba el pecho con la fuerza de una bola de demolición. Tuvo que hacer acopio de toda su fuerza de voluntad para no tumbarla sobre la primera superficie que encontrara, allí mismo y en ese preciso instante.

«Tú no la mires. Todavía no.»

Cuando iban por la mitad del pasillo, vio una puerta con el cristal esmerilado. Advirtió que las luces estaban apagadas y se fue directo hacia allí seguido del taconeo de Roxy; aquellos zapatos hacían que sus piernas parecieran kilométricas. Los tacones que le había comprado él. Dios, saber que ella llevaba algo que le había comprado él, solo aumentaba la desesperación que sentía por meterla dentro de ese despacho. Giró el pomo y abrió la puerta. Su cerebro solo le concedió un segundo para procesar que estaban en un archivo antes de dejarse superar por la necesidad que tenía de tocarla.

La agarró de la cadera y la empotró contra los archivadores. Oyó el traqueteo de los cajones como si sonara a través de una espesa capa de niebla. Ella se estremeció y resopló cuando la boca de él empezó a descender. Justo antes de besarla, vio cómo ella perdía la seguridad. Era la misma expresión perdida que había visto en su cara cuando entró en el juzgado: volvió a nublar sus preciosos rasgos y eso potenció el deseo de Louis. Ella había ido a buscarlo. Él la haría sentir mejor.

La boca de Roxy se movía bajo la suya, caliente, desesperada, perfecta. Iba haciendo pequeños ruiditos que trepaban vibrando por su garganta y morían justo donde sus labios se unían con furia. Louis intentó concentrarse en el beso, en el roce de la lengua de Roxy, pero la situación lo superaba. La lujuria le palpitaba en las venas y necesitaba más. Tenía las dos manos apoyadas a ambos lados de ella sobre el armario, pero las dejó resbalar hasta sus caderas y le levantó el vestido por encima del culo. Metió los pulgares por el fino elástico del tanga y se lo deslizó por las piernas. Cuando ella bajó las manos para ayudarlo, a él se le escapó un rugido. Roxy tenía tantas ganas como él.

—Pensaba hacértelo con la boca la primera vez. ¿Cómo te atreves a destrozarme los planes? —Metió las manos entre ellos y palpó el calor húmedo que emanaba Roxy. «Dios.» Cuando la sintió, le empezó a dar vueltas la cabeza. Encontró la entrada con el dedo corazón y se lo internó con fuerza: le encantó que ella le clavara las uñas en los hombros—. Cómo te atreves a hacerme perder tanto la cabeza como para obligarme a follarte contra un puto armario.

—Deja de comentarlo y hazlo de una vez, Louis. Ya no aguanto más.

Roxy le quitó las manos de los hombros para encargarse de su cinturón, y mientras tiraba de la correa, le besaba el cuello. Cuando por fin consiguió liberarlo a Louis por poco le ceden las rodillas del alivio que sentía de dejar de estar confinado en los pantalones. Aunque la sensación de alivio duró poco, porque ella le bajó los calzoncillos y le agarró la verga con las manos. Lo acarició con fuerza de arriba abajo haciendo un giro con la muñeca en la base, lo estaba poniendo a punto, y era lo último que necesitaba. Lo único que necesitaba era internarse en ella, pero Dios, qué gusto.

—Ya vale —jadeó metiendo la mano en el bolsillo de sus pantalones para buscar un preservativo. Se lo había guardado en el bolsillo aquella mañana antes de ir a ver a Roxy, solo por si acaso. Louis sabía muy bien las sensaciones que le provocaba aquella chica. Como en ese momento, que apenas podía respirar o pensar en otra cosa que no fuera en follársela duro, rápido y a conciencia. Tanto que ella no pudiera evitar pedirle más. Inmediatamente. Esa misma noche.

Louis desgarró la funda del preservativo con los dientes y se sintió agradecido de que Roxy se ocupara del resto; luego deslizó el látex por su longitud con los dedos temblorosos. En cuanto terminó, ella le volvió a lanzar esa mirada. Aquella mirada que le suplicaba que se la follara allí mismo, la mirada que lo había obligado a bajarla hasta aquella planta y meterla en esa sala oscura llena de archivadores. Los párpados pesados de Roxy lo excitaron todavía más. Se desabrochó los tres botones superiores del vestido y Louis vio el sujetador de encaje negro que elevaba sus pechos hacia arriba, como si fueran una ofrenda.

Su cuerpo reaccionó como un relámpago y la empotró contra el armario.

—¿Qué te advertí que pasaría la próxima vez que me rodearas la cintura con las piernas? —Agachó la cabeza y besó ambos lados del escote—. ¿Te acuerdas?

Cuando ella asintió, su boca se encontró con los labios de él.

—¿Es lo que quieres?

—Sí —susurró—. Lo necesito.

Louis la tomó del culo, paseó las manos por la carne redondeada y la estrechó con fuerza.

—Pues súbelas aquí. Ahora mismo.

Roxy le rodeó el cuello con los brazos para poder subirse a él. Los muslos de aquella chica se amoldaban a su cintura con tal perfección que tuvo que morderle el hombro para no gritar. Aunque la sensación no se podía comparar con la fricción de su miembro entre esas piernas, justo sobre el punto que había tocado con las manos y había soñado en tocar con la boca. Ninguna de las fantasías que había tenido le hacían justicia. Estaba rebasando el límite. No aguardó ni un segundo más, tenía que entregarse a esa sensación: se agarró el sexo con la mano y la penetró.

«Oh, Dios. Qué gusto. Está estrecha, húmeda y es mía.» Roxy. Roxy. Louis vio cómo ella se mordía el labio inferior para evitar el grito que se le habría escapado al sentirlo. Y perdió la puta cabeza. Su atención se redujo a una sola persona, a una necesidad. No existía nada más para él. Se retiró un poco y la volvió a embestir de nuevo, con más fuerza. Louis acalló con la boca los gemidos de ambos. Más cerca. Tenía que tocarla por todas partes, estar lo más cerca de ella que pudiera. Sin dejar de enredar la lengua con la de ella, hizo palanca contra el armario con la cadera y empezó a follar. No había otra forma para describir el áspero y sucio ritmo de lo que le estaba haciendo. La maniobra ganó intensidad en cuanto ella empezó a moverse con él; contoneaba y dibujaba círculos con la cadera como si no pudiera remediarlo.

—¿Cómo te atreves a provocarme esta necesidad de follarte así, Roxy? —le rugió en la boca mientras la embestía con rabia—. ¿Cómo te atreves?

Ella le estiró del pelo.

—Lo mismo te digo —jadeó—. No pares. Por favor.

—¿Quieres que te folle más fuerte, preciosa? Dilo. Si puedes con ello, me internaré más adentro.

—Sí. Más fuerte.

En el interior de Louis se estaba desatando una tormenta que lo llevaba más y más arriba. Se moría por descargar. Sin control... había perdido el control. Nunca había experimentado aquella falta de restricción, y le encantaba. Roxy lo estrechó más fuerte con las piernas y empezó a temblar, cosa que le indicó que no era el único. Estaban juntos en aquello. Ella quería que la follara con más fuerza, y él no podía pensar en otra cosa. La empotró contra el armario con la cadera y algo salvaje se liberó en su interior. Enterró la cara en el cuello de Roxy para aguantar el equilibrio mientras la embestía una y otra vez tirando de sus muslos hacia arriba cada vez que se deslizaban por sus caderas.

—Louis —gritó. Todavía debía seguir funcionándole alguna parte del cerebro, porque le tapó la boca con los labios para evitar que hiciera más ruido. Intentó besarla con más ganas, pero ella echó la cabeza hacia atrás, se contoneó contra él despacio y se contrajo justo por donde se unían sus cuerpos. Palpitaba, se estremecía—. Oh, Dios mío.

—¿Te has corrido, nena? —rugió él—. Necesito correrme, Rox. Me estás apretando muy fuerte. Aguanta un poco más con las piernas así, ¿vale? solo necesito que me dejes que te folle un poco más.

Ella había empezado a sudar. Louis estaba encantado. Le encantaba ver las reacciones que provocaba en ella. Roxy asintió y enlazó los tobillos a su espalda.

—Venga, Louis —jadeó—. Ve a por lo que tanto necesitas.

—Te necesito a ti —dijo con la boca pegada a su cuello—. A ti.

Le sujetó el culo con las manos y se internó en ella en una sucesión de rápidas embestidas. Se movía cada vez más rápido, hasta que sus movimientos se desdibujaron. Los ruiditos de sorpresa que se le escapaban a Roxy eran tan sexys que todavía se excitaba más, y por fin dejó que la marea lo superara. Empotró las caderas de Roxy contra el armario una última vez y se internó con fuerza mientras rugía su nombre con la boca pegada a su pelo.

—Oh, joder. Joder. Roxy, esto es demasiado. Tú eres demasiado. No me sueltes.

—Estoy aquí.

Louis quería quedarse allí todo el día, abrazándola de esa forma, enterrado en ella. Sintiendo sus tobillos cruzados a su espalda, sus brazos alrededor del cuello, no podían estar más pegados el uno al otro. Esa chica se amoldaba a él como un guante. Le encantaba sentirla pegada a él ahora que los músculos de su cuerpo se habían relajado. Sabiendo que ella necesitaba que la sostuviera. Aquella sensación despertaba algo en su interior. Algo feroz y protector. Cuando la necesidad desapareció, recordó que ella se había mostrado reticente a hablar de la audición. Se acordó de la expresión de incertidumbre que había visto antes de que pudiera esconderla. Había intentado hacerla feliz, ayudarla a conseguir la oportunidad que merecía, y había fracasado.

Le dio un beso en la frente.

—Siento lo de la audición.

Ella se puso un poco tensa, pero se relajó enseguida. Abrió sus ojos verdes y lo miró fijamente.

—¿Por qué? —Esbozó una pequeña sonrisa—. He conseguido el papel.

—¿Qué? —Se sintió aliviado—. Eso es alucinante. ¿Por qué no me has dicho nada?

—Lo acabo de hacer. —Roxy desenroscó las piernas de su cuerpo y se puso de pie. Si hubiera dejado de abrazarlo, quizá a Louis le habría entrado el pánico. Pero no lo hizo. Se quedó pegada a él—. Me parece que las palabras exactas de Strassberg han sido: «Nos has dejado de piedra».

Louis quería sonreír con ella, no había nada que deseara más que estar feliz por ella, en especial sabiendo como sabía que Johan no hacía esa clase de cumplidos a menos que fueran completamente ciertos. Pero algo seguía carcomiéndolo por dentro. Tenía la sensación de que se le escapaba algo. Su felicidad parecía... contaminada.

—¿Estás segura de que va todo bien, Rox?

—Acabo de conseguir el papel de mis sueños y un orgasmo. Y todo antes de la hora de comer. —Le apartó un mechón de pelo de la frente—. Decir que estoy solo bien es el eufemismo del siglo.

Louis agachó la cabeza y la besó despacio; se le escapó un rugido cuando notó que ella abría la boca para él sin vacilar.

—Sigo queriendo verte esta noche —le dijo con la boca pegada a sus labios.

—A ver qué se puede hacer.

14

Roxy metió el dedo en su Coca-Cola light para remover el hielo. Estaba sentada en un taburete y tenía los codos clavados en la isla de la cocina. En algún rincón del apartamento, la televisión rugía con los aplausos del público. Se sentía aletargada, como cuando estaba en secundaria y se colaba en el patio de los vecinos para meterse en su jacuzzi. Lo habían ganado en *El precio justo* y se habían convertido en las celebridades del vecindario durante casi un año, pero nunca lo habían utilizado. Ella los había espiado por la valla rota que separaba sus patios y aguardaba mientras se preguntaba cuándo encenderían las absurdas antorchas que habían comprado y se meterían en la burbujeante agua caliente a beber daiquiris, igual que habían hecho las modelos en biquini del programa. Pero al final se había cansado de esperar y se coló en su casa saltando por la valla aprovechando que ellos estaban en la iglesia. Llenó el jacuzzi con la manguera y lo puso en marcha.

Y en ese momento se sentía como aquella primera vez que metió la cabeza en el agua caliente del jacuzzi. Ligera, como si flotara, como si no tuviera ninguna preocupación. En algún rincón de su mente sonaba el tictac de un reloj que aguardaba a que regresara a la realidad, pero por el momento estaba encantada de seguir allí sentada disfrutando del cálido burbujeo que la había envuelto toda la tarde.

Oyó un portazo en la entrada y se sobresaltó tanto que derramó la Coca-Cola light por el mostrador de la cocina. Abby entró en el apartamento, se detuvo un momento para pelearse con su gabardina marrón hasta que consiguió quitársela, y la tiró al suelo. La saludó dedicándole un rugido muy poco femenino y se fue al salón para dejarse caer en el sofá.

Vale, por lo visto no todo el mundo había tenido la suerte de tener un orgasmo a mediodía. Espera. Abby nunca llegaba a casa antes de las cinco. ¿Cuánto tiempo llevaba sentada allí? Debía de haber estado sumida en el coma orgásmico provocado por Louis desde que había llegado a casa, porque ni siquiera se había molestado en quitarse los zapatos ni la chaqueta. Ahora, el viaje en metro hasta Chelsea le parecía un borrón de caras y voces. Esbozó una mueca y recordó que había intentado entrar en el apartamento equivocado cuando trató de abrir la puerta del piso de abajo.

Louis. Cielo. Santo. Ella no había ido al juzgado con la idea de enrollarse con él, y tampoco tenía ninguna afición secreta por hacerlo en sitios públicos. Aunque eso podría haber cambiado aquella mañana, porque ¡santa madre de Dios! Cuando había visto trabajar a Louis, cuando lo vio defender a aquellos chavales necesitados y a sus profesores, se había sentido, bueno, embelesada. Y ella no se embelesaba por nada. Mientras él paseaba de un lado a otro de la sala, esos chicos lo miraban como si llevara una capa de superhéroe en lugar de un traje. Ni siquiera el juez había sido capaz de esconder el cariño evidente que sentía por él.

Hasta ese día, cuando se lo había imaginado trabajando, lo creía enterrado en libros, buscando rendijas legales por las que colarse para ayudar a capullos trajeados. Nunca había pensado en preguntarle qué era lo que hacía realmente en el despacho, y la había sorprendido. Cuando vio la actitud que tenía en el juzgado, tan apasionada y competente, la había asaltado cierta urgencia. Vale, también era lo bastante mujer como para admitir que haberlo escuchado emplear aquella terminología legal con esa fluidez la había excitado mucho.

Increíble. Se estaba enamorando de un abogado.

«Eso no mola. No mola nada», canturreó en su cabeza una voz nasal con acento de Jersey. Por mucho que quisiera olvidarlo, Roxy lo había conocido la mañana después de que él tuviera un rollo de una noche. Una chica de la que había pasado por completo, porque no recordaba ni su nombre. A los chicos como Louis les gustaba picar de flor en flor. ¿Y por qué no? Lo tenía todo. Un trabajo bien pagado, un apartamento, era guapo. Sí, puede que en ese momento se sintiera atraído por ella, que le excitara su negativa a dejarse manejar a su antojo. Pero ¿qué ocurriría cuando ella dejara de huir? Basándose en la experiencia que tenía con los hombres, él se iría a perseguir a la siguiente chica con minifalda tan rápido, que ella se quedaría atrapada en una nube de polvo con olor a Armani para hombre.

A ella no le gustaba pensar de esa forma. Ese era el motivo de que no hubiera querido liarse con él al principio. Y ahora, en vez de disfrutar de la acalorada sesión de sexo que habían compartido en una sala llena de archivadores, solo podía pensar que quería más. Estaba preocupada pensando en lo que vendría a continuación. Y ese deseo había aparecido de la nada. Louis había salido de la nada. Se estaba arriesgando a que le destrozara el corazón, y esa certeza hacía que le dieran ganas de abandonar el barco. Ahora. Antes de que la cosa empeorara. Entonces pensó en cómo se había sentido teniéndolo dentro, sintiéndolo una y otra vez. En cómo se había sentido al compartir con él la excitación por haber conseguido el papel de Missy. Recordó que le había dicho que quería volver a verla, incluso después de haberse enrollado. Y cuando pensaba en esas cosas, ya no quería abandonar el barco. Quería acurrucarse en el bote salvavidas.

—¿Por qué sonríes? —gruñó Abby desde el sofá.

—Ah, por nada.

—¿Pues te importaría bajar un poco la intensidad? —Su compañera de piso agarró el mando a distancia de la televisión y empezó a presionar botones con impaciencia—. Me estás estresando.

Roxy alzó una ceja.

—¿Quieres hablar?

Dios, ¿cuándo había empezado a hacer esa clase de ofrecimientos?

—¿Hablar de qué? —gritó Honey corriendo hacia el salón con una bolsa de patatas fritas debajo del brazo. Se sentó en el sofá junto a Abby, que seguía maltratando el mando a distancia—. Si estamos hablando de pedir comida china, me apunto.

Roxy se quitó los zapatos nuevos procurando que aterrizaran en el suelo con suavidad.

—Me parece que yo quedaré con Louis esta noche, así que pedid lo que más os apetezca.

—Ah, claro.

—Eso es genial.

—¿Qué os pasa? —les preguntó—. ¿Me he comido vuestros nachos o algo así?

—¿Por qué siempre tiene que pasar algo? —preguntó Honey con la boca llena de patatas—. ¿Por qué se supone que tenemos que estar siempre sonriendo?

Abby tiró el mando a distancia en el sofá con tanta fuerza que rebotó treinta centímetros en el aire.

—¡Sí! Eso es exactamente a lo que me refiero. Puede que solo quiera estar enfadada. ¿Puedo estar enfadada?

Mierda. Roxy se internó un poco más en la cocina y se colocó detrás de la isla. Ya imaginaba que ocurriría aquello, pero no esperaba que fuera tan pronto. Solo era cuestión de tiempo, sabía que tarde o temprano se vería succionada por el torbellino que asedia a las compañeras de piso de todo el mundo. Pero quería retrasarlo durante el máximo tiempo posible. Quería ser la última en caer.

Su teléfono empezó a sonar dentro del bolso y se puso a buscarlo sin dejar de mirar a sus compañeras de piso.

—¿Sí?

—¿Cuándo nos vemos?

La voz de Louis se coló por el teléfono y le retorció el estómago con un puño de seda. Vaya, qué ganas tenía de verlo. Quería abrazarlo, mirarlo, olerlo. ¿Por qué le tenía que pasar eso en aquel preciso momento?

—Hola. No estoy segura de que pueda escaparme esta noche. Me necesitan en casa.

—No me hagas esto, Rox. Esta mañana ni siquiera hemos empezado.

Roxy apretó los muslos sin darse cuenta. Si no se andaba con ojo, ese chico la acabaría convirtiendo en una adicta al sexo. Y por muy placentero que pudiera ser ese descenso hasta las habitaciones de confinamiento con paredes acolchadas, debía ser precavida.

—Verás, es muy probable que lo que te voy a decir sea lo último que te apetezca escuchar, pero mis compañeras de piso... se han sincronizado.

Se hizo un silencio.

—¿Te refieres a sus periodos?

—Sí. —Se rio—. Acabas de ganar una estrella dorada por no decirlo sin hacer ruidos de desagrado.

—Hermanas gemelas —le recordó con seriedad—. ¿Y para qué te necesitan a ti?

—Tengo miedo de que mutilen al repartidor de comida china con el mando a distancia.

Louis suspiró con fuerza. Ella oyó un ruido sordo de fondo, como si se estuviera dando cabezazos contra la pared.

—No te muevas, ¿vale? Llegaré tan pronto como pueda.

Se enderezó apoyándose en la isla de la cocina.

—¿Estás seguro? Podrías estar jugándote la vida.

—Quiero verte esta noche. —Roxy oyó el tintineo de unas llaves al otro lado de la línea—. Pero haré testamento antes de salir, por si acaso.

—¿Me puedo quedar con tu apartamento? —Roxy esbozó una mueca y deseó poder retirar lo que acababa de decir. Probablemente ahora él pensara que ella estaba tanteando el terreno para irse a vivir con él o algo así. Genial—. Me refiero a quedármelo cuando tú no estés. Solo yo y la televisión gigante.

—Si ya estás deseando que me muera, es que estoy haciendo algo mal. —Se abrió y se cerró una puerta. La cerradura giró—. Si pudiera conseguir que te quedaras quietecita en mi apartamento el tiempo suficiente, podríamos ver juntos la televisión.

—Ya veremos. ¿Cuál es tu programa preferido?

—Adivina.

—¿*Law & Order*? —Louis resopló, así que Roxy reflexionó un momento y lo intentó de nuevo—. Seguro que te gustan las reposiciones. ¿*Expediente X*? ¿*The Wire*?

—Menos extraterrestres y más divertido.

—*Arrested Development.*

Louis se rio.

—Estoy repitiendo la segunda temporada. Ven a verla conmigo.

Roxy se dio cuenta de que le dolían las mejillas de tanto sonreír.

—Me lo pensaré.

—Se lo pensará —murmuró él—. Te veo enseguida, Roxy.

—Vale, Louis.

—Oye. —Él bajó la voz y sus palabras resonaron en la tripa de Roxy—. Aunque estén tus compañeras de piso, no dejaré de pensar en follarte. Ponte falda para mí.

Colgó antes de que pudiera contestarle.

Cuando Louis llamó a la puerta una hora después, Roxy ya se había duchado y cambiado de ropa. Se había puesto un par de vaqueros rotos, pero luego maldijo y se puso la falda ajustada de color rojo que guardaba para una ocasión especial. Pensó que llevar rojo delante de sus compañeras de piso era como agitar el color delante de dos toros, pero ¿quién quería una vida sin riesgos?

Honey y Abby fulminaron la puerta desde el sofá. Estaban rodeadas de los recipientes de comida china que habían esparcido por el salón como si fueran piedras mortuorias. RIP ternera Lo Mein.

—Sed buenas. —Quitó la cadena de la puerta—. Estoy segura de que le habéis dislocado la clavícula al repartidor cuando le habéis arrancado la bolsa de la mano.

—Era un engreído —murmuró Honey—. ¿Queda algún rollito de huevo?

Abby rebuscó en una bolsa y le tendió uno.

—Tienes que pagar peaje. Quiero la mitad.

Roxy sonrió, se dio media vuelta y se preparó mentalmente para abrir la puerta. Aquello era ridículo. ¿Cómo era posible que aquel chico la pusiera nerviosa y le diera seguridad al mismo tiempo? Quería verlo, pero también quería volver a meterse en su habitación y esconderse debajo de la cama. Reacción que era del todo inaceptable. Últimamente, los chicos se habían convertido en una buena diversión de la que disfrutaba cuando tenía tiempo, pero nunca se había sentido fascinada por ninguno de los tíos que había conocido. Más bien lo contrario. Pero cuando se separaba de Louis, siempre se marchaba deseando haber podido quedarse más tiempo con él. Quería saber más sobre él.

Se ordenó mentalmente comportarse «con un par», y abrió la puerta. ¡La leche! El tío estaba demasiado bueno. Todavía tenía el pelo húmedo de haberse duchado y se le caracoleaban las puntas por donde, probablemente, se habría pasado la mano con impaciencia. Llevaba una camiseta blanca y unos vaqueros desgastados. Estaba recién afeitado. Cuando la vio esbozó una sonrisa, pero adoptó una expresión mucho más oscura en cuanto lo hizo a conciencia. Ella notó que se le endurecían los pezones por debajo del top, y sabía que él se había dado cuenta. Siempre había existido una corriente entre ellos, pero después de aquella mañana, parecía haber aumentado la intensidad, y daba la sensación de que la energía subiera la temperatura del espacio que los separaba. Y los atraía.

Louis ocupó su espacio personal muy despacio antes de agachar la cabeza y darle un beso debajo de la oreja.

—¿Me estás imaginando desnudo, Roxy?

Ella esbozó una sonrisa.

—Esa frase es mía.

—Sí, pero es una pérdida de tiempo que tú me hagas esa pregunta a mí. La respuesta casi siempre será afirmativa.

—¿Casi siempre?

Louis le rozó la boca con los labios.

—No te voy a mentir: esta mañana estuve pensando en el desayuno durante unos treinta segundos.

Ella frunció los labios.

—¿Qué clase de desayuno?

—Gofres. Arándanos.

—Estás perdonado.

Louis la estrechó con uno de sus fuertes brazos.

—Vale, esta bienvenida es mucho mejor que la de esta mañana, pero todavía no me has besado. He venido a animar a las gruñonas de tus compañeras de piso. Es lo menos que puedes hacer.

—Todavía no has domado a la bestia. —Roxy esquivó la boca de él, aunque en realidad lo único que quería era dejarse caer en sus brazos y suplicarle que tomara posesión de su cuerpo como si estuvieran en una película en blanco y negro—. Solo tendrás tus besos cuando hayas cumplido con tu cometido. Tú eres abogado, seguro que lo entiendes.

—Podría argumentar que la entrega de una paga y señal por adelantado no se consideraría ninguna negligencia.

—Para. Nada de terminología legal. Acabo de descubrir que es una de mis debilidades.

Roxy notó que se sonrojaba hasta las cejas. ¿Ahora también admitía debilidades? Si no dejaba de meter la pata con ese chico, él acabaría arrollándola como un tren de mercancías.

Intentó quitarle hierro a su comentario dedicándole un dramático parpadeo, pero él le sujetó las muñecas y tiró de ella. La diversión que había brillado en los ojos marrones de Louis se había teñido de intensidad, y ella se quedó sin aliento.

—Yo tengo debilidad por todo lo que tú haces, así que sigues teniendo la ventaja. ¿Vale?

Increíble. ¿Cómo era posible que supiera siempre lo que estaba pensando? Más aún, ¿cómo sabía qué decir para no sonar condescendiente y lograr que ella se relajara? Abrió la boca con la intención de hacer algún comentario impropio de aquel momento, algo que los devolviera al punto de partida, a cuando ella había abierto la puerta, pero él le dio un beso en la mejilla y entró en el apartamento.

—Vaya, ¿ya has acabado de sobar a nuestra compañera de piso? —le preguntó Honey haciéndole un gesto con medio rollito de huevo en la mano.

—Ni siquiera he empezado —contestó Louis sin pestañear. Entonces Roxy se dio cuenta de que llevaba una bolsa de plástico en la mano. La dejó sobre la isla de la cocina y metió la mano dentro—. ¿Chocolate belga o vainilla con nueces de macadamia?

Sus compañeras de piso se miraron.

—¿Qué?

—Helado. —Levantó dos tarros de Häagen-Dazs—. ¿Qué sabor preferís?

—Chocolate belga —gritó Abby.

Honey soltó un grito indignado.

—Vainilla con nueces de macadamia, pero cambiamos a la mitad.

—Hecho.

Cuando Louis abrió un par de cajones en busca de cucharas, Roxy se dio cuenta de que seguía allí parada como un taburete y que la puerta continuaba abierta. La cerró justo a tiempo de ver cómo les daba a cada una de sus compañeras de piso un tarro de helado con una cuchara clavada.

—¿Queréis que los meta un momento en el microondas? —les preguntó muy serio.

Abby lo miró con una sonrisa de oreja a oreja.

—No, está perfecto. Gracias.

Honey señaló la cocina con la cuchara.

—¿Qué más llevas en esa bolsa, Mary Poppins?

La curiosidad se apoderó de Roxy, que se sentó en uno de los taburetes de la cocina y metió la mano en la bolsa.

—Tres... no, cuatro Snickers —anunció—. Una botella de vino. Paracetamol. La revista *People*. —Hundió la cabeza en la bolsa—. Y un DVD de *La boda de mi mejor amiga*.

Abby alargó la mano hacia la bolsa.

—Ya puedes seguir sobando a nuestra compañera de piso.

—Por lo visto yo también tengo un precio —dijo Honey con un suspiro—. Enciende el DVD.

Louis volvió con Roxy; parecía tan contento que a ella se le escapó la risa. Recordó cómo había calmado a sus hermanas el sábado por la noche y cómo había manejado aquella situación tan compleja con facilidad. Incluso cómo había hablado con ella en la habitación de Fletcher después de su intento fallido de estriptis. ¿Quién narices era aquel tío? ¿El susurrador de vaginas?

—Supongo que ahora esperarás una recompensa —murmuró solo para sus oídos.

Se detuvo delante de su taburete y le apoyó una mano cálida encima de la rodilla.

—¿Recompensa? Qué va. —El contacto le provocó una reacción en cadena cargada de electricidad que trepó por sus muslos hasta llegar a su barriga. Louis le guiñó el ojo y ella comprendió que sabía muy bien lo que estaba haciendo—. Pero si tienes, me tomaría una cerveza.

—Lo siento, aquí somos más de tequila. —Puso la mano encima de la suya y se la subió por la pierna—. Aunque Abby tiene un poco de pinot gris en la nevera. Estoy segura de que en este momento eres su persona preferida, seguro que no le importa compartirlo.

Louis torció el gesto.

—Si un hombre bebe pinot gris, le salen tetas. Está demostrado científicamente. —A Roxy se le volvió a escapar la risa, pero él la acalló con los labios y le dio un beso lento y narcótico—. ¿Y qué me dices de ti? ¿Quién es tu persona preferida en este momento, Roxy?

—Es una pregunta difícil. —Le dieron ganas de poner los ojos en blanco cuando notó que a él le faltaba el aliento—. Me lo tendré que pensar.

—¿Ah, sí? —Le deslizó los labios por la barbilla y fue trepando hasta su oreja—. ¿Quieres enseñarme dónde duermes mientras lo piensas?

—Solo se te ocurren buenas ideas.

Roxy resbaló por el taburete y le lanzó una mirada desafiante cuando él se negó a apartarse para dejarla pasar. Ignoró las sonrisas bobas con las que les miraban Abby y Honey, y se llevó a Louis a su habitación. Cuando entraron, ella intentó ver el dormitorio a través de sus ojos. No había mucho que mirar, en especial si lo comparaba con los muebles caros que él tenía en su casa. Tenía la cama en el suelo, básicamente era un futón con pretensiones de cama. Su radio despertador y los cargadores del móvil estaban enchufados en la pared y descansaban directamente sobre el suelo, porque no tenía mesita de noche. En una esquina había una cómoda que había comprado en un mercadillo, y encima algunas cosas de maquillaje y las pocas joyas que poseía. Aunque sí que tenía un par de pósters en la pared que consideraba auténticos tesoros: un cartel antiguo de *King Kong,* que le cambió a una compañera de piso por la serie de *Sexo en Nueva York.* Y otro del clásico de Tom Hanks, *Splash.*

Roxy se dio media vuelta pensando que lo vería negar con la cabeza al descubrir su ecléctico gusto en cine, pero se lo encontró contemplando la habitación con preocupación. En cuanto se dio cuenta de que ella lo estaba mirando, cambió la cara. La inquietud desapareció en un instante. Y, sin embargo, aquel ápice de compasión la hizo ponerse un poco más erguida. Puede que ella solo tuviera una habitación pequeña, pero allí estaba feliz. Estaba orgullosa de su espacio por muy insignificante que fuera. Sintió la necesidad de recuperar la ventaja con Louis. No le gustaba sentirse de esa forma y quería hacer desaparecer esas emociones. Quería fingir que no estaba tan descolocada en su habitación, pero no podía.

Se acercó a él con la esperanza de distraerlos a ambos del espacio donde se encontraban y recuperar parte de su confianza. Tras cada paso que daba en dirección a él, veía cómo se le oscurecía un poco más la mirada, y se besaron despacio y con apetito. Estaban pegados, todas las curvas de Roxy se amoldaron a los músculos de Louis. Ella deslizó las manos hasta el bajo de su camiseta, las coló por debajo de la tela y repasó su musculoso abdomen con los dedos.

—Espera, Rox. —Louis se separó de ella y sacudió la cabeza como para aclararse las ideas—. Yo, ah... me gusta tu habitación.

—Gracias. —«Mentiroso». Tiró hacia arriba de la camiseta hasta exponer su pecho duro y besó su piel caliente con la boca abierta—. Sería todavía más bonita si te quitaras la camiseta.

A Louis se le escapó un rugido.

—¿Tienes prisa o algo?

Roxy estaba tan impaciente que apretó los dientes.

—¿Por qué no tomas lo que has venido a buscar?

Él le levantó la barbilla con la mano firme; había desaparecido todo el calor de su expresión.

—¿Perdona?

Ella le apartó la mano. Sabía que estaba insegura y estaba provocando un conflicto que no era necesario, pero no podía evitarlo. Además de lo mucho que le preocupaba sentirse demasiado atraída por aquel mujeriego en potencia, no le gustaba sentirse descolocada. Puede que Louis no se dedicara a pasarle por la cara sus diferencias económicas, pero estaban allí. Le había quedado muy claro cuando había visto cómo miraba los escasos muebles de su habitación.

—¿No iba de eso el pequeño espectáculo que has montado? ¿De traerles helado a mis compañeras de piso y convertirte en un héroe? Tú mismo has dicho por teléfono que esta mañana ni siquiera habíamos empezado.

—Sí, y lo decía en serio. —Se le encendió la mirada—. Pero no he venido solo a «conseguir mi recompensa» como insinúas con tanta sutileza. Y te aseguro que no se me va a ocurrir follarte con tus compañeras de piso escuchando en el pasillo.

Dos pares de pies se separaron de la puerta y Roxy esbozó una mueca.

—Pues es una pena. Yo vivo aquí. Lamento que el alojamiento no sea lo bastante bueno para ti.

—No hagas eso. —Parecía decepcionado—. No me vengas con esa mierda.

Adivinaba sus pensamientos con tanta facilidad que la hacía sentir incómoda. Roxy se cruzó de brazos.

—¿A qué has venido?

—A verte. —Louis gritó las palabras mirando al techo—. A pedirte que salieras conmigo por ahí. ¿Por qué sigues esperando que me comporte como un capullo, Roxy? No lo entiendo. Es como si lo estuvieras deseando.

Maldita sea, tenía razón. No podía tener más razón. Roxy quería que se comportara como un capullo porque así, cuando dejara de llamarla, le importaría un pimiento. Cuando dejara de presentarse en su casa con unos zapatos, helados y unos putos bocadillos de mantequilla de cacahuete y plátano. Lo único que quería era que aquello se acabara antes de sentirse todavía más confundida. Y eso significaba que tenía que apartarlo antes de que él la cagara.

Lo que Roxy quería realmente era lanzarse entre sus brazos y disculparse. Por desgracia, las disculpas no se le daban muy bien. Cosa que iba ligada a lo de admitir que se había equivocado. Así que se quedó allí sentada y dejó que él sacara sus propias conclusiones.

Cuando pasó un minuto y ella seguía sin responder, él asintió con resignación.

—Vale. —Apretó los dientes—. Si me tengo que marchar para demostrar que no estoy contigo sólo por el sexo, me iré. Disfruta de la noche.

Cerró la puerta de su habitación cuando salió, pero también oyó el portazo que dio al cerrar la puerta del apartamento unos segundos después. Estaba tan enfadada consigo misma que agarró el cepillo de la cómoda y se lo tiró a *King Kong*.

15

Louis estaba sentado a su escritorio e intentaba asesinar una pelota antiestrés de color azul con la mano derecha. Ya llevaba más de una hora en el despacho y todavía no se había dignado a encender el ordenador. La noche anterior había sido prácticamente igual, salvo por la pelota antiestrés y el café aguado. Se la había pasado paseando por su apartamento mientras trataba de convencerse para volver a casa de Roxy y hacerla entrar en razón. «No», insistía su parte irritantemente racional. «Estás haciendo lo correcto. ¿Acaso piensa que eres como los demás? Pues a la mierda.»

Lo que pretendía era demostrarle que se equivocaba. Demostrarle que él quería pasar el tiempo con ella, que no tenía por qué acabar, necesariamente, tendiéndola en posición horizontal. O en posición vertical, según la proximidad del armario archivador más cercano. Ahora se preguntaba si la decisión precipitada que había tomado al marcharse de su casa habría sido un error. Quizá al dejarla allí colgada delante de sus compañeras de piso no le había transmitido el mensaje que pretendía. Quizá se había cavado su propia tumba.

Pero se había enfadado mucho. En la facultad de derecho había aprendido a argumentar cualquier actitud, pero no podía discutir con alguien que dudaba de su forma de ser. Que lo ponía en duda como persona. No le había resultado nada fácil quedarse allí escuchándola. En algún momento de la noche anterior, más o menos sobre la una de la madrugada, se había dado cuenta de que quizá no consiguiera hacerla cambiar de opinión. Y esa revelación lo había dejado planchado. Siempre se decía que había solución para todo, ¿no? Él siempre lograba encontrar respuestas y solucionar problemas. ¿Y si aquella situación no tenía arreglo? Sí, era cierto, él no estaba buscando ninguna relación. Pero ahora había conocido a aquella chica que le hacía sentir mil cosas distintas a la vez, y tenía adicción por ella. Por aquellas emociones tan arrolladoras. Y cabía la posibilidad de que se hubiera acabado.

Aquel era su castigo, ¿no? Por haberse llevado a su casa a chicas que no sabía ni cómo se llamaban y no haberse molestado en pedirles el número de teléfono. Su forma de actuar era lo que había hecho que a Roxy le bastara una mirada para etiquetarlo. Y puede que ella tuviera razón. Quizá estaba mejor sin él.

Tampoco había ayudado la llamada de su padre de aquella mañana. Él todavía no le había contestado a Doubleday sobre la firma del nuevo contrato sin el trabajo pro bono. Era evidente que su jefe le había preguntado a su padre a qué venía el retraso y, probablemente, no comprendiera qué narices tenía que pensar tanto. No encontraría otro trabajo como ese. Si dejaba voluntariamente un trabajo en uno de los mejores bufetes de abogados de Nueva York, los demás jefes potenciales a los que pudiera recurrir probablemente creyeran que se le había aflojado algún tornillo. Pensó en Roxy y en cómo parecía enfrentarse a todo ella sola. ¿Qué haría ella en una situación como esa? Esbozó una débil sonrisa. Les haría una peineta y no volvería nunca.

Más o menos lo que él le había hecho a ella ayer. La pelota anti-estrés que tenía en la mano emitió un chirrido de protesta. Sí, él le había dicho que no le gustaba jugar, pero puede que aquello no fuera un juego. Tal vez fuera un plan maestro. Ella acabaría entrando en razón. Agarró el móvil y torció el gesto mirando la pantalla negra. Por lo visto había llegado a la fase del luto por Roxy en la que empezaba a engañarse a sí mismo. Pensó en ella con aquella minifalda roja, en cómo se había sentido al notar el contacto de su boca sobre la piel... dejó caer la cabeza sobre la mesa y soltó un rugido.

¿Por qué no la había tirado en la cama y se la había follado hasta hacerle perder la cabeza? ¿Qué más daba que sus compañeras de piso estuvieran escuchando? Era muy probable que hubiera hecho cosas peores en algún momento de su vida.

Pero sabía muy bien por qué no lo había hecho. Se trataba de Roxy. Para él ella era distinta. Lo sentía, la sentía a ella, en todas partes. Moviéndose por su cabeza y por su pecho, destruyendo la posibilidad de que pudiera estar con cualquier otra. «Dios, por favor, dime que he hecho lo correcto.»

Alguien llamó a la puerta de su despacho y lo apartó de una fantasía sobre la tripa de Roxy y el chocolate belga.

—Adelante —gritó haciendo una mueca al percibir la tristeza que le teñía la voz.

Su aflicción se tiñó de sorpresa cuando advirtió que era su futuro cuñado quien entraba. Louis casi agradeció la distracción hasta que recordó que Roxy había estado a punto de hacerle un estriptis a Fletcher, cosa que lo devolvió de nuevo a Villa Tristeza con un billete solo de ida y una parada en la Ciudad de Quiero-Darle-Una-Patada-En-Los-Huevos. Sin embargo, tenía curiosidad por aquella visita imprevista. Fletcher nunca había ido a visitarlo a su despacho y, por lo que él sabía, no necesitaba consejo legal. A menos, claro, que Lena hubiera cometido algún crimen, posibilidad que no estaba tan alejada de la realidad como cabría esperar.

Louis se levantó y le estrechó la mano esforzándose por no apretar demasiado y romperle algún dedo.

—¿Qué hay, Fletch?

—Hola, tío. —Fletcher se dejó caer en una silla y se tiró de la corbata—. Me manda tu hermana. Está organizando una cena para mañana por la noche y quiere que vengas.

—¿Mi hermana va a cocinar? —Louis tragó saliva—. ¿Como... cuando uno utiliza fuego y cuchillos?

—Sí.

Los dos se estremecieron. Louis no tenía que pensar si tenía planes para mañana por la noche. No. La próxima semana de su calendario estaba dolorosamente vacía gracias a la obstinación de cierta actriz de ojos verdes.

—Vale. Llegaré pronto por si necesitamos coser alguna falange o...

—Pedir pizzas.

Louis esbozó una media sonrisa.

—¿Y por qué has venido hasta aquí? Podrías haberme llamado.

—Tienes razón. Podría haber llamado. —Fletcher se removió en la silla—. Escucha, quería darte las gracias personalmente por no haberle dicho a tu hermana lo de la estriper. Me habría arrancado las pelotas.

Louis se esforzó para no coger a Fletcher del cuello por haber llamado estriper a Roxy. Cuando percibió la complicidad en la voz de su futuro cuñado le dieron náuseas. Quería que se marchara de su despacho lo antes posible, así que se encogió de hombros e ignoró la disculpa.

—No te preocupes. Tampoco pasó nada.

—¿Estás seguro? —Fletcher ladeó la cabeza y esbozó una sonrisa cargada de picardía; era evidente que no se había dado cuenta de que él quería olvidar el tema—. Parecía que te llevabas muy bien con ella. ¿Te estás tirando a esa tía?

La sangre se le subió tan rápido a la cabeza que se le nubló la vista. Cuando notó el dolor en los brazos, se dio cuenta de que estaba agarrando el filo de la mesa con tanta fuerza que crujió.

—¿Esa? ¡¿Que si me estoy tirando a esa tía?!

Fletcher debía de estar intentando batir el récord del hombre más obtuso del mundo, porque no borró la absurda sonrisa que tenía en la cara. Todavía no había advertido las muchas ganas que tenía él de abalanzarse por encima de la mesa y borrarle esa sonrisa de la cara con los dos puños.

—Oye, tío, no te culpo. Estoy pensando en volver a llamar a la agencia y concertar un espectáculo privado, quizá en el despacho.

¿Le viste el culo? Dios. ¿Crees que por un poco más de pasta me dejaría darle unos azotes?

—Sal de aquí.

La comprensión se reflejó por fin en las facciones de Fletcher. Se levantó soltando una risita incómoda.

—Estaba de broma, tío. Tranquilo.

Si tenía que pasar un minuto más con ese capullo, sería él quien necesitaría un abogado. Un criminalista. Rodeó el escritorio y abrió la puerta.

—No me digas que me tranquilice. He dicho que salgas de aquí de una puta vez. —Cuando Fletcher se lo quedó mirando con incredulidad, Louis lo agarró del cuello de la camisa y lo empujó hacia la salida—. Te juro por Dios que si vuelves a hablar de ella, o llamas a esa agencia para algo, Lena será la última persona de la que tendrás que preocuparte. Haré que te arrepientas.

Fletcher levantó las manos y, al hacerlo, se deshizo de las de Louis. Sus movimientos eran seguros, pero su expresión decía todo lo contrario. Se había puesto pálido.

—¿Nos vemos en la cena?

Louis le cerró la puerta en las narices.

Todo el despacho se tiñó de rojo. Paseó de un extremo al otro respirando hondo para reprimir el impulso de coger el bate de béisbol firmado por Derek Jeter que tenía colgado en la pared y destrozar todo lo que pillara. Le picaba la piel y la sensación se coló por debajo de su camisa, así que se arrancó la corbata y la tiró a la basura. Quería viajar cinco minutos en el tiempo y borrar todo lo que había dicho el prometido de su hermana, pero eso era imposible, así que lo revivió una y otra vez hasta que se convenció de que no lo olvidaría jamás.

Cuando recordó las fantasías que había imaginado con el cuerpo de Roxy antes de que Fletcher entrara en su despacho, le dieron ganas de darse un puñetazo. En el fondo él no era mucho mejor que el prometido de Lena, ¿no? Roxy le había conocido la noche después de haberse tirado a una chica que no sabía ni cómo se llamaba. Él nunca había ocultado que quería acostarse con ella. Incluso se lo había anunciado a todos sus amigos antes de su primera cita. Ese era el motivo. Eso explicaba por qué ella siempre pensaba lo peor de él. Roxy no era obstinada, solo era lista. Tardaría más de dos semanas en confiar en él. ¿Y qué? Eso era algo que le gustaba de ella. Le gustaba que quisiera que él se esforzara por ganarse su confianza. ¿Y él le había gritado y se había marchado como un idiota? Maldita sea. «Maldita sea.» Lo único que quería hacer en ese momento era mirarla a la cara, olerle el pelo y disculparse. No solo por él, sino por todos los capullos del mundo que la habían convertido en una chica tan recelosa.

Alguien llamó a la puerta de su despacho de nuevo y, en vez de relajarse, se puso todavía más furioso. Probablemente Fletcher había decidido volver para suplicarle que no le contara a su hermana nada de lo que había dicho. Para disculparse con él cuando debería disculparse con Roxy. No con él. Entonces se levantó y se apresuró hacia la puerta.

—Te he dicho que te largues.

Abrió la puerta con rabia.

Al otro lado se encontró a Roxy con la mano levantada a punto de llamar. Y a juzgar por cómo lo miraba, lo había oído perfectamente.

—¿Es un mal momento?

Se le aceleró el corazón. No quería preguntarse por qué estaba allí, lo único que importaba era que estuviera allí. Después de todos los ratos desagradables por los que había pasado, verla era como volver a respirar por primera vez al salir del agua. Le pareció ver algo distinto en ella, pero no podía apartar los ojos de su cara el tiempo suficiente como para comprobarlo. Aunque parecía cansada, probablemente tanto como él. No le gustaba verla así de exhausta. Y odiaba saber que él tenía parte de la culpa.

—Em. —Roxy miró el pasillo de reojo—. Me has dejado aquí colgada. ¿Es que no hay espacio ahí dentro?

La inseguridad que destilaba su voz lo espabiló.

—Ven aquí —rugió agarrándola de la muñeca y tirando de ella. Cerró la puerta, la abrazó y dejó que el olor a flor de cerezo se llevara el mal rollo—. Es que no esperaba verte aquí.

Ella se fue relajando poco a poco.

—No tenía intención de venir. Pero he acabado aquí.

Le apoyó la mano en el pecho y lo apartó con suavidad. Louis aprovechó la oportunidad para averiguar qué era lo que veía distinto en ella, porque si no se volvería loco pensando en por qué no quería que la abrazara: en si habría ido hasta allí para romper con él. Inspiró hondo y la observó. Ropa. Su ropa era distinta. Los tacones altos que llevaba siempre habían dejado paso a un par de Converse blancas. Vestía unos pantalones negros cómodos y un suéter delgado de color crema. Seguía estando sexy, pero era un atuendo muy conservador comparado con la ropa que solía llevar.

—Me alegro de que hayas acabado aquí. —Le puso un mechón de pelo detrás de la oreja—. Si no hubieras venido tú, habría ido yo.

Ella le observó la cara con atención, como si estuviera tratando de decidir si debía creerle o no.

—He venido a decirte que siento lo de ayer por la noche. Tú les trajiste helado a mis compañeras de piso sobrehormonadas, y yo me porté como una imbécil. —Louis empezó a decirle que no pasaba nada, pero ella le tapó la boca con la mano—. Si no has decidido ya que soy demasiado problemática, me gustaría salir contigo esta noche. Una cita de verdad.

Louis esbozó una lenta sonrisa contra la palma de su mano. ¿Aquella chica dejaría de sorprenderlo algún día? Esperaba que la respuesta fuera que no ocurriría nunca. Hacía sólo diez minutos había estado a punto de aplastarse la cabeza contra la pared. Era increíble lo rápido que cambiaban las cosas. En ese momento no podía estar más agradecido de no haberse autoinfligido ninguna conmoción cerebral. Roxy acababa de pedirle que saliera con ella. ¿Retiraría la proposición si se ponía a bailar allí mismo?

Entonces le apartó la mano de la boca muy despacio.

—Bueno. ¿Qué me dices, McNally?

—¿Ahora ya solo me llamas por mi apellido? —Ella se miró las uñas con cara de aburrida, cosa que lo hizo sonreír todavía más—. ¿Y adónde me vas a llevar para esta cita de verdad?

—No te lo voy a decir. —Encogió un hombro—. ¿Eso es un sí?

—Ya lo creo. —«No la toques. No lo hagas. Espera a la cita»—. ¿A qué hora te recojo?

—Pasaré a recogerte yo. Esto es cosa mía.

Los instintos anticuados de Louis gruñeron con desaprobación, pero les hizo una peineta mental para hacerlos callar. No estaba dispuesto a hundir el barco ahora que había conseguido que ella entrara en razón. «No la beses, ni siquiera aunque ella se esté tocando el pelo como si lo deseara. No. Lo. Hagas.»

—Está bien, Rox. ¿A qué hora deberé haberme lavado el pelo?

—Muy gracioso. Tengo ensayo luego, así que llegaré a tu casa sobre las ocho.

—¿Ensayo? —repitió—. ¿Ya?

¿Por qué no lo miraba a la cara?

—Sí. Johan solo quiere ayudarme a que me sienta cómoda con el guion. —Se apartó el pelo una última vez y esperó, pero Louis no mordió el anzuelo. Y eso que resistirse a tocarla como ella quería le encogió el estómago—. Vale. Si esto es lo que hay... —Se volvió hacia la puerta con una sonrisa traviesa en los labios—. Nos vemos esta noche, Louis.

—Mierda —murmuró cuando se cerró la puerta.

Tenía la sensación de que acababa de lanzar un desafío para el que no tenía la fuerza de voluntad suficiente. Estaba impaciente por empezar.

16

Roxy salió del ascensor del edificio de Louis. El pasillo de mármol y las ventanas panorámicas con vistas a la calle Stanton ya empezaban a resultarle familiares, incluso aunque sólo hubiera estado allí dos veces. Y en ese momento era justo lo que necesitaba: sentirse cómoda. Había estado a punto de cancelar lo de aquella noche, pero se había obligado a subirse al metro para ir hasta el Lower East Side. Aquella cita había sido idea suya, su forma de hacer las paces, y no podía cancelarlo sin más, aunque lo único que quisiera fuera meterse en la cama y ponerse los auriculares con la música a todo volumen.

El ensayo con Johan había empezado bien. Después de media hora, se había convencido de que lo había juzgado mal. Se rieron juntos y él le compró una Coca-Cola light de la máquina. «Qué importancia tenía que en la audición se hubiera pasado con el flirteo», había pensado ella. «Vaya cosa.» No sería la primera vez que se topaba con un tío un poco pulpo en aquel negocio. Pero a medida que habían ido avanzando, aquella forma de tocarla en plan amistoso había empezado a ser un poco más evidente. En la muñeca, en los hombros. Él se había comenzado a acercar más cuando la escena no lo requería, y la hacía volver a empezar cada vez que ella se sentía tan incómoda que se olvidaba del texto. Había logrado superar el ensayo sin tener que esquivar ninguna insinuación muy evidente, pero sólo era cuestión de tiempo. Mañana se volverían a ver y sería el encuentro definitivo.

Se sentía demasiado expuesta, demasiado nerviosa como para disfrutar de una cita en ese momento. Y, sin embargo, le estaba pasando lo mismo que esa mañana: otra vez iba en busca de Louis. Quería verlo, pero no acababa de comprender la certeza de que él haría que todo pareciera mejor. La noche anterior se había sentado entre sus dos compañeras de piso en plena menstruación y había comido el helado suficiente como para hundir el ferry de Staten Island, pero eso sólo había servido para empeorar las cosas. Con cada cucharada que se metía en la boca, había recordado lo adorable que estaba cuando intentaba animar a Honey y a Abby. Lo sincero que parecía cuando la había intentado convencer de que había ido a pasar un rato con ella y no solo a meterse entre sus sábanas rasposas. Se lo había imaginado viendo *Arrested Development* él solo, y quiso apoyarse sobre su pecho y reírse de la familia Bluth con él.

En cuanto la metió en su despacho aquella mañana y la abrazó, todo se había vuelto a poner en su sitio. Y aunque reconocía lo peligroso que era depender de un chico para sentirse mejor, no podía evitarlo. Había caído presa del efecto Louis.

Quería volver a verlo después de esa noche, así que, de momento, dejaría de lado su intranquilidad.

«Ya pensarás en el pulpo de Johan mañana. Deja de preocuparte por el pasado de Louis. Mantén la calma. Limítate a evitar.»

Roxy respiró hondo delante de la puerta de Louis y llamó. Y esperó. Al poco frunció el ceño y miró el reloj del móvil. Mierda. Llegaba media hora antes. El ensayo debía de haber pasado mucho más rápido de lo que pensaba. Puede que todavía no estuviera en casa. Hizo ademán de llamarlo, pero la puerta se abrió y él apareció en el umbral antes de que pulsara el timbre.

Su aspecto la cogió desprevenida. Parecía... raro. Iba sin camisa y estaba descalzo, tenía el bigote salpicado de sudor y llevaba el botón superior de los vaqueros desabrochado. Tenía la respiración acelerada, como si acabara de correr un kilómetro. Roxy habría pensado que estaba haciendo ejercicio si no hubiera parecido tan incómodo. Se balanceaba sobre los talones y no la miraba a los ojos. A ella se le encogió el estómago. Oh, Dios. ¿Lo había pillado con otra? Ya le había advertido aquel día en su despacho que a él no le iban las relaciones. ¿Cabía la posibilidad de que al haber llegado más pronto de lo previsto le hubiera arruinado los planes de hacer doblete?

Quería darle una patada en los testículos, pero ¿qué derecho tenía? No eran una pareja en exclusiva. Él tenía todo el derecho del mundo a salir con otras personas, igual que ella. Entonces, ¿por qué tenía tantas ganas de ponerse a gritar palabrotas y de golpearle el pecho con los puños? Así que antes de ponerse en ridículo de esa forma, Roxy se dio media vuelta y corrió hacia el ascensor. Bien.

«Se ha acabado y estás escapando: los daños son mínimos.»

Estupendo. Hasta su monólogo interior estaba cargado de escepticismo.

—Oye. —Las zancadas de Louis resonaron detrás de ella—. ¿Adónde narices vas?

Louis la cogió de la muñeca antes de que pudiera llamar el ascensor.

—Siento la interrupción. Ya puedes volver a hacer lo que estabas haciendo.

—¿Cómo sabes lo que estaba haciendo? —se apresuró a preguntar. Demasiado rápido.

Roxy tiró de la muñeca, pero él no la soltó.

—Tío, tienes pinta de acabar de salir de una orgía. Y no pienso unirme a la fiesta que te hayas montado.

—¿Qué...? —En ese momento se abrió la puerta del ascensor y salió una anciana con un caniche atado con una correa, y su presencia interrumpió la pregunta. La mujer alzó unas cejas perfectamente delineadas al ver a Louis con el pecho descubierto en medio del pasillo, pero su sofisticada actitud neoyorquina se impuso y la señora siguió caminando sin decir ni media palabra. Ella aprovechó la distracción y se metió en el ascensor, pero Louis la siguió. La rodeó con los brazos por detrás y la estrechó con fuerza a pesar de la resistencia que ofrecía—. Vale, me parece que ya te sigo. Crees que hay una orgía en mi apartamento porque estoy sudado.

Roxy le dio un codazo en las costillas, pero él se mantuvo firme.

—Cuando has abierto la puerta tenías cara de culpabilidad. Cosa que es absurda, porque yo no soy tu novia. Pero resulta que tampoco me va eso de ser la segunda bateadora.

—Sí, hombre. Utiliza una metáfora del mundo del béisbol para ser más mona de lo que ya eres. —Le apoyó la frente en el hombro—. En mi apartamento no hay nadie, Rox.

La esperanza le hinchó el pecho, pero ella hizo fuerza hasta que consiguió reventar la burbuja de felicidad.

—¿Qué estabas haciendo?

Él rugió.

—No me obligues a decírtelo. Me da mucha vergüenza.

El ascensor empezó a bajar hacia la planta baja. Roxy imaginó que alguien se uniría a ellos en aquel espacio minúsculo cuando el ascensor llegara a su destino, e intentó, sin suerte, deshacerse de sus brazos.

—Si no me lo dices, me marcho.

—Ya me imaginaba que dirías eso. —Ella empezó a darse media vuelta entre sus brazos, pero él se lo impidió agarrándola con fuerza—. No, será mucho más fácil si no me estás mirando. —Un largo suspiro agitó el mechón de pelo que se descolgaba junto su oreja—. Resumiendo: me siento muy atraído por ti, Roxy. Dolorosamente atraído. Estaba intentando aliviar un poco de presión antes de que llegaras con la esperanza de poder disponer de diez minutos, esta noche, sin pensar en arrancarte la ropa y tumbarte en el suelo. Ya está.

Roxy tardó un par de segundos en comprender lo que le estaba diciendo. El alivio solo tuvo un segundo para tranquilizarla antes de que la diversión ocupara su lugar.

—Estabas...

El ascensor se detuvo. Entró un hombre trajeado.

—No lo digas —le advirtió Louis con la boca pegada a su cuello.

Roxy frunció los labios.

—¿Te estabas dando un poco de amor? ¿Sacándole brillo a las joyas de la familia?

A Roxy le dio un ataque de risa cuando oyó el discreto carraspeo que sonó a sus espaldas. Intentó guardar silencio, pero en cuanto el hombre trajeado se bajó en el piso inmediatamente inferior al de Louis, se inclinó hacia delante y se abandonó a la risa. Él presionó el botón de su piso y se metió las manos en los bolsillos.

—Me alegro de que te parezca divertido. La verdad es que no... les he sacado todo el brillo que... necesitaba. La situación no está bajo control.

El lacónico tono de voz de Louis estuvo a punto de matarla de risa de nuevo, pero él parecía tan incómodo que ella encontró la forma de contenerse.

—¿Quieres que espere fuera mientras terminas?

Louis la miró como si le hubieran salido cuernos.

—No pienso perderte de vista. Estoy bien.

—No lo estás.

Louis dejó caer la cabeza hacia atrás.

—No lo estoy.

La puerta del ascensor se abrió en su planta, y él le hizo un gesto con la mano para indicarle que saliera primero, incluso parecía que pensara que ella podría intentar fugarse otra vez. Cuando pasó a su lado por el pasillo, Roxy se dio cuenta de que él aguantaba la respiración y que miraba con decisión a un punto indeterminado por encima de su cabeza. Cuanto más se acercaba a él, más rojo se le ponía el cuello. Guau. El pobre se estaba muriendo. Por ella. Y eso la excitaba bastante.

No, la excitaba muchísimo. Cuando fue consciente de aquella revelación, se dio cuenta de que llevaba cinco minutos sin pensar en su desastroso ensayo. Ya no se sentía inquieta ni medio mareada. Ahora que sabía que él la deseaba tanto que se tenía que masturbar antes de salir con ella, se sentía excitada y deseada. Y lo había hecho para demostrar algo. Eso hacía que le gustara más todavía. Le daban ganas de aliviarle ese dolor. Después de la conversación íntima que acababan de mantener y de las imágenes que se habían proyectado en su cabeza, también se sentía un poco... mala.

Cuando llegaron a la puerta de su apartamento lo rozó deliberadamente al entrar y dejó que sus pechos resbalaran por sus abdominales. Louis cerró los ojos y maldijo.

—Por favor, Roxy. Si se me ponen los testículos más azules, esta cita acabará en urgencias.

—¿En qué pensabas? —Ella alargó el brazo y cerró la puerta mientras se acercaba a Louis. Luego dejó resbalar la boca por su cuello muy despacio—. Cuando te estabas... sacando brillo.

—No puedo decírtelo. —Hablaba con los dientes apretados—. Las fantasías masturbatorias de un hombre son sagradas.

—¿Ah, sí? —Roxy dejó resbalar el dedo por el centro de su estómago hasta meterlo por debajo de la cintura de sus vaqueros—. Si me lo cuentas podría echarte una mano.

Louis golpeó la puerta con la cabeza.

—Ahí arriba hay alguien que me odia o me adora. —Inspiró hondo—. Roxy, lo que te dije ayer por la noche iba en serio. No te quiero solo por el sexo.

Había algo enterrado en el pecho de ella que respondió a la frustración que destilaba la voz de él. Le besó con suavidad y lo miró a los ojos.

—Ya lo sé, Louis. Ya me has convencido, ¿vale? —El siguiente beso fue más largo, pero cuando vio que cerraba los ojos, se retiró antes de que aumentara de intensidad—. Explícame en qué estabas pensando.

Louis rugió.

—En ti. Estaba pensando en ti con ese estúpido uniforme de animadora. Lo odio, pero no puedo dejar de pensar en él. Estabas... —Le mordió el labio inferior—. Te estabas tocando.

Se desató un remolino de calor en la tripa de Roxy. Si estuviera con cualquier otro, aquella confesión la habría ofendido. Pero con Louis no. Su voz destilaba tristeza y sinceridad, y la hacía sentir segura. Compasiva. Excitada. Sentía tantas emociones a la vez que no sabía hacia dónde dirigirlas. Así que se decidió por las que le parecían más correctas. Y lo más correcto parecía ayudarlo a aliviar su sufrimiento.

—Bueno, no me he traído el uniforme. —Se desabrochó el botón de los vaqueros y se bajó la cremallera—. Pero me puedo tocar para ti, Louis.

Un estremecimiento recorrió el pecho desnudo de él.

—¿No?

Ella ladeó la cabeza.

—¿Eso era una pregunta?

—No lo sé

«Dios, me gusta mucho este tío. Mucho.»

Roxy cerró los ojos y se metió los dedos dentro de las bragas. Cuando llegó a la zona más sensible de su cuerpo jadeó y Louis rugió. Le desabrochó los tres primeros botones de la blusa y separó la tela con los dedos temblorosos. Devoró la imagen de sus pechos con sus ojos oscuros y se puso a mover la boca como si pudiera saborearlos.

—Dime lo que quieres, Rox.

—Quiero acabar lo que has empezado.

Roxy vio cómo él se debatía mentalmente, pero cuando se le pusieron los ojos vidriosos, supo que la necesidad le había ganado la partida. Se bajó la cremallera a toda prisa y se la sacó esbozando una mueca. Se deslizaba la mano por la carne dura mientras la observaba; parecía embelesado por la imagen de su mano moviéndose dentro de sus vaqueros. Estaba guapísimo: se mordía el labio inferior con los dientes, se le tensaban los músculos del brazo y del estómago con cada caricia suave y experimentada. La luz del recibidor se reflejaba en las gotas de sudor que le salpicaban el pecho y le brillaba la piel. Roxy necesitaba aquella liberación tanto como él, pero todavía no se había dado cuenta.

—Dime lo que sientes.

A ella se le escapó un gemido.

—Calor. Suavidad. Me siento a mí.

—Yo ya sé lo que se siente estando ahí dentro, ¿verdad? ¿Te gustó que te metiera la mano por debajo de la falda la otra noche?

—Sí.

¿Cuántas veces habría hecho aquello pensando en ella? ¿Hoy sería la primera vez? Roxy no tenía capacidad para preguntarlo porque notaba que el orgasmo incipiente le tensaba los músculos. ¿Tan rápido? Se inclinó hacia él y le lamió los labios hasta que los separó. Louis la besó como un salvaje mientras sus manos se movían entre ellos. El hambriento gemido que se le escapó a él la superó. Cuando el placer inundó todo su cuerpo, se estremeció. Alivio, sorpresa... se sentía abrumada por la combinación de ambas sensaciones. Él aún no había llegado al final y, de repente, Roxy tuvo tantas ganas de que sintiera lo mismo que ella y se puso de rodillas.

—Roxy. —A Louis se le entrecortó la respiración. Era evidente que deseaba lo que ella le estaba ofreciendo, pero intentó volver a ponerla de pie—. Mierda. Ahora no puedo decir que no. No puedo.

—Pues no lo hagas.

Roxy agarró la base de su gruesa erección y se la llevó a los labios. Se sintió tan bien al tenerlo dentro de la boca y notando las manos de Louis en el pelo, que se dejó llevar por el momento. Cada caricia de su lengua, cada mordisco de sus dientes y cada movimiento de su mano le provocaban una reacción. Oía las confusas palabras de Louis por encima de su cabeza mientras lo acariciaba con la boca de arriba abajo y se la metía hasta el fondo para lamer de nuevo toda su longitud hacia arriba. Roxy nunca había disfrutado mucho haciendo aquello, pero con Louis era diferente. Le encantaba. Era perfecto.

—Levántate, nena. Por favor. No puedo. No hagas... sí, joder, sí. Agárrala más fuerte. —La cogió del pelo con fuerza—. Ya llego... Ya llego, Rox. Dios, levántate y ven aquí. Deja que te bese mientras me corro.

Roxy lo oía suplicar, pero no quería obedecer. Sin embargo, perdió la capacidad de tomar decisión alguna cuando él tiró de ella con una mano, la puso de pie y le dio un beso acalorado y frenético al ritmo de sus caricias. El rugido que soltó dentro de su boca resonó dentro del cuerpo de ella y se estremeció. Pudo sentir la fuerza de su orgasmo.

Los movimientos de Louis aminoraron y se dejó caer contra la puerta tirando de ella. Se deslizaron juntos por la madera y acabaron en el suelo; ella sentada sobre su regazo. Louis la estrechó, pero con cuidado de no tocarla con la mano derecha. Roxy imaginaba que tendría que levantarse enseguida para ir a buscar un pañuelo. Le pareció gracioso que ese pensamiento no la avergonzara en absoluto. Después de lo que acababan de compartir, no estaba segura de que entre ellos pudiera haber algo vergonzoso. Y eso la hizo sentir libre. Ligera. Aunque, por supuesto, la otra mitad de su cerebro, esa mitad que se sentía incómoda cuando la ligereza y la libertad llamaban a la puerta, hizo acto de presencia y le recordó que debía ser cauta. Que tenía que buscar cabos sueltos.

Louis suspiró con fuerza y le dio un beso en la frente.

—No tengo muchas citas, pero estoy bastante convencido de que las mamadas se reservan para después de la cena.

—¿Te estás quejando?

—Pongo a Dios por testigo de que jamás me volveré a quejar de nada.

Sus risas resonaron por todo el apartamento.

Puede que pudiera esperar un poco para atar el siguiente cabo. Aunque solo fuera por esa noche.

17

Por lo menos había resuelto una duda aquella noche: en el cielo había alguien que lo adoraba.

Louis rodeó los hombros de Roxy con el brazo mientras paseaban por entre los transeúntes de Grand Street. Intentó no sonreír como un idiota cuando ella se apoyó en él. Vale, la noche no había empezado como la había planeado —con eso de que ella hubiera llamado a su puerta mientras estaba en plena faena—, pero qué más daba. Qué estrellas más bonitas brillaban esa noche. ¡Nunca se había dado cuenta!

¿Qué había salido según lo previsto con aquella chica? Ah, sí. Nada. Al principio lo había vuelto loco no poder acorralarla. Todavía le pasaba. Pero estaba empezando a darse cuenta de que a Roxy no se la podía cercar ni manipular. Ella se manejaba muy bien sola y decidía cuándo y cómo quería incluirlo en su vida. Él esperaba que eso cambiara cuando empezara a conocerlo mejor, pero aquella noche se conformaba con poder abrazarla mientras paseaban por la calle. Si tenía que esforzarse para no quedarse mirando sus labios cuando ella hablaba, bueno, solo era un hombre. Y a aquel hombre le acababan de poner el mundo patas arriba.

Y la situación iba mucho más allá de las cosas alucinantes que ella le había hecho, que había hecho por él. La palabra «alucinante» ni siquiera se acercaba a poder describirlo. Lo más increíble era cómo había actuado ella después. Louis esperaba que se quedara callada, que buscara una excusa para marcharse. Pensaba que la había cagado dejándose llevar por ella después de lo lejos que había ido para convencerla de sus buenas intenciones. Pero entonces ella le había sonreído sin un ápice de remordimiento en la cara, y él se había quedado medio enamorado. «Deja de engañarte, estás más que medio enamorado.» Louis no sabía en qué punto había caído presa del enamoramiento; lo único que sabía era que la cauta felicidad que había transformado a Roxy desde que habían salido del apartamento, estaba afectando directamente a la suya. Lo hacía sentir como una maldita estrella de rock, y quería que ella siguiera siendo feliz. Quería ser el motivo de que ella se sintiera así.

Pero, por el momento, necesitaba controlarse para no asustarla y que se marchara corriendo a Chelsea. Sabía que no tenía que hacer planes y que debía dejar que las cosas ocurrieran de forma natural, pero no podía evitarlo. Siempre había sido de los que hacen planes, y su trabajo solo acentuaba ese rasgo de su personalidad. Esa noche quería averiguar más cosas sobre ella. Todo, si era posible. Quería hacerla reír más... y por Dios, quería que ella pasara la noche entre sus brazos. Sin interrupciones ni fiestas de palomitas improvisadas. Aquella noche sus hermanas estaban en una cena en Brooklyn. Lo había confirmado tres veces.

—Estás muy concentrado en algo, McNally.

«Relájate, idiota. Se te nota demasiado.»

—Estoy intentando averiguar adónde me llevas.

—¿Tienes miedo? —Tiró de él hacia una calle secundaria esbozando una sonrisa que le dio ganas de cogerla en brazos y apretujarla contra su pecho—. Te voy a proporcionar la mejor comida que hayas probado. Y lo haré gratis.

—¿Una comida gratis en Manhattan?

—Exacto. —Una ráfaga de brisa le agitó el pelo—. ¿Qué tal se te da actuar?

—Estás dando por hecho que se me da de alguna forma.

—Es cierto. —La excitación asomó a los ojos de Roxy—. Supongo que el espectáculo corre de mi cuenta.

Alargó el brazo, lo cogió de la mano y se detuvo en la esquina de una manzana. Cuando lo cogió de la mano, Louis se distrajo y no se dio cuenta de que habían dejado de moverse. Miró a su alrededor en busca de un restaurante, pero no vio ninguno. Roxy parecía estar observando algo que estaba al otro lado de la calle, así que miró hacia donde miraba ella y vio dos camiones de comida. Estaban uno a cada lado de la calle, y junto a cada uno de ellos había un grupo de universitarios comiendo. Ambos camiones lucían un cartel en el techo que aseguraba vender el MEJOR falafel de Nueva York.

—Sígueme la corriente —le ordenó antes de empezar a bajar por en medio de la calle. Louis quiso tirar de ella para que volviera a la seguridad del bordillo donde estaban, pero entonces se dio cuenta de que la calle estaba cerrada al tráfico. Cuando ella se detuvo en plena vía, a la distancia exacta de ambos camiones de comida, la observó con curiosidad. Se dio unos golpecitos en el labio mientras alternaba la mirada entre un camión y otro.

—He oído decir que solo uno de ellos sirve, realmente, el mejor falafel —comentó fingiendo bajar la voz—. Pero no recuerdo cuál de los dos es. ¿Tú te acuerdas, cariño?

Louis reprimió una sonrisa. «Chica lista.» Dios, estaba llena de sorpresas.

—No lo sé. —Se esforzó por parecer indeciso—. Quizá sería mejor que probáramos las empanadillas japonesas que venden en el camión que hay en la otra calle. No quiero comerme un falafel malo si nos equivocamos.

Roxy se sorprendió ante la reacción de Louis, pero la disimuló enseguida.

—Tienes razón. Deberíamos ir...

—Esperad —gritó un hombre desde el camión de la izquierda—. Yo soy el que sirve el mejor falafel. Elegidme a mí.

—Y una mierda. —Un hombre asomó la cabeza desde el camión opuesto—. Tú no reconocerías un buen falafel aunque le salieran piernas y se pusiera a bailar delante de ti. Yo soy quien sirve el mejor falafel de la ciudad.

—Lo que tu cocinas en ese camión no es falafel, hermano.

—¿Son hermanos? —susurró Louis al oído de Roxy.

Ella asintió rozando la mejilla contra su boca.

—Antes trabajaban en el mismo camión, pero se pelearon. Y los dos se niegan a abandonar esta manzana.

—¿Cómo te has enterado de esto?

—Lo publicaron en la gaceta de la actriz hambrienta.

Louis esbozó media sonrisa al oír el chiste de Roxy, pero la idea de que ella pudiera haber pasado hambre no le hacía ninguna gracia. Ninguna. Lo hacía sentir impaciente, nervioso. Mientras pensaba en eso, se le ocurrió que además de acabar de dejarlo alucinado en su apartamento, ahora ella también tenía que conseguirles algo de comer. Saber que aún no le había devuelto el favor —todavía—, y que no podía invitarla a comer en un restaurante decente, lo mataba un poco. Si no estuviera convencido de que ella se negaría en rotundo, la dejaría elegir mesa en cualquier restaurante de la ciudad. Louis se sentaría allí, la observaría comer, y se sentiría como... como si se la hubiera ganado. Dios. Por lo visto no era tan liberal como se pensaba, cosa de la que solo se había dado cuenta desde que había conocido a Roxy y le había cegado la necesidad de cuidar de ella. Louis ya sabía que podía cuidarse sola. Pero eso no significaba que él quisiera hacerlo de todos modos.

La voz de Roxy lo arrastró de nuevo al presente.

—Solo hay una forma de arreglar esto, caballeros. Comeremos un falafel de cada uno de los camiones. —Frunció los labios—. ¿Cuál probamos primero?

—El mío.

—Por aquí.

Roxy se mordió el labio y miró con indecisión a los dos hombres.

—No me decido. Si me como el malo primero, podría ocurrir que ya no quisiera volver a comerme un falafel en mi vida.

—¡Toma! —El hombre de su izquierda puso una caja de porexpan en la barra metálica que había debajo de su ventana—. Estoy tan convencido de que opinarás que el mejor es el mío que te lo doy gratis.

—Ah, no, de eso nada. —El otro hombre desapareció un momento dentro de su camión—. El mío también es gratis.

—Bingo —dijo Roxy entre dientes antes de acercarse muy despacio al primer camión—. Bueno, si insistís...

Se sentaron en la acera, un poco alejados de los bulliciosos universitarios, y se comieron los platos. Como los dueños de los camiones los estaban observando cada uno desde su ventana, Roxy y Louis se iban intercambiando los falafel de vez en cuando y fingían discutir, muy concentrados, las virtudes de cada plato.

—¿Y dices que no sabes actuar? —Roxy lo miró con recelo—. Pero si parecías Leonardo DiCaprio.

—Puede que aprendiera algunas cosas en la facultad de derecho.

—¿Como representar un papel para el jurado? ¿Esa clase de cosas?

Louis se metió un falafel en la boca y asintió. Ya volvían a hablar de él. Era como si ella tuviera un bloqueo mental y se negara a hablar de ella.

—¿Y qué me dices de ti? ¿Quién te enseñó a actuar?

Roxy pinchó la comida con el tenedor, pero no se la comió.

—Emm... supongo que nadie. Solo yo. —Louis aguardó con la esperanza de que ella le explicara algo más—. Conocí a un profesor de arte dramático en el instituto que me dio una oportunidad, pero había muchos más estudiantes. No podía guiarme como es debido.

—¿Y nunca asististe a clases?

Louis le puso una mano en la rodilla cuando ella empezó a moverla con impaciencia, y se ganó una mirada recelosa.

—Asistí a un par de clases cuando me mudé a Manhattan. Pero antes, nada. Mis padres... No creen que querer ser actriz sea muy práctico. O realista. —Soltó una risita—. Probablemente tengan razón.

Louis sabía que era el momento de dejar de interrogarla. El testigo ya había soltado toda la información que conseguiría sonsacarle. Pero quería saber más cosas sobre ella.

—¿Y qué querían que estudiaras?

Ella abandonó la bandeja de falafel en la acera y guardó silencio un momento. Cuando por fin volvió a hablar, Louis se dio cuenta de que él estaba conteniendo la respiración.

—Les daba igual. No les importa, Louis. —Se miraron—. El único motivo por el que me dijeron que mis aspiraciones a actriz eran poco prácticas, era porque no querían darme el dinero que se gastaban en alcohol para que yo pagara mis clases. No he vuelto a hablar con ellos desde Navidad. Y les importa una mierda.

—No me lo creo. ¿Cómo es posible que exista alguien en este mundo a quien le importes una mierda?

—Yo fui un accidente. —Pareció sorprenderse de haber dicho aquellas palabras en voz alta. Palabras que tenía clavadas en las entrañas—. Mi padre dejó embarazada a mi madre en el baile de graduación del instituto. Creo que lo que más me molesta es saber que soy producto de un cliché. —Forzó una carcajada. Louis se dio cuenta de que estaba intentando ocultar su dolor, pero no quería que lo hiciera. Aunque odiara verlo, quería que ella compartiera aquel pedacito de su vida con él—. Luego se fueron a comer tortitas. Me encantaría no saberlo, pero lo sé. Tuvieron relaciones sexuales sin protección en un hotel, y después se fueron a comer unas putas tortitas. Lo oí un día mientras discutían.

Después de haber visto el altísimo muro que Roxy se había construido alrededor, él ya se esperaba algo malo, pero eso no significaba que le resultara más fácil escucharlo. Saber que sus padres no la apoyaban ni la alentaban a conseguir sus metas, lo puso de mal humor por ella. Roxy era una chica dinámica, lista y tenía mucho talento. Se merecía algo mucho mejor que eso. Puede que los miembros de su familia estuvieran como cabras, pero se apoyaban los unos a los otros. Aunque fuera a su manera y, casi siempre, a larga distancia.

Entonces hizo ademán de decirle que lo sentía. Que desearía que sus padres la apreciaran y vieran lo alucinante que era, pero ella lo miró y negó con la cabeza.

—Háblame de alguna otra cosa un rato, ¿quieres?

Roxy parecía incómoda por haberle confesado todo aquello, así que él le quitó el protagonismo. De momento.

—Mi empresa no me deja hacer más trabajo pro bono. —En cuanto lo dijo en voz alta se dio cuenta de que se moría por hablarlo con ella—. Los casos como el del centro juvenil... Bueno, ellos creen que solo sirven para malgastar sus recursos. Es decir, a mí.

Ella se puso seria y el gesto eclipsó el agradecimiento que había visto al cambiar de tema.

—Pero es muy importante para ti —le dijo.

—Sí, pero... —«Espera.» Negó con la cabeza—. Yo nunca te he contado nada de eso.

—Pero es evidente. Te preocupas por esos chicos. Te necesitan. —Roxy empujó el falafel con el tenedor—. ¿Quién los va ayudar si tú no estás?

Louis suspiró cuando se dio cuenta de que Roxy había dicho exactamente lo mismo que pensaba él.

—No lo sé. Otro abogado. Puede que nadie.

Ella guardó silencio un momento.

—No voy a fingir comprender el mundo en el que trabajas. No tiene nada que ver con el mío. Pero a mí me parece... —Se apartó el pelo por encima del hombro—. Que si ellos saben lo mucho que significa para ti y no les importa... Creo que puedes encontrar algo mejor.

—Puede que ellos también piensen que pueden encontrar a alguien mejor. —La preocupación en la que todavía no se había permitido pensar, se le escapó antes de que pudiera detenerla—. Alguien mejor que yo.

—No —dijo ella con decisión—. Te he visto trabajar, Louis. No entendí nada de lo que decías... —Compartieron una carcajada—. Pero sé que si te dejan marchar, también estarán dejando marchar a uno de los buenos. Estoy convencida.

Mierda. Le dolía un poco la garganta. Se preguntó qué haría Roxy si la abordaba en aquella acera, ¿lo apartaría o lo abrazaría?

—Gracias.

Compartieron un silencio cómodo durante varios minutos, hasta que ella volvió a hablar.

—Antes parecía resentida. Con mis padres y eso, y no es verdad —prosiguió—. He tenido que trabajar más duro que otras personas para conseguirlo yo sola. Y quiero lograrlo yo sola, sin ayuda de nadie. Y lo conseguiré.

El miedo reptó por las venas de Louis.

Nunca la había visto tan decidida. Lograr las metas sin ayuda de nadie era algo muy importante para Roxy. Probablemente fuera lo más importante para ella. Y él se lo había arrebatado con solo una llamada telefónica. Le había dado su ayuda sin que ella se lo hubiera pedido pensando que quizá la rechazara si se la ofrecía con sinceridad. Ahora lo sabía con seguridad: ella habría rechazado su ayuda. Pero ya era demasiado tarde para echarse atrás.

—Lo siento.

—¿Qué sientes?

«Ser un capullo egoísta y presuntuoso», quiso decir, pero ella se lo había preguntado con tanta naturalidad que a Louis le pareció evidente que Roxy necesitaba cambiar de tema. Y quería concederle ese deseo. Quería darle todo lo que necesitara. Por no mencionar que, por desgracia, él solo necesitaba una cosa.

—Siento que te toque a ti tener que ir a informar al propietario del camión número uno que su falafel ha quedado en segundo lugar.

Roxy esbozó una pequeña sonrisa.

—Estoy de acuerdo. Está muy hecho.

Louis cogió las bandejas de porexpan y se levantó para tirarlas en una papelera. Le guiñó el ojo a Roxy aprovechando que los conductores de los camiones estaban distraídos.

—Puede que la mejor opción sea que nos vayamos corriendo.

Ella no perdió ni un segundo: lo cogió de la mano y empezó a correr.

—Me gusta tu estilo, McNally.

18

Cuando ella y Louis entraron en su apartamento, Roxy tenía los nervios de punta. Tenía que reconocer que estaba nerviosa. Hacía solo un par de horas le había hecho cosas que deberían haberse llevado cualquier rastro de ansiedad, pero por algún motivo, el tiempo que habían pasado juntos aquella noche solo había servido para aumentarla. Se había abierto a él, le había dejado ver una parte de ella que raramente compartía con nadie. Ese era el motivo de que, de repente, tuviera ganas de salir corriendo. Ahora Louis sabría exactamente a quién estaría tocando y besando. Ya no parecía que tuviera la opción de esconderse, y eso la tenía muy asustada.

Y lo que más la asustaba era que, desde que se había abierto, él parecía todavía más interesado por ella. Louis no había dejado de tocarla desde que habían abandonado aquella acera. Pero sus caricias no habían sido sexuales. Le había rozado el labio inferior con el pulgar, le había dado un beso tierno en la nuca... Ella no estaba acostumbrada a aquella clase de contacto. Ni con Louis ni con nadie. Y le gustaba demasiado, estaba empezando a desearlo y esperarlo demasiado pronto.

«Maldita sea», la situación la ponía furiosa. El sexo debería ser algo espontáneo, para que no le diera tiempo a ninguna de las dos partes a estresarse ni a pensar demasiado en el tema. Su estilo era más bien de polvo en un juzgado contra un armario archivador. Y no aquella absurda cita perfecta seguida de una velada planificada de antemano para hacer el amor. Eso generaba demasiadas expectativas. «Claro, como si acostarse con Louis no prometiera ser alucinante.» Y, sin embargo, todo el ritual la ponía nerviosa.

Louis echó el pestillo de la puerta del apartamento y se puso detrás de ella. A Roxy se le aceleró el corazón antes incluso de que la tocara. Le empezó a hormiguear la piel. ¿Dónde la tocaría primero? Ella no tenía preferencias, siempre que pudiera sentir las manos de él sobre su cuerpo.

Cuando abrió los ojos se lo encontró justo enfrente con una expresión entre preocupada y divertida.

—¿Qué está pasando por esa cabecita? —preguntó.

—No quieras saberlo.

—Discrepo.

Roxy suspiró. Ya había sido sincera con él aquella noche y la cosa había salido bien, ¿no? Podría arriesgarse. Por lo menos eso pararía el golpe hasta que consiguiera tranquilizarse. O quizá lo asustara, y así ella podría volver a preocuparse solo de sí misma. Cosa que, de repente, le parecía terrible. Y aun así...

—Tengo una pesadilla. En ella te veo contando algún chiste aburrido mientras abres una botella de merlot. Los dos nos tomamos nuestra copa de vino mientras fingimos interesarnos por las cosas que dice el otro, cuando en realidad solo estamos matando el tiempo antes del gran espectáculo. Luego haces alguna maniobra estudiada para poder besarme. Y cinco minutos después, lo estamos haciendo en la posición del misionero.

Louis frunció el ceño.

—¿Prefieres un cabernet?

A ella se le escapó una carcajada que pareció un rugido.

—Más te vale que sea un chiste.

Louis alzó una ceja.

—Podría decirte lo mismo.

Parecía... ¿enfadado? Eso no se lo esperaba. Ella creía que, en cuanto acabara de hablar, él le apartaría el pelo de la cara y le diría algo que la tranquilizara. Que le diría que ellos nunca serían la clase de pareja que acababa de describir. Pero, en realidad, parecía que tuviera ganas de agarrarla de los brazos para agitarla.

—No pretendía ofenderte, es que yo...

—¿Tú qué? —Louis se acercó a ella y siguió caminando hasta que no tuvo más remedio que elegir entre dar un paso atrás o dejarse arrollar. Solo había dado dos pasos atrás cuando su trasero chocó contra la mesa de la cocina. Él plantó los puños a ambos lados de su cuerpo y la obligó a inclinarse hacia atrás—. ¿Estás pensando que te voy a dar una mierda de vino y un polvo aburrido?

—No, yo...

—¿No? Pues a mí me ha parecido que sí. —Levantó una mano de la mesa y le desabrochó los vaqueros antes de bajarle la cremallera. A Roxy se le aceleró la respiración, tanto como el pulso. Oh, Dios. ¿Qué estaba pasando? Debería alarmarse del evidente enfado de Louis, pero su cuerpo estaba respondiendo con locura a la agresión. «Más»—. Yo no bebo vino, y no necesito ninguna excusa ni valerme de alguna maniobra estudiada para besarte. —Le quitó los zapatos, le bajó los vaqueros y los lanzó por encima del hombro con un único movimiento—. Y nena, también te haría gritar en la posición del misionero. Es una pena que no vaya a ser lo que te lleves esta noche, ¿no?

Roxy empezó a decir que sí, aunque quizá estuviera diciendo que no. La respuesta desapareció de su cabeza en cuanto él la cogió de la cintura y la sentó en la mesa.

—¿Me puedes repetir la pregunta?

Louis no contestó. La recorrió con los ojos, su mirada le trepó por las piernas y se posó justo entre sus muslos. En ese momento ella solo llevaba una blusa vaporosa y un tanga de color turquesa. Aquella mirada la excitó tanto que se descubrió separando las rodillas para que él pudiera verla mejor. Louis deslizó los dedos por la sensible piel del interior del muslo de Roxy antes de pasearse con suavidad por encima de la tela turquesa.

—Solo ha pasado un día desde que estuve enterrado aquí dentro, pero es demasiado tiempo. —Entonces le dio un apretón inesperado por encima de las bragas—. Conozco formas de llegar todavía más adentro.

Roxy se arqueó y gimió. «Ohdiomíoohdiosmio.»

—Louis...

—¿Louis, qué? —No le dio ocasión de contestar: le bajó las bragas y las dejó encima de la mesa. A él se le escapó un sonido cargado de apetito mientras la contemplaba—. Tienes pinta de estar dulce, Rox.

El calor la meció y se mareó. Y aquel mareo, aquella puerta a otra realidad, le dio la excusa para ser un poco salvaje. Para vivir el momento. Se quitó la camisa. Cuando empezó a desabrosarse el sujetador, Louis la detuvo y lo hizo él. Estaba completamente desnuda. Y él seguía vestido del todo. Y consciente como era Roxy del alucinante cuerpo que escondía debajo de toda aquella ropa, le parecía un sacrilegio.

Alargó la mano con la intención de desabrocharle los pantalones, pero él la cogió de la muñeca.

—Todavía no. Si me tocas te la tendré que meter.

—Eso suena bien.

El humor solo eclipsó un segundo el apetito que brillaba en los ojos de Louis, pero luego reapareció con más intensidad que antes.

—A ti no te van los planes ni los rollos tradicionales. Ya lo he pillado. —Le separó más las piernas y deslizó la lengua muy despacio por el interior de su muslo derecho—. Pero a mí me encantan los planes. Y llevo toda la semana planeando chuparte. Así que túmbate y asúmelo.

Roxy se dejó caer en la mesa en cuanto notó el contacto de su boca. La energía de Louis cambió casi de inmediato. Arrastraba la lengua por su carne con devastadora lentitud, despacio, muy despacio. Hasta que algo en el interior de Louis pareció romperse y se llevó su disciplina. La agarró de los muslos con más aspereza y los rugidos que se le escapaban vibraron en el sexo de ella, cosa que provocó una serie de oleadas de placer que creyó que la matarían. Louis posó la lengua sobre la zona que requería mayor atención y empezó a moverla más despacio.

—Más rápido, más rápido. —Lo agarró del pelo. Louis dejó escapar un ruido de placer para dejarle claro que le gustaba, así que ella estiró con más fuerza—. Oh, Dios. Qué bien.

Los músculos de Roxy empezaron a contraerse, se le atenazó hasta la garganta. Se le hincharon los pechos y ya solo veía la espalda ancha de Louis y sus piernas separadas a ambos lados de él. Aquella imagen la acercó un poco más al orgasmo, solo necesitaba...

Louis internó dos dedos en su interior mientras le chupaba el clítoris al mismo tiempo. Roxy se corrió soltando un grito que arrancó desde lo más profundo de su cuerpo. Ocurrió sin previo aviso, como si la aplastara una ola y no pudiera hacer otra cosa que dejarse llevar. Pero él la sacó de nuevo a la superficie: la arrastró por la mesa antes de que tuviera tiempo de volver a llenarse los pulmones de oxígeno. Roxy se agarró a la mesa y observó con los ojos borrosos cómo él se la sacaba de los pantalones y se ponía un preservativo. Como ya le había ocurrido aquella noche, en cuanto vio cómo él se agarraba la erección con la mano, sintió una punzada de electricidad que la recorrió de pies a cabeza. Su cuerpo ya quería más. Más de cualquier cosa que él pudiera darle.

Roxy jadeó cuando él le dio media vuelta y la colocó mirando hacia la mesa. La empujó con aspereza por la espalda y la obligó a inclinarse hacia delante. Se le volvió a acelerar el pulso cuando se dio cuenta de que se la iba a follar en aquella posición. «Sí.» Eso era lo que ella quería. Se moría por ello. La prisa. La urgencia. Sin planes ni pretextos.

Louis tiró de sus caderas hacia arriba y la obligó a arquear la espalda. La seguridad con la que la manejaba hizo que ella se retorciera de necesidad. Roxy se apartó el pelo de la cara y se volvió para mirarlo, quería recordar bien aquel momento.

—Joder, Rox. —Deslizó el glande de la erección entre sus piernas—. ¿Tienes idea de cómo me estás mirando ahora mismo?

—¿Y cómo te miro? —le preguntó con una voz irreconocible.

—Como si fueras capaz de suplicar si yo te lo pidiera.

Roxy se sentía como drogada, caliente. Como si estuviera fuera de su cuerpo y, al mismo tiempo, en completa sintonía con él.

—¿Eso es lo que quieres? —Roxy empezó a mover las caderas en círculos. No necesitaba que le contestara, el rugido que se le escapó a Louis se lo dijo todo. Le daba un poder embriagador—. Por favor, Louis. Por favor.

—Dios, para. Ya no lo aguanto más —rugió antes de embestirla con fuerza. Roxy dejó escapar un sollozo al sentir aquella repentina y perfecta plenitud. El alivio que sintió al saber que por fin estaban unidos desapareció enseguida, y Louis empezó a moverse. Las secas y rápidas embestidas la obligaron a agarrarse a la mesa con más fuerza—. ¿Crees que necesito algún motivo para desearte más? La situación ya me supera tal y como está.

—No lo sé, pero no pares.

Louis le apoyó la mano en la zona inferior de la espalda y presionó hacia abajo, con lo que consiguió un ángulo distinto, un ángulo que le permitía alcanzar un punto del interior de Roxy al que nadie había llegado antes. Cada vez que la embestía, ella daba un paso más hacia la liberación. «Demasiado rápido. Demasiado rápido.» Roxy quería aguantar más, pero él aceleró hasta que estuvo completamente pegada a la mesa. ¿Le estaba pidiendo a gritos que se la follara más fuerte? Roxy no era del todo consciente de nada, pero la presión que sentía crecer en su interior amenazaba con tragársela del todo. Tenía la tripa pegada a la mesa y las piernas completamente separadas. No había forma de aliviar aquella necesidad, solo podía confiar en que él lo hiciera por ella.

—Louis. Lo necesito. Por favor.

—Eres de las que se corren deprisa. Encima eso. Otra cosa más para volverme completamente loco. —Roxy notó cómo él le acariciaba el muslo antes de deslizar la mano por entre sus piernas y posar el dedo corazón justo donde lo necesitaba—. Venga, nena. Yo todavía te necesito un poco más.

Hubo algo en la voz entrecortada de Louis que la empujó hacia el precipicio. Roxy gritó cuando la oleada de sensaciones la recorrió, pero el sonido quedó amortiguado por la mesa, y su voz vibraba con la fuerza de las embestidas de Louis. Lo sentía duro como una roca en su interior, inflexible. Lo único que podía hacer era aguantar mientras el ritmo de Louis se tornaba errático, y luego aceleraba. La mesa empezó a arrastrarse por el suelo y se empotró contra la pared.

—Joder, me voy a correr, Rox. ¿Estás bien?

—Sí —consiguió responder.

Louis enterró los dedos en la carne de sus muslos, con fuerza, mientras la penetraba tan deprisa que a ella le repicaban los dientes. Roxy recordó una imagen del polvo que habían echado en el juzgado, se acordó de las caderas de Louis, moviéndose tan deprisa que apenas se apreciaba el vaivén... y sabía que esa sería la imagen que estaría dando en ese momento aunque no pudiera verla. Pero imaginaba la expresión de intensidad en su cara. Louis McNally se corrió como un puto tren de mercancías, y a ella le encantó. Le encantó saber que había sido ella quien lo había provocado. La embistió una última vez y se dejó caer sobre su espalda temblando sobre su piel.

—Esto es un puto gustazo. —La boca de Louis se movía a su espalda y la notaba caliente y abierta—. Nadie me hace sentir así. Ya tengo ganas de volver a follarte. Joder.

Roxy abrió la boca para suplicar un descanso —para todo hay una primera vez—, pero él tiró de ella hacia su pecho. Le lamió el cuello y le besó la oreja. Tenía las extremidades débiles, licuadas, como si pudiera fundirse si él no la estuviera abrazando. Louis se rio con la boca pegada a su pelo, y ella comprendió que se estaba dando cuenta de su estado. Le pasó un brazo por debajo de las rodillas y la levantó para llevársela hacia el interior del apartamento.

—Venga. —Le dio un beso en la frente—. Tú ve metiéndote en la cama, que yo iré a por un par de copas de un buen cabernet.

—Graciosillo.

19

Louis observó cómo Roxy recorría su dormitorio hasta dejarse caer en el borde de la cama. Vaya. Casi se le sale el corazón del pecho. Había llegado el momento de la verdad. Estaba avergonzado y sabía muy bien por qué. Su dormitorio era enorme. Era probable que en su interior cupieran diez habitaciones como la de ella, y todavía quedaría espacio para la cinta de correr. La verdad era que nunca había pensado en ello. Él había nacido y crecido en Manhattan, y sabía muy bien que el metro cuadrado en aquella ciudad era todo un lujo, pero el dinero de su familia, y después su propio sueldo, siempre le habían permitido vivir con mucha holgura. Como estaba bastante seguro de que su primera pelea con Roxy había sido por la falta de espacio personal de ella, se sentía como si estuviera cruzando un campo de minas. Pero quería que ella estuviera allí. Y a menudo. Así que aquello tenía que ocurrir antes o después.

Cuando Roxy se pasó las manos por los brazos hasta agarrarse los codos, pareció mucho más pequeña que su personalidad, que su presencia. Actuó movido por el instinto y se acercó a la cómoda, de donde sacó una camiseta para ella: le preocupaba pensar que si abandonaba aquella habitación para coger su ropa, podría acabar huyendo. Y si eso ocurría era muy probable que él hiciera el ridículo más espantoso de su vida: estaba decidido a agarrarla de la pierna y a anunciarle que tendría que arrastrarlo por todo el rellano de la escalera para marcharse de allí. Y, sin embargo, tampoco quería ver a Roxy en una cama en la que había estado con otras chicas. Tenía ganas de prenderle fuego y comprar una nueva aquella misma noche. Vaya, Lena era una mala influencia para él.

Está bien, había tenido un buen montón de amantes. A fin de cuentas estaba de bastante buen ver, ¿no? Pero cuando se encontraba con Roxy, todo era diferente. Cuando se enterraba en ella, cuando se internaba hasta lo más hondo dejando apenas un pequeño espacio para moverse. Encajaban a la perfección y todavía ocurrían muchas más cosas cuando conectaban de esa forma. La acumulación de sensaciones que ardía en su interior lo habría asustado si no hubiera advertido que ella estaba allí con él, sintiendo exactamente lo mismo. Lo sabía... podía sentirlo. Se movían juntos de tal forma que no creía que fuera una simple cuestión de química, aunque Dios sabía que eso lo tenían más que cubierto. En la cocina, él se había transportado a otro lugar, a algún lugar donde solo la veía a ella, a ellos. Roxy se había convertido en una adicción instantánea que no quería dejar.

«Lo primero es lo primero, colega.»

Si quería seguir alimentando la adicción que sentía por ella, tenía que conseguir que estuviera cómoda con la relación. Con sus diferencias. Esas diferencias que no significaban nada cuando cada minuto que pasaban juntos era tan especial. Como si importara.

Se plantó delante de ella y le puso la camiseta. Sonrió cuando la tela la despeinó. Roxy se apartó el pelo de la cara, miró hacia abajo y leyó lo que ponía esbozando una mueca.

—¿Campeonato de softball de Winston y Doubleday de 2014? ¿No tienes alguna camiseta de Guns'n'Roses?

—Te la puedes poner del revés, si quieres.

Ella lo miró.

—Lo que pasa es que quieres volver a verme las tetas.

—Culpable. —Retrocedió un poco para poder desabrocharse la camisa y quitarse los vaqueros—. Algún día igual me desnudo yo primero, ¿vale?

—No sé. —Roxy se echó hacia atrás y se apoyó en los codos, y a él se le aceleró el pulso. «En mi cama. Está en mi cama y no parece que tenga ninguna intención de marcharse»—. La verdad es que me gusta verte tan impaciente.

Louis tragó saliva.

—No podía. No puedo.

La sonrisa de Roxy se desvaneció lentamente. Parecía que fuera a decir algo, pero cambió de idea, se volvió a sentar y se puso a juguetear con la costura de la camiseta.

—¿Y en qué consisten estos torneos de softball? ¿Todo el mundo deja que gane el jefe por miedo a perder su trabajo?

—Mi jefe se daría cuenta. —Louis fue hacia el otro lado de la cama y se metió dentro contando los segundos que le faltaban para llegar hasta ella—. Normalmente siempre hay alguien que se pone muy competitivo y todo acaba siendo muy raro. A veces ese alguien soy yo.

Roxy se rio y él no pudo esperar un segundo más para tocarla, así que la cogió de la cintura y tiró de ella. Cuando sus cuerpos chocaron, ella suspiró por encima de su hombro, parecía que llevara un rato aguantando la respiración. Pero se tranquilizó de inmediato, su espalda encajó contra el pecho de Louis, y el trasero contra su regazo. Cuando él le olió el pelo, se le cerraron los ojos y se relajó de pies a cabeza. O todo lo relajado que podía estar teniendo a Roxy casi desnuda pegada a él. Llevaba tenso desde que se habían conocido, pero en ese momento empezó a relajarse poco a poco, como si ella pudiera aliviar su dolor con solo estar allí. Por fin podría pasar una noche sin preguntarse dónde estaría ella y lo que estaría haciendo. Estaba durmiendo con él, eso es lo que estaba haciendo.

—Oh, Dios mío —dijo ella bostezando—. Esta es la cama más cómoda del mundo.

—Eso es porque estoy yo.

El zumbido que resonó en el cuello de Roxy trepó por el brazo de Louis.

—Tú y tus abdominales accesibles.

Louis levantó la cabeza de la almohada.

—¿Qué has dicho? —Ella negó con la cabeza para darle a entender que no pensaba contestar, y él le hizo cosquillas en las costillas hasta que ella se retorció—. Explícate.

—Vale —jadeó—. Pero deja de hacerme cosquillas.

Le pellizcó una última vez antes de parar.

Estaba apoyada en su hombro y ladeó la cabeza.

—La primera vez que abriste la puerta y te vi sin camisa pensé que tenías unos abdominales accesibles. Como si hicieras abdominales cuando te apeteciera, pero sin pasarte.

Louis frunció el ceño mientras procesaba la información.

—No sé si sentirme halagado.

—Deberías. —Debía de estar proyectando su escepticismo, porque se volvió para mirarlo—. También pensé que tu camino de la felicidad debería llamarse senda del éxtasis. ¿Eso te gusta más?

—Ya lo creo. —Vaya, la risita soñolienta de Roxy le provocaba un dolor muy extraño en la garganta. Le encantaba saber que él era el responsable de esa risa. «Senda del éxtasis... me gusta»—. ¿Quieres saber qué pensé yo de ti?

—¿Por qué va vestida de conejita?

—Después de eso. —Le colocó la cabeza debajo de su barbilla—. Antes de que te quitaras la máscara, tu voz me recordaba a alguien que ya conocía. Me quedé pensando en eso cuando te marchaste. Pero no tenía sentido, porque si te hubiera conocido, estaba seguro de que me acordaría. —«¿Estoy hablando demasiado? Probablemente»—. Cuando te busqué, me di cuenta de que no te conocía de nada. Solo te conocía a ti. ¿Tiene algún sentido? Me resultabas familiar a pesar de que no te conocía.

Roxy guardó silencio un buen rato. Su respiración era profunda y regular. La naturaleza de Louis le exigía que le girara la cara para tratar de descifrar su expresión. Que le pidiera una respuesta. Y justo cuando pensaba que estaban destinados a quedarse dormidos después de aquel exceso de información que se había quedado suspendido sobre sus cabezas, ella le dio un beso en la cara interior del brazo.

—Tu ganas, Louis. Me quedo.

Louis se despertó bostezando. Alguien le estaba chupando el pene como si fuera un chupa-chups, y la sensación era increíble.

Chupa-chups. Roxy. La boca de Roxy. Entonces abrió los ojos. Ya no había nadie más. Solo estaba Roxy. Ella se había quedado a pasar la noche y... Ohhh, Dios. Posó las manos sobre la masa de pelo oscuro que tenía desparramado sobre el estómago y los muslos, y se lo enroscó entre los dedos. ¿Solo había dormido con ella una vez y ya intentaba matarlo? La tenía tan dura que le costaba respirar. La débil luz de la mañana se colaba por la ventana de la habitación y, aunque Louis lo veía todo borroso, se esforzó por enfocarla mejor. Y cuando por fin lo consiguió, deseó no haber abierto los ojos. Porque en cuanto la vio, se le tensaron los músculos del estómago y estuvo a punto de correrse.

Iba desnuda, ya no llevaba la camiseta de softball, y estaba arrodillada entre sus piernas estiradas. Se le balanceaban los pechos cada vez que movía la boca y le daba un lametón. Tenía los ojos cerrados y se le escapaban suaves ruiditos rebosantes de placer. Roxy pareció advertir que él la estaba mirando y abrió sus preciosos ojos para mirarlo por debajo de los párpados entronados. Lo lamió desde la base hasta la punta sin dejar de mirarlo fijamente, y se detuvo en la punta para lamerle el glande.

Louis soltó una palabrota y levantó la cadera de la cama.

—Por Dios, ven aquí ahora mismo. Te voy a follar.

Ella le rozó la cara interior del muslo con las uñas.

—Todavía no he acabado.

Louis se sentó y la agarró de los codos. Roxy dejó escapar un sonido de protesta mientras él arrastraba su cálido y sexy cuerpo y la colocaba sobre su regazo. Hasta que no estuvieron cara a cara, no se dio cuenta de que ella seguía adormilada. Suave. Sus labios, su pelo... sus ojos. Pero no podía controlar la lujuria que ella le había provocado, no se podía parar a disfrutar de aquella imagen. Ni tampoco en las pruebas que demostraban lo bien que ella había dormido en su cama y entre sus brazos. No, la necesitaba con demasiada urgencia. Metió la mano entre los dos para acariciarse el pene una vez y luego la pasó por entre las piernas de Roxy para comprobar si ella estaba preparada. Ya lo creo que estaba preparada. Húmeda y preparada.

—¿Chupármela te pone así? —Mientras alargaba la mano hasta la mesita de noche para coger a ciegas un preservativo, le mordió el labio inferior—. Estás empapada.

—Sí. —La palabra sonó como un estremecimiento. Ella gimoteó mientras él se ponía el condón, parecía que no pudiera esperar ni un segundo más. Louis se alegró, porque él tampoco podía—. Estabas diciendo mi nombre en sueños, y yo...

Louis se internó en ella y Roxy se calló en seco. La embistió con fuerza hacia arriba y saboreó, con los ojos cerrados, el grito que se le escapó.

«El paraíso. No quiero irme nunca de aquí. No quiero que pase nunca este momento. Quiero que esta mañana con ella sea eterna.»

—Ahora ya lo sabes, ¿no? Ahora ya sabes que no puedo dejar de pensar en ti ni cuando estoy dormido.

Ella jadeó mientras él movía la cadera.

—Yo también pienso en ti.

—No de la forma que yo pienso en ti. Es imposible. —La cogió del culo y lo amasó recordando lo que le prometió el día de la despedida de soltero: «La primera vez que te subas encima de mí te pienso coger del culo justo así. Controlaré tus movimientos. Yo decidiré el ritmo: rápido, lento. Todo dependerá de mí y de mi forma de agarrarte». Recordaba su promesa palabra por palabra porque había estado fantaseando con ella desde que su subconsciente había creado la imagen. Ahora se dejó caer en la cama y la embistió dos veces—. Después de esto pensarás mucho más en mí, ¿verdad? Muévete.

El desafío encendió los ojos de Roxy. Se apoyó en los hombros de él. Se elevó más y más hasta que se la sacó casi del todo, y entonces se dejó caer con fuerza.

—Joder —rugió Louis.

Luego empezó a moverse con los muslos completamente separados a ambos lados de él y dejando escapar pequeños quejidos. La expresión de Roxy reflejaba también cómo se sentía Louis: y es que no se creía que pudiera sentir que algo fuera tan placentero y tan correcto al mismo tiempo. Se había despertado en aquella situación y no había sido capaz de imaginar la avalancha de lujuria que ella le provocaría. Aquella mañana no podía hacer nada despacio y con dulzura. Quizá con Roxy no llegara a conseguirlo jamás.

La obligó a moverse más deprisa, hacia arriba y hacia atrás. A ella le gustaba, lo advertía en su respiración entrecortada, en cómo cerraba los ojos. Aquella postura facilitaba que ella pudiera frotarse contra él. Y alcanzaba ese punto que él había estimulado para hacerla llegar al orgasmo con los dedos la noche anterior. Pero Louis ya la conocía, sabía que le gustaba que se la follara rápido y con fuerza. Le gustaba lo mismo que a él. La agarró con más fuerza del trasero y dejó que ella rebotara un par de veces más mientras él embestía para acompasar sus movimientos.

Roxy sollozó.

—Sí. Más, Louis. Más rápido.

Dios, le encantaba oírla decir esas cosas. No se cansaría nunca.

—¿Cómo de rápido, nena? —La mantuvo elevada por encima de sus caderas y la penetró con fuerza y deprisa, una y otra vez; el sonido que hacían sus cuerpos al chocar lo excitaba todavía más—. ¿Te gusta así? ¿Lo quieres más rápido?

Pero ya era demasiado tarde. Ella se contrajo a su alrededor, los muslos le temblaron y se tensaron mientras ella gritaba.

—Oh, Dios, oh Dios, oh, Dios.

Louis fue incapaz de concederle un momento para que se recuperara, la cogió y la tumbó en la cama. La sangre le rugía en las venas y el ruido le resonó en los oídos. «La necesito. Joder, cómo la necesito.» Entrelazó los dedos con los suyos y le subió las manos por encima de la cabeza mientras se internaba en ella con un rugido.

—A partir de ahora solo tú y yo, Rox. Nadie más. Jamás. Solo nosotros dos, ¿vale?

Ella lo observó con la mirada borrosa, o puede que fueran sus ojos los que estaban nublados. Estaba demasiado ido como para saberlo. Lo único que sabía era que ella lo era todo, que ese momento con ella lo significaba todo, y que no podía vivir sin ella. Imposible. Roxy le entrelazó los tobillos a la espalda y asintió.

—Tú y yo, Louis.

Él enterró la cara en su cuello y se abandonó al orgasmo coreando su nombre mientras se corría dentro de ella. Roxy lo estaba rodeando con los brazos y le apretaba la cintura con los muslos; nunca se había sentido tan poderoso e indefenso a un mismo tiempo. Si no la hubiera conocido, jamás habría sentido nada igual. La necesitaba a ella. A otra persona. Louis siempre creyó que no llegaría a sentirse así.

Se quedaron tumbados tal como estaban, fusionados, y permanecieron así durante lo que parecieron horas y, aun así, el tiempo pasó demasiado rápido. Mientras se concentraba en la respiración de Roxy, la luz del sol se adueñó de la habitación. Si ella hubiera aceptado, él habría dejado que se quedara toda la vida deslizándole los dedos por la espalda. Al poco miró el despertador de la mesita y soltó un suspiro cargado de resentimiento: le agobiaba pensar que solo disponía de media hora para ducharse y marcharse a trabajar. Roxy debió de interpretar correctamente el suspiro, porque le dio una palmada en el trasero y salió rodando de debajo de él.

—En marcha, McNally. Alguien tiene que salvar el mundo, y no seré yo.

«Tú has salvado mi mundo.»

—Me parece que me estoy poniendo enfermo. —Fingió una tos y se estremeció—. No me gustaría contagiar a todo el despacho.

—Retiro lo que dije sobre tu talento como actor.

Le sonrió por encima del hombro y a él se le retorcieron las entrañas. La luz del sol le iluminaba los ojos y se le veían casi traslúcidos... y le brillaba la piel de la espalda. Luis se preguntó si ella sabría lo guapa que era. En especial aquella mañana, cuando el muro que siempre había percibido en ella parecía haber desaparecido. Ahora parecía más ligera, más abierta. Y eso le provocaba un dolor en el pecho.

—¿Qué vas a hacer hoy?

¿Eran imaginaciones suyas o ella se había puesto tensa?

—Tengo que practicar un poco antes de mi ensayo de esta noche. Me tengo que aprender las frases anteriores y las posteriores. —Su olfato de abogado se había despertado y le decía que se estaba perdiendo algo. No tuvo la oportunidad de preguntarle antes de que ella prosiguiera—: Pero luego me puedo pasar por aquí a ver *Arrested Development* contigo.

Louis hizo el ademán de responder «qué bien», pero entonces recordó que aquella noche tenía una cena en casa de Lena.

—Mierda. Esta noche no puedo. Tengo una cena familiar.

Aquí era donde se suponía que debía invitar a su novia. Aquella evidencia se encendió en su cabeza como una bombilla, aunque no tenía ni idea de por qué, ya que él nunca había salido con nadie en exclusiva. Por lo menos desde que iba a secundaria. Pero sus instintos le decían que eso era lo que hacían los novios cuando iban en serio con una chica. Le presentaban dicha chica a su familia. Se quedaron los dos en silencio y él percibió la extrañeza de Roxy. Aquella era su oportunidad de hacerla sentir segura, de demostrarle que iba en serio.

Pero no podía. Todavía no.

Se negaba a llevarla a su casa después de lo que había dicho Fletcher. Si aquel capullo le lanzaba una mirada de más, él per-

dería la cabeza. Y lo que era aún peor, volver a ver a Fletcher inco-
modaría a Roxy, porque seguro que recordaría que había estado a
punto de hacerle un estriptis. No quería cagarla la primera vez
que la llevara a su casa, y aquella cena solo podía terminar mal.
Lena se daría cuenta de que pasaba algo en cuanto Fletcher y Roxy
estuvieran en la misma habitación. Puede que a su hermana le
faltara un tornillo, pero era capaz de oler el drama como un sa-
bueso. No, la primera vez que le presentara su familia a Roxy no
quería arriesgarse a que la cosa saliera mal. No quería cagarla
con ella.

—Yo, eh... —Se pasó la mano por el pelo, sabía que había alargado demasiado ese silencio. ¿Cómo era posible que ella se hubiera
vestido tan deprisa? ¿Cuánto tiempo llevaba allí sentado?— Si quieres puedes venirte conmigo otro día.

La sonrisa de Roxy parecía a punto de quebrarse. Mierda, la había cagado. Ya la había cagado.

—Ya veremos. La verdad es que no me van mucho las cenas familiares. Me voy a marchar... Hay un autobús que sale hacia la otra
punta de la ciudad dentro de...

Se marchó de la habitación sin molestarse en acabar la frase.
Louis se quedó de piedra allí sentado un momento antes de echarse a correr tras ella.

—Rox.

—¿Qué?

Ella se detuvo con la mano en el pomo de la puerta. Ya está.
Tenía que decirle la verdad, pero le daba demasiado miedo su
reacción. La primera vez que salieron ella se había quedado ho-
rrorizada de saber que Fletcher era el prometido de su hermana.
Había pensado que volver a verle a él no tenía sentido porque el
futuro miembro de su familia pensaba que era una estriper. Si le
decía que no quería que Fletcher la viera, solo estaría justifican-
do su preocupación. Tampoco pensaba decirle lo que Fletcher le
había dicho. Solo conseguiría hacerla enfadar. Tenía que solu-

cionar aquella situación antes de presentársela a su familia. Y lo haría. Quería que ocurriera algún día.

—¿Qué pasa, Louis?

Se le hizo un nudo en la garganta.

—Te llamaré.

La puerta se cerró justo cuando él pronunciaba la última palabra.

20

Roxy se tomó el último trago de café y tiró el vaso a la basura. Quedaban cinco minutos para que empezara el ensayo con Johan y no quería llegar ni un segundo antes. Odiaba aquello. Odiaba estar tan nerviosa y sentir aquel agujero en el estómago. Aquello estaba mal. No debería sentirse de esa forma. Pero terminaría aquella noche, de un modo u otro. Eso era lo que no dejaba de repetirse una y otra vez. Era el único argumento que la convenció de que se pusiera los tacones altos y saliera de su apartamento.

Se apoyó en la fachada de la cafetería y observó el tráfico. Se sentía cansada, pesada. Tenía los músculos doloridos por culpa de la ansiedad, y un zumbido en la cabeza que no se marchaba. El día anterior había llegado segura al ensayo. Había sido consciente de las intenciones de aquel imbécil y, aun así, había entrado con la cabeza alta y los hombros rectos. Pero hoy no se sentía igual. Y eso la tenía muy cabreada, porque sabía muy bien el motivo.

Imbécil. Había sido una completa imbécil. Había bajado la guardia una sola noche y ahora tenía que pagar por ello. Aquella mañana el comportamiento de Louis había sido casi cómico. No quería que la invitara a cenar. Pero una minúscula parte de ella esperaba que lo hiciera. Él quiso que se quedara la noche que aparecieron sus hermanas, ¿no? Conocer al resto de su familia no parecía algo tan lejano. Incluso aunque la asustara. Habría aceptado conocer a los padres de Louis aunque nunca hubiera conocido a los padres de ningún chico, siempre que él hubiera estado con ella.

Pero su forma de actuar... Se había encerrado y luego no había dejado de tartamudear en busca de la forma de evitar verla o tener que presentársela a su familia. Eso le había dicho todo cuanto necesitaba saber. O bien ya había conseguido lo que buscaba y no quería seguir con ella, o peor aún, Louis no quería presentarle a su familia rica a una aspirante a actriz que dormía en un futón. Le dolía pensar que pudiera ser cualquiera de las dos opciones. Y no necesitaba pasar por esa clase de dolor en ese momento de su vida. Esa intranquilidad se sumaba a lo nerviosa que estaba por culpa de Johan y tenía la sensación de ir por la vida arrastrándose por el suelo. Normalmente se hubiera recuperado enseguida, pero ese día tenía ganas de acurrucarse y no moverse.

«Maldición.» Le gustaba Louis. Mucho. Tenía la sensación de haber dejado una parte de ella en aquel apartamento.

Su falta de determinación la tenía asustada, porque nunca le había faltado. No quería afrontar el inevitable enfrentamiento con Johan sin sentirse segura al cien por cien. Necesitaba esa seguridad para poder rechazar el papel de su vida, porque no iba a ser nada fácil. Si la noche anterior y lo que había ocurrido aquella mañana le habían demostrado algo, era que el sexo no era más que eso: sexo. Puede que con Louis no le hubiera dado esa impresión. Puede que fuera increíble... que la hubiera destrozado por un buen tiempo. Pero, al final, todo se reducía a un medio para conseguir un fin. Louis la había deseado y había hecho lo necesario para conseguirla. Pero la persecución había acabado. Había ocurrido lo mismo que con todos los demás: ceder era el principio del fin.

Aquel estado mental era muy peligroso cuando una tenía que tomar una decisión importante. ¿Valía la pena rechazar el papel para evitar un encuentro desagradable? ¿Y si lo único que tenía que hacer era compartir otra noche sin sentido con uno más? Se jugaba el respeto por ella misma, pero también su carrera. Saldría del ensayo con la cabeza alta, pero estaría de vuelta en Nueva Jersey trabajando en un supermercado tan deprisa, que le daría vueltas la cabeza. ¿Qué orgullo podría sentir cuando se encontrara en esa situación?

Dios, puede que hubiera una pequeña parte de ella que quisiera rendirse a Johan, aunque solo fuera para demostrarse una estupidez: que no necesitaba a Louis, ni sus caricias perfectas ni sus palabras dulces. Nada de lo que había dicho era verdad. Le había dicho todo aquello en el calor del momento, pero ya no tenía ningún valor.

No, no dejaría que aquello sirviera para demostrar nada. No pensaba darle más poder a Louis del que ya tenía. Si al final le resultaba imposible abandonar el papel de Missy —papel al que le había cogido mucho apego—, lo vería como una transacción comercial. Nada más.

«No puedes estar planteándote esto en serio. Johan te da escalofríos.» Quizá no se lo estuviera planteando. Puede que fuera el dolor quien hablara. El dolor que la había seguido hasta su apartamento después de oír el gran cliché de Louis cuando salía de su casa: «Te llamaré». Roxy había bloqueado su número de teléfono antes de que el ascensor llegara al vestíbulo. Así no tendría que mirar el teléfono ni una sola vez para comprobar si había llamado. No pensaba pasar por ahí.

Roxy miró la pantalla del móvil. Ya solo quedaba un minuto. Cruzó la calle en dirección a las oficinas del estudio, y entró por la puerta principal. Mientras avanzaba hacia el fondo, donde ella y Johan habían estado ensayando la noche anterior, vio que el pasillo estaba vacío y silencioso. Se lo encontró sentado en el suelo con las piernas cruzadas y leyendo una revista, con una pose de relajación tan falsa que por poco se echa a reír. No se culpaba por haberlo prejuzgado mal. La imagen que proyectaba gritaba que era un genio divertido, pero en realidad era un hombre que conseguía lo que quería con malas artes. No era más que un capullo mimado.

Llamó una vez a la puerta para alertarlo de su presencia. La depredadora sonrisa que esbozó cuando levantó la mirada le dio náuseas, pero inspiró hondo. Tenía la sensación de que su bolso era una red de seguridad, pero se lo descolgó del hombro y lo dejó encima de la mesa.

—Hola.

—Hola, hola. Pasa. —Se levantó—. Estás guapísima.

—Gracias. —Se había puesto pantalones y una camisa de manga larga abrochada hasta el cuello para enviarle un mensaje. Pero por lo visto su ego lo había interceptado en la puerta—. Llevo todo el día repasando el texto. Me siento mucho más cómoda con la escena del coche.

Él asintió con aspecto de estar distraído.

—Empecemos por la escena en la que te encallaste ayer. La, emm... —Sonrió con más ganas—. La escena del bar en la que Missy baila con Luke.

Un cero en sutileza.

—Esa no es la escena en la que me encallé.

—¿No? —Cogió el guion arrugado de encima de la mesa y pasó un par de páginas—. Bueno, empecemos por ahí de todos modos. Es una escena importante, y necesitas ir adaptándote.

—No hay mucho diálogo en esa escena. —«No sigas por ahí. Por favor, no sigas»—. No creo que vaya a tener ningún problema con ella. Preferiría centrarme en otra parte.

Él se rascó la nuca y esbozó un gesto divertido. A Roxy le parecía mentira haber pensado, al conocerlo, que era un tío atractivo.

—Si no recuerdo mal fui yo quien escribió el guion. —La observó con detenimiento—. Y soy yo quien elige los actores para la película.

Ahí estaba. Un ultimátum velado. A Roxy se le hizo un nudo en la garganta cuando él se acercó. Quería darse media vuelta y salir corriendo, pero estaba clavada al suelo. Se le puso la piel de gallina y sintió frío, tanto que le dieron ganas de abrazarse para darse calor. Cuando pensaba que se detendría justo delante de ella, Johan la sorprendió y empezó a caminar en círculos a su alrededor.

—Me gustas, Roxy. Creo que eres perfecta para este papel. —Le rozó el pelo que se descolgaba por su hombro. Un gesto que le recordó tanto a Louis que le dieron ganas de echarse a llorar. Ese no era Louis. No tenía nada que ver con Louis... o con el Louis que ella creía conocer—. Quiero que te sientas cómoda conmigo. Este papel es muy importante para la película. Tenemos que conectar antes de darle vida a Missy. Juntos.

Oh, Dios, qué asco. Roxy se habría dado media vuelta y se habría reído en su cara si no hubiera tenido tantas ganas de echarse a llorar como un bebé. Era evidente que Johan ya debía de haber hecho aquello antes para poder soltar esas frases tan estudiadas. ¿A cuántas actrices les habría hecho aquello? Ella no quería ser otra víctima condenada a guardar el secreto para no arriesgarse a ser avergonzada. Odiaba pensar que pudiera pasarle eso.

—Johan, Missy me importa mucho. Yo le daré vida. Lo haré.

Él se volvió a parar delante de ella y la observó a conciencia.

—Entonces empecemos con la escena del baile, ¿de acuerdo?

Roxy sabía que era un error, pero asintió una sola vez. El director lanzó el guion a la mesa como si fuera un niño con un juguete nuevo. No perdió el tiempo: invadió su espacio personal y le posó la mano en la cadera derecha. Ella seguía rígida cuando él la estrechó. Entonces cerró los ojos al percibir su desagradable aliento en la oreja. Empezaron a mecerse, pero no se podía relajar, no conseguía que sus músculos se relajaran.

«No hagas esto. Está mal. Muy mal. Sal ahora mismo de aquí.»

«¿Y qué vas a hacer, Roxy? ¿Volverás a cantar telegramas? ¿Estriptis? ¿Volverás a casa y admitirás ante tus padres que has fracasado? Eso les encantaría. Sonreirían, te dirían que la vida es una mierda y seguirían bebiendo cerveza en su viejo sofá.»

El dolor se apoderó de ella. La autocompasión que no se había permitido sentir nunca la envolvió y recuperó todo el tiempo perdido. ¿Y qué importaba? ¿Quién se preocupaba por su orgullo aparte de ella misma? Nadie. Nadie pensaba en ella. A nadie le importaba. ¿Por qué tenía que preocuparse ella?

La cara sonriente de Louis apareció en su cabeza y no pudo reprimir las lágrimas que resbalaron por sus mejillas.

La mano de Johan resbaló por su espalda.

Louis llamó con demasiada energía a la puerta del apartamento de Lena. Tenía muchas ganas de darle un puñetazo a algo, a cualquier cosa. Necesitaba dar salida a la frustración con la que convivía desde aquella mañana. Roxy había bloqueado su número. Increíble. No tenía ni idea de lo que le habría dicho si ella hubiera contestado, pero por lo menos habría sido mejor que «Te llamaré». ¿Qué clase de idiota era? ¿Te llamaré? Roxy tenía todos los motivos del mundo para marcharse sin mirar atrás. Le daba náuseas pensar en las muchas veces que le había dicho eso mismo a otras chicas sin que la frase significara absolutamente nada. ¿Cómo se atrevía a decírselo a Roxy? Dios, se merecía cada minuto de su sufrimiento. En cuanto acabara con aquella pesadilla de su hermana, pensaba ir a buscarla y le suplicaría hasta decir basta.

Había reproducido la escena de aquella mañana una docena de veces con la intención de verla desde la perspectiva de Roxy. Sí, debía de estar convencida de que había pasado de ella. No había hecho nada para convencerla de lo contrario. La confianza que le tenía era muy frágil, y él la había roto como si fuera una ramita.

Ya la echaba de menos. Lo que sentía por ella era tan profundo que a él lo desconcertaba mucho que ella pudiera pensar que iba con segundas. ¿Acaso no era evidente? No creía que fuera capaz de esconder algo tan grande, un sentimiento que tenía la sensación que le rebosaba del pecho.

Se abrió la puerta y de repente se encontró delante de Lena. Su hermana tenía una espumadera en una mano y un extintor en la otra.

—¿Qué hay, hermano? Espero que tengas hambre. O un extintor de repuesto.

Louis la esquivó y entró en el apartamento.

—¿Qué has quemado?

—El kétchup.

Louis decidió no preguntar.

—Escucha, he venido antes para poder hablar contigo. ¿Hay alguien más?

—No. —Cogió una copa de vino del mostrador y le dio un buen trago. Genial, estaba bebiendo. Aquello iba a salir bien—. Estoy sola. Aunque Celeste llegará dentro de diez minutos, así que escupe rápido.

—Gracias —le contestó con sequedad mientras se acercaba a la nevera para coger la cerveza que tanto necesitaba. Y si la conversación no salía como él esperaba, probablemente fuera su última cerveza. Se bebió media botella y la dejó sobre el mostrador—. ¿Recuerdas la otra noche, cuando te dije que no había estripers en la despedida de soltero de Fletcher?

Lena alargó el brazo y cogió un cuchillo de carnicero del mostrador.

—Sí.

—No era mentira. —Pensó en Roxy. Recordó en cómo había absorbido toda la luz de aquella habitación. ¿Dónde estaba ahora? ¿Qué estaría haciendo?— La chica que se presentó en el apartamento de Fletcher no era una estriper. Es mi novia. —Observó el cuchillo con atención—. Necesitaba el dinero porque estaba pasando por un mal momento, pero la única persona para la que se ha desnudado de todas las que había en esa habitación, soy yo. Y seguirá siendo así.

Su hermana lo miró entornando los ojos.

—¿Pero Fletcher sabía que iba a ir a su casa?

—Sí. —Suspiró dentro de la cerveza—. Por si te sirve de algo, Lena, esas cosas ocurren en muchas despedidas de soltero. Y esta fue bastante suave si la comparo con algunas en las que he estado.

—Me lo prometió. —Clavó la punta del cuchillo en una tabla de cortar, y lo hizo girar—. ¿Crees que deberías salir con una chica de ese estilo?

Louis apretó los dientes.

—Si te refieres a una chica preciosa e inteligente que me hace locamente feliz cada vez que estoy con ella, la respuesta es sí. Esa clase de chica: es obstinada, decidida y valiente. Lo es todo. Y es mía. Así que será mejor que te parezca bien. Y que la aceptes. A mí no me importa lo que hizo.

Lena hizo un puchero.

—No tienes por qué ser tan desagradable.

Louis se tragó la disculpa que le salió de forma automática. No pensaba disculparse: todo lo que había dicho iba muy en serio.

—Solo te lo digo tal como es. Si me salgo con la mía, pasará mucho más tiempo conmigo. Y quiero que se sienta cómoda.

—Y si es tan importante para ti, ¿dónde está esta noche? —Lena soltó el cuchillo sobre el mostrador y se cruzó de brazos—. He hecho paella para alimentar a todo Manhattan.

Louis reprimió una sonrisa. Esa había sido la forma de su hermana de decir «si ella es importante para ti, entonces es importante para nosotros».

—Está en un ensayo —dijo con tono evasivo—. Aunque tampoco la he invitado. Porque soy idiota.

Lena no se mostró ni de acuerdo ni en desacuerdo con su afirmación.

—Mmmm. Le puedes llevar un poco de paella cuando te vayas para casa. Un hombre que se presenta con un Tupperware siempre gana puntos. —Volvió a coger el cuchillo y lo blandió contra una gamba distraída—. Excepto si miente. Eso es imperdonable.

—Exacto. —Apuró el resto de la cerveza—. Ese es otro de los motivos por los que he venido antes.

Su hermana, que advirtió enseguida el tono serio que había empleado, lo miró con recelo.

—Dispara.

Louis suspiró.

—Eres mi hermana y te quiero. La verdad es que estás un poco loca, pero creo que ya lo sabes.

Ella asintió una vez.

—Continúa.

—Pero por muy loca que estés, Lena... —Le posó una mano tranquilizadora en el brazo—. No creo que estés lo bastante loca como para casarte con Fletcher. Al margen de las estripers y las mentiras, ese chico no es lo bastante bueno para ti. Ni de cerca.

—Ya lo sé. Celeste lleva un tiempo diciéndome lo mismo, pero no quería escucharla. —Se le llenaron los ojos de lágrimas—. No voy a encontrar muchos chicos dispuestos a aguantarme.

—Encontrarás a uno muchísimo mejor que él. —Louis abrió los brazos justo a tiempo de cogerla cuando ella se abalanzó sobre él. La abrazó mientras se esforzaba por aguantar el equilibrio—. Y mientras esperas a que aparezca, haremos fiestas de palomitas en mi casa, ¿vale?

—Vale.

Louis dio un paso atrás y le enjugó las lágrimas; ella tenía las mejillas rojas de la vergüenza.

—¿Y para qué está ensayando Roxy? ¿Es para algo que yo pueda conocer?

Se apoyó en el mostrador de la cocina. Estaba agradecido de que ella hubiera cambiado de tema, pero le deprimió recordar que él había engañado a Roxy para conseguirle la actuación.

—Supongo que sí. Es para la nueva película de Johan.

—¿Johan Strassberg? ¿Ese tío con cara de ardilla que se pasaba el día siguiéndonos con una cámara? —Resopló—. Sus padres celebraban aquellas repulsivas fiestas en los Hamptons. Todo el mundo tenía que ir vestido de blanco. ¿Te acuerdas?

—Sí.

Lena se estremeció.

—Ese tío siempre me ha dado repelús. No sé por qué. —Levantó un dedo—. Ah, sí, ya me acuerdo. Celeste y yo lo pillamos grabándonos mientras nos duchábamos en el jardín durante una fiesta en la piscina. Ni siquiera se mostró avergonzado de que lo descubriéramos. No dejaba de sonreír como un imbécil.

Louis empezó a ponerse nervioso.

—¿Por qué no me lo contasteis?

—Ya lo hicimos. Más o menos. —Esbozó una mueca—. ¿Te acuerdas de aquella vez que condujimos hasta su casa y le reventamos las ruedas del coche? No fue porque ganara el concurso de talentos del campamento. Ni siquiera nosotras somos tan vengativas. Fue porque nos grabó mientras nos duchábamos y luego utilizó un proyector para que lo viera todo el mundo.

—¿Ese era el coche de Johan?

Su voz sonaba como alejada. Aquella noche quedaba ya tan lejos que apenas la recordaba, además él iba medio dormido en el asiento de atrás. Estaba claro que su recuerdo estaba fragmentado, como distintas partes de un sueño.

Lena pareció malinterpretar su silencio.

—No te lo tomes muy en serio. Todo el mundo acaba viéndome desnuda tarde o temprano. —Sonrió para darle a entender que estaba bromeando—. En cualquier caso, siempre me dio mala espina. Aquel verano también se rumoreó que su padre pagó mucho dinero para librarlo de algunos cargos. Pero nunca supe el motivo. —Sonó la alarma del horno y ella se levantó a apagarlo—. Siempre pensé que tenía algo que ver con una chica. Pero solo era una corazonada.

Louis se separó del mostrador, estaba un poco mareado. Era como si una pelota de golf se le hubiera quedado atascada en la garganta, cosa que no ayudó cuando se le aceleró la respiración. Entonces recordó lo reticente que se había mostrado Roxy a hablarle de los ensayos con Johan y todo el apartamento empezó a dar vueltas a su alrededor. Pensó en lo tensa que se ponía cada vez que él sacaba el tema. En la expresión perdida que tenía el día del juzgado... justo después de la audición. Una audición que él le había organizado. Un grito le trepó por la garganta, pero consiguió reprimirlo en el último segundo.

Lena lo observó con una preocupación que, poco a poco, se convirtió en comprensión.

—Ve.

21

«No quiero hacerlo. No quiero hacerlo.»

¿Acaso pensaba que habría alguna chica de las que habían acabado en la cama con alguien para conseguir un papel a quien le hubiera apetecido hacerlo? El día que colgó los estudios y fue a su casa a recoger sus cosas, su madre se lo dijo. Le advirtió que solo era otra chica con unos sueños demasiado ambiciosos para sus capacidades. ¿Tenía razón? Puede que aquel fuera todo su talento. Puede que este fuera el lugar al que se dirigía desde aquel día, y todas las audiciones por las que había pasado hubieran sido una completa pérdida de tiempo.

Johan le tocó el culo y la agarró con más firmeza cuando las palabras que debían rechazarlo se le quedaron encalladas en la garganta. Se le encogió el estómago. Aquello acabaría como máximo en veinte minutos, ¿no? Luego se podría marchar a su casa, borrarse las caricias de aquel tío en la ducha y esconderse bajo las sábanas hasta que saliera el sol. Ya se había acostado con otros perdedores. Podía cerrar los ojos y fingir que aquello no estaba ocurriendo. Nadie se enteraría.

«Yo sí lo sabría. Me merezco algo mejor que esto.»

La vocecita que llevaba ignorando todo el día, se abrió paso por entre el banco de niebla de la autocompasión. Había ido a Nueva York para sobrevivir por su cuenta. Si se acostaba con Johan y conservaba el papel, no sería el resultado del trabajo bien hecho ni un reflejo de su talento. Sería una victoria barata. Él le estaría entregando el papel a cambio de su dignidad. No merecía la pena.

Y, además, era incapaz de dejar que otro hombre la tocara mientras seguía sintiendo las manos de Louis en su piel y su aliento en la oreja. Puede que fuera patética, pero quería —necesitaba— saborear esos recuerdos y retenerlos todo el tiempo que pudiera.

—Ya puedes ir quitándome la mano del culo.

Él se rio por encima de su cabeza y el contacto de su aliento cálido en la frente la estremeció. Pero no apartó la mano. Al contrario, la estrechó con más fuerza. Roxy podía sentir la erección de Johan pegada a su tripa, y eso la aterrorizó.

—No tenemos tiempo para que te hagas la difícil, Roxy. Tengo una reunión dentro de un rato.

Ella le dio un empujón en el pecho.

—Suéltame.

Johan dejó de tocarle el culo, pero solo la soltó para cogerla del brazo. Ella hizo una mueca de dolor cuando él le clavó los dedos en el bíceps.

—¿Qué pasa, te va la marcha? No hay problema.

Cuando se agachó para besarla, Roxy le dio un puñetazo en la nariz, cosa que provocó un crujido que a ella le resultó extremadamente satisfactorio. Él se tambaleó hacia atrás y dio un grito mientras le empezaba a sangrar la nariz.

—¡Ah! ¿Qué narices haces?

Roxy sacudió la mano y torció el gesto por culpa del dolor. Le había atizado al más puro estilo de Jersey, es decir, bien fuerte. Dios, qué gustazo. No solo porque había podido volcar toda la frustración y la rabia que sentía sobre la persona que se las había provocado, sino porque justo en ese momento había vuelto a ser ella misma. Puede que la debilidad se hubiera adueñado de sus pensamientos, que hubiera sido víctima de una confusión momentánea, pero en el fondo ella sabía que merecía mucho más que eso. Era mucho mejor que él.

Una parte de ella quería quedarse allí un rato más a observar cómo Johan se tambaleaba dolorido, pero tenía que salir corriendo.

Ese tío no la había soltado cuando ella se lo había pedido y eso la asustaba. Había pensado que solo se trataba de otro depravado que utilizaba su posición para acostarse con ella a cambio de un papel, pero se había equivocado. Era potencialmente peor que eso. Y no pensaba quedarse para averiguar hasta qué punto.

Aunque antes de marcharse tenía algo que decir.

—Escúchame, imbécil. —Aguardó hasta que la miró con los ojos entornados—. No dejaría que me pusieras tus asquerosas manos encima ni por todos los papeles del mundo. Te puedes meter el guion por donde te quepa. Diviértete intentando emular a Wes Anderson, maldita basura de segunda.

Johan se crispó al oír sus insultos, fue lo único que le dio tiempo de ver antes de salir de la habitación y marcharse en dirección al pasillo. Y cuando oyó sus pisadas detrás de ella, empezó a correr con el corazón desbocado. Solo le quedaban unos cuantos metros para llegar al bullicio de la calle.

Pero antes de que pudiera llegar a la puerta, él la cogió del brazo.

—Si le cuentas esto a alguien, se reirán de ti. Solo serás otra actriz inventándose un cuento para ganar notoriedad por la vía rápida.

—Suéltame —le ordenó liberándose.

Él la volvió a agarrar y le estiró de la camisa, cosa que hizo saltar algunos botones y rasgar la tela. Hasta él parecía un poco sorprendido de lo que había hecho, y Roxy aprovechó la distracción para abrir la puerta y salir tambaleándose hasta la calle.

Donde se topó de narices con Louis.

Todo lo que había ocurrido aquella mañana salió volando de su cabeza y el alivio se adueñó de ella. Era una cara conocida y un cuerpo sólido, y estaba allí plantado con el traje del trabajo. No se lo pensó dos veces: le rodeó el cuello con los brazos e inspiró su aroma con gula. Pero estaba rígido. Cosa muy impropia de él. La cogió de las muñecas, la apartó y la miró de arriba abajo con rabia contenida. Alargó la mano muy despacio y deslizó los dedos por la costura de su camisa desgarrada antes de clavarle los ojos a Johan, que seguía detrás de ella en la puerta.

—Te voy a matar —rugió Louis; todo su cuerpo vibró contra Roxy.

La voz de Johan parecía amortiguada, como si siguiera agarrándose la nariz llena de sangre, pero su tono destilaba una nota de burla.

—Lo que tu digas, tío. El ensayo se ha acabado. Llévatela de aquí.

Louis la esquivó a la velocidad del rayo y, antes de que el director se pudiera dar la vuelta del todo, le dio un puñetazo en la cara. Johan se tambaleó hacia atrás y Louis lo siguió apretando los puños.

—¿Qué le has hecho?

Johan pateó el suelo.

—Mierda. Me has roto la nariz.

—Contéstame.

—Nada. Esa chica pega más fuerte que tú. Relájate.

—¿Que me relaje? —Louis le retorció la pechera de la camisa—. Como la hayas tocado te aseguro que la nariz será lo primero que te haya roto.

Johan parecía aburrido. Estaba claro que aquella no era la primera vez que le daban un buen derechazo. El asco sacó a Roxy de su estupor. Posó la mano sobre el hombro de Louis e intentó evitar que entrara en el edificio, pero él no le hizo caso. Por detrás de ella había empezado a reunirse un montón de gente que se detenía a ver qué pasaba. Tenía que sacar a Louis de allí antes de que alguien llamara a la policía.

—Louis, déjalo. No vale la pena. No ha pasado nada.

Louis se dio la vuelta y la miró como si no la estuviera viendo, la rabia brillaba en sus ojos.

—Entonces, ¿cómo se te ha roto la camisa?

Roxy no quería mentirle, solo quería alejarse de Johan lo máximo posible, pero su duda le dio a Louis la excusa que necesitaba. Apretó el puño y le dio otros dos puñetazos en la cara a Johan.

El director hizo acopio de fuerzas, consiguió soltarse y dio un paso atrás cuando Louis dejó de agarrarlo.

—Tú me llamaste, Louis. Podría haber contratado a cualquier actriz de esta maldita ciudad. Te estaba haciendo un favor.

Louis se puso tenso. Dejó caer los brazos como si alguien le hubiera cortado los hilos que los sostenían en alto. A Roxy le iba a la cabeza a mil por hora, estaba intentando descodificar lo que había dicho Johan. ¿Un favor? ¿Cómo... cómo era posible que Johan supiera el nombre de Louis? La respuesta la arrolló con la fuerza de un tren de mercancías.

«Oh, Dios, no.»

—¿Qué hiciste? —susurró.

Louis no se volvió.

—No puedo discutir de esto ahora, Roxy. Estoy demasiado enfadado.

—Pues vamos a hablarlo de todas formas. —Dio un paso a un lado para poder ver a Johan—. ¿Él te llamó? ¿Te pidió que me dieras el papel como un favor?

Johan esbozó una sonrisa exagerada.

—Supongo que las buenas acciones no están exentas de castigo.

A Roxy se le escapó un sollozo.

—Maldita sea. Maldita sea, Louis.

El dolor se apoderó de ella al mismo tiempo que lo que había vivido durante las últimas dos semanas se reproducía a cámara lenta en su cabeza. Recordó la llamada de aquel sábado por la noche, que le concedía la oportunidad con la que siempre había soñado. Una oportunidad que creía haberse ganado, pero no era así. ¿Podía ser más ingenua? Todo aquel tiempo se había sentido orgullosa de sí misma en secreto, daba por hecho que en algún momento habría hecho algo bien, que habría conseguido impresionar a las personas adecuadas. Que habría conseguido captar la atención por sus propios méritos. Cuando en realidad, todo se lo había concedido el chico que quería acostarse con ella. Enfureció. Se le encogió tanto el corazón que creyó que se le iba a hacer pedazos. No. Ya no podía soportarlo más. Llevaba metida en un torbellino de emociones desde aquella mañana, y era culpa suya. Se había expuesto demasiado. El orgullo que había sentido al salir del despacho de Johan después de la audición, ahora estaba esparcido por la acera como la basura del día anterior.

Louis se volvió despacio y torció el gesto al ver la expresión de Roxy.

—Yo solo te conseguí la audición —dijo empujándola hacia la acera para evitar que Johan pudiera oírlos—. El papel lo conseguiste tú sola. Yo solo pretendía llevarte hasta la puerta.

—Y una mierda. No te creo. —Se dio una palmada en la frente cuando recordó que solo había tres actrices en la audición de aquel día. Le había parecido raro, pero no le dio importancia—. Debías de estar riéndote de mí cuando recibí la llamada. Debiste pensar que era idiota.

—A mí nunca me podrías parecer idiota. Nunca.

—Pensaba que comprendías... —Tragó saliva con fuerza—. Te expliqué lo importante que era para mí hacer esto yo sola, y pensaba que lo habías entendido. Que me entendías a mí. Y tú me arrebataste esa meta.

Louis se pasó la mano por el pelo con impaciencia, tenía los nudillos llenos de sangre.

—¿Sí? Pues el mundo no funciona así. La gente contrata a sus amigos, hacen llamadas de teléfono y se cobran favores. Es desagradable, pero esa es la verdad. Ya sé que querías hacer esto tú sola, pero tu método no estaba funcionando.

Roxy se estremeció cuando las palabras de Louis le encogieron el estómago.

—¡Dios! Lo siento. Salió mal. —Dejó escapar un sonido cargado de frustración—. No puedo hablar de esto mientras te veo aquí plantada con la camisa rota y con cara de haber estado llorando.

«No.» No pensaba dejar que hiciera mella en ella. No pensaba sentir lástima por él.

—No puedes ir por ahí tomando decisiones sin consultarlo con las personas implicadas.

—Habrías rechazado mi ayuda. No tenía otra opción.

—¿Por qué no tenías otra opción? —Entonces lo comprendió todo y sintió náuseas—. Porque necesitabas salir con alguien respetable, ¿no? Si ibas a salir con una actriz, tenía que ser con una que tuviera éxito. ¿Verdad? Y no con una que tuviera que hacer estriptis para pagar el alquiler.

—No. —Se pellizcó el puente de la nariz—. Porque quería que fueras feliz.

Roxy sabía que no era justo, pero quería llevarse un pedazo de Louis. Hizo un gesto en dirección a Johan, que seguía sentado en el suelo y sangrando.

—Bueno, pues no te salió bien. Supongo que no mencionó que acostarse con él formaba parte del trato. Buen trabajo.

Louis se deshinchó justo ante sus ojos. Roxy se odió en ese momento. Y lo odió a él por hacerla sentir tan mezquina e importante al mismo tiempo.

«Tengo que largarme de aquí.»

—Adiós, Louis.

Consiguió llegar a la esquina antes de echarse a llorar.

22

Roxy abrió un ojo, vio a Honey y a Abby a los pies de su cama, y lo cerró automáticamente. Quizá si se quedaba completamente inmóvil pensarían que se había vuelto a quedar dormida y se pondrían a ver otra vez *La boda de mi mejor amiga*, o a hornear porquerías. O a hacer cualquier cosa que hicieran los vivos cuando salían de sus dormitorios. Cualquier cosa menos obligarla a admitir que llevaba dos días metida en la cama y que seguía llevando una camisa rota.

Quería quitársela, pero se había obligado a dejársela puesta. Era absurdo y también bastante antihigiénico. Tenía la sensación de que alguien la había partido por la mitad, y tener una representación tan visible de eso le permitía regodearse con impunidad, ¿no? No tenía ninguna intención de dejar de autocompadecerse en un futuro próximo, así que quería que sus dos compañeras en forma de granos en el culo se esfumaran, y volando. Aunque supiera que en cuanto cerrara los ojos tendría que enfrentarse a los recuerdos sobre Louis. Y, sin embargo, eso era mejor que no enfrentarse a su recuerdo, como haría durante el resto de su vida. Lo había perdido. O él la había perdido a ella. ¿A quién narices le importaba? No estaban juntos, pero mientras se quedara en aquella cama, por lo menos le quedaría el dolor que él le había provocado. En ese momento tenía la sensación de que era lo único que tenía.

Alguien, probablemente Honey, le dio un golpecito en el codo.

—¿Qué quieres? —preguntó Roxy apretando los dientes.

—Ha llegado otro falafel para ti —dijo Abby.

—Nos lo hemos comido —añadió Honey—. Ignoraste los dos últimos, y yo vengo de un sitio donde no nos gusta dejar que la comida se eche a perder. Estaba buenísimo. He estado pensando en buscar una receta propia.

A Roxy le dolió el corazón cuando supo que Louis le había enviado otra ronda de falafel. ¿Por qué no lo dejaba ya? Habían pasado demasiadas cosas y se habían dicho demasiadas cosas feas. Él le había robado la independencia. Puede que ella pareciera obstinada, pero aunque no estuviera enfadada con él, no creía que pudiera volver a mirarlo a la cara. La había visto en momentos demasiado bajos. Los más bajos de su vida. Y eso es lo que vería cada vez que lo mirara. Se preguntaría si él se la estaría imaginando haciendo un estriptis, cantando disfrazada, o escapando de un hombre del que ella había sospechado desde el principio pero ignorando todas las alertas.

—La próxima vez no abráis la puerta. Por favor. No quiero que piense que los estoy aceptando.

Honey se cruzó de brazos.

—¿Nos vas a contar lo que ha pasado? Si voy a tener que rechazar comida gratis, necesito algún incentivo.

—Tengo una idea. —Abby entrelazó las manos y las miró con nerviosismo—. Primero te contaremos nosotras nuestras peores rupturas. Puede que así te resulte más fácil.

—No lo creo.

—Yo primera —se ofreció Honey ignorando del todo las protestas de Roxy—. Mi novio del instituto se llamaba Elmer Boggs. Era un grandullón, el linebacker del equipo de fútbol. Dulce como una tarta y lánguido como la melaza. —Ladeó la cabeza y sonrió—. Si se hubiera salido con la suya, yo me habría quedado embarazada antes de que se secara la tinta de nuestros diplomas de instituto, pero no queríamos las mismas cosas.

—¿Y la universidad? —susurró Abby, como si no se pudiera imaginar un mundo en el que alguien careciera de un título universitario—. ¿No quería ir?

—Bueno, ahí es donde diferíamos. Elmer estaba encantado de aceptar un trabajo como vendedor de coches en el concesionario de su padre. Y yo quería algo más. —Honey hizo una pausa—. Rompí con él el día que me aceptaron en Columbia. Digamos que no se lo tomó muy bien. Se presentó en la puerta de mi casa completamente borracho a las dos de la mañana. Llevaba un radiocasete gigante como en esa película, *Un gran amor*. Pero en lugar de poner Peter Gabriel, él puso *The devil went down the Georgia*.

Roxy alzó una ceja.

—¿Era vuestra canción o algo así?

—No. —Honey negó con la cabeza—. Creo que le gustaba.

—Ah.

Un minuto después Abby rompió el silencio reflexivo.

—Cuando tenía diecisiete años, estuve saliendo con Vince Vaughn durante una semana.

—Espera. —Roxy se masajeó la frente. No estaba preparada para mantener esa conversación—. Vince Vaughn, ¿el actor?

—No, no. Otro Vince Vaughn. —Abby se atusó el pelo, de repente se sentía cohibida—. Era la noche de Halloween, y teníamos pensado disfrazarnos de M&M's. Yo iba a ser el verde, y él —acertadamente—, eligió el amarillo. Pero cuando llegué, él no iba disfrazado de M&M, iba disfrazado de Popeye, y su nueva novia iba de la raquítica Olivia.

—Au.

Abby respondió al comentario de Honey asintiendo con sequedad.

—Me marché a toda prisa de la fiesta vestida de caramelo gigante. —Suspiró—. Cuando había cruzado media manzana, se me rompió el tacón, y me caí de boca en el césped del vecino. Y, claro, no me podía levantar porque mi vestimenta era ortopédica. Tuve que pedir ayuda a gritos hasta que salieron los dueños de la casa.

Roxy y Honey se quedaron mirando un momento y compartieron un sorprendido silencio antes de deshacerse en carcajadas. Era imposible reprimirse, la imagen de ese M&M gigante intentando levantarse era demasiado divertida. Abby se sonrojó, pero se lo tomó con entereza e incluso se rio con ellas. Al principio a Roxy le sentó muy bien reírse. Le gustó poder sentir algo que no fuera remordimiento y tristeza. Pero la risa destruyó la presa que había construido en su interior, y lo dejó salir todo. Dejó de reír y se echó a llorar. Eran esas lágrimas calientes y ruidosas, la clase de llanto que no había vuelto a tener desde niña.

—Mierda. —Roxy se tapó los ojos con las manos—. No debería haber dejado que lo nuestro durara tanto tiempo. Si le hubiera puesto fin cuando debí hacerlo, ahora no me haría tanto daño.

—Pero ¿por qué ha acabado? —preguntó Abby con dulzura.

Roxy se lo explicó. Toda la historia sórdida sobre Johan, pasando por la implicación de Louis —que había tratado de conseguirle el papel—, y sus reticencias en presentarle a su familia. Honey y Abby la escucharon sin decir una sola palabra, cosa que era exactamente lo que necesitaba para sacarlo todo.

—Necesitaba sentirse mejor respecto a mí. O respecto a él. No estoy segura. —Se enjugó los ojos húmedos—. Lo único que sé es que no estaba satisfecho con la persona que soy e intentó cambiarlo. Y si ha intentado cambiarme después de solo dos semanas, lo volverá a hacer. Y una tercera. Y no estoy dispuesta a perderme. Soy lo único que tengo.

Honey miró a Abby.

—¿Y nosotras qué somos, basura?

Roxy soltó una carcajada lacrimosa, aunque el mero esfuerzo de reír le dolía.

—Supongo que ahora también tengo que cargar con vosotras.

Roxy se dejó caer en los escalones de la entrada y se quitó los tacones. Sus viejos y desgastados tacones. Los que le había regalado Louis estaban escondidos en el fondo del armario, debajo de un montón de ropa de invierno, bien alejados de su vista. Quería sentarse un rato allí y observar el ir y venir de la Novena Avenida en un torbellino de colores y ruido blanco. Solo se quedaría el tiempo suficiente para recomponerse y hacer acopio de fuerzas: tenía que enfrentarse a sus compañeras de piso, que llevaban comportándose extrañamente simpáticas con ella toda la semana. Al principio se había armado de valor y había dejado que se preocuparan por ella. Había dejado que le prepararan platos de sobras, y aceptado ponerse a ver películas de Molly Ringwald. Pero a medida que fue pasando la semana, empezó a esconderse cada vez más de ellas con la esperanza de que la dejaran tranquila para poder seguir adelante.

Pero no lo conseguía. Después de los dos días que había pasado en la cama, había conseguido reunir las fuerzas suficientes para salir del apartamento: necesitaba sumirse en su rutina. No había dejado de ir a audiciones, se arrastraba por el suelo muerta de sueño. Y todo porque añoraba a aquel guapísimo imbécil como una loca. Incluso aunque no hubiera vuelto a tener noticias de él desde aquel día —aparte de las entregas de comida, que ya habían empezado a disminuir—, no la había dejado en paz ni un solo segundo. Se despertaba oyendo su risa y se dormía con el latido de su corazón en los oídos. ¿Cómo era posible? ¡Solo habían pasado una noche juntos! ¿Habría contraído alguna enfermedad en su cama que le estaba arruinando la vida?

Johan había llamado para disculparse, aunque dado que la llamada la había hecho mientras su publicista le dictaba la disculpa, no contaba del todo. Ella había rellenado una hoja de reclamaciones contra el estudio para asegurarse de que ninguna chica volvía a pasar por lo mismo, y ellos le habían prometido que se tomarían la queja en serio. Como sabía que no lo harían, había dado un paso más, y había puesto una denuncia en la policía. En la comisaría la llevaron ante el agente que se había ocupado de rellenar los datos de otra denuncia sobre el mismo caso, la que había puesto Louis. El policía le explicó que conocía a Louis de los juzgados. Ya imaginaba que a ella le preocuparía que no se hiciera público, y le aseguró que no había peligro, gracias al favor que le había pedido Louis. Roxy ni siquiera tenía energías para enfadarse con él por haber llamado a la policía sin consultárselo. Pero recordó lo mucho que se había indignado por lo que le había ocurrido aquel día en el despacho de Johan. Y también se acordó de que sus brazos le parecieron el lugar más seguro de la Tierra.

Dios, no pasaba ni un minuto sin pensar en él. Recordaba a todas horas la torturada expresión que tenía cuando llegó al estudio. Oía sus palabras una y otra vez hasta que se gritaba mentalmente para acallarlas. Quería convencerse de que él se equivocaba. Louis no tendría que haber hecho las cosas a sus espaldas ni esconderle la verdad. Pero lo había hecho todo por ella, y ahí es donde se confundía. El enfado que sentía por lo que había hecho estaba mezclado con una molesta pizca de agradecimiento. Él se preocupaba por ella. Lo había hecho porque le importaba. Y ahora ya no estaba.

Se llevó los dedos a la frente y se la masajeó tratando de aliviar el repentino dolor de cabeza que se le había declarado. Estaba muy cansada. Solo estaba demasiado cansada. Le dolía mucho volver a estar en la casilla de salida, solo era otra cara en un mar de actrices. Sí, era cierto que había sido cautelosa y había reprimido el optimismo que sintió al conseguir el papel en la película de Johan, pero se había permitido albergar demasiadas esperanzas. Una parte de ella quería abandonar, pero entonces tendría tiempo para pensar. En Louis. En todo lo que había perdido pateando las calles sin conseguir nada. Tenía que seguir adelante. Aquel vacío desaparecería algún día, ¿no?

Roxy estaba enfadada con su actitud de rendición, así que cogió sus tacones y se levantó para entrar en el edificio.

—Hola, tú.

Un rudo acento de Queens la detuvo en seco. Se volvió cuando estaba en el último escalón y vio a dos chavales jóvenes que la miraban. Los dos eran guapos, aunque con estilos muy distintos. Uno de ellos era alto y musculoso, llevaba la cabeza afeitada y los vaqueros rotos. El otro era moreno y tenía aspecto de esconder mucho más detrás de sus gafas y la camisa blanca. No había duda: los dos estaban muy enfadados.

—¿Eres Roxy? —le preguntó el de la cabeza rapada.

No estaba de humor para aquello. Lo que fuera que fuese.

—¿Y quién narices quiere saberlo?

—Está claro que es ella —dijo el de las gafas con sequedad.

Los fulminó a los dos con la mirada.

—¿Os importa decirme por qué sabéis mi nombre y de qué va esta pequeña emboscada?

—Yo te diré de qué va. Queremos recuperar a nuestro amigo. —El de la cabeza afeitada hizo rodar los hombros hacia atrás con un gesto incómodo—. Me había acostumbrado a él, ¿vale? Me gusta pasar el rato con él.

El de las gafas le murmuró algo al de la cabeza afeitada que sonó como «relájate», pero la estaba mirando como si quisiera evaluarla. Su mirada era tan inteligente y perspicaz que se sintió un poco expuesta ante su escrutinio.

—Solo queremos hablar. Louis nunca había estado tan echo polvo. —Se cambió el peso de pie—. Hizo lo que hizo porque no pudo evitarlo, Roxy.

Su atención se quedó enganchada en las palabras «hecho polvo». Se le encogió dolorosamente el corazón. No le gustó escuchar aquello. En absoluto. Pero necesitaba olvidarlo un momento y concentrarse en lo que le había dicho el tío de las gafas.

—Claro que podía haberlo evitado. Tomó una decisión. Nadie lo obligó.

El de la cabeza afeitada resopló, parecía muy decepcionado con ella. Cosa que la cabreó mucho, porque ni siquiera la conocían. Y ella tampoco los conocía a ellos. No tenían ningún derecho a presentarse allí y lanzar queroseno sobre sus frágiles emociones para, después, prenderles fuego. Pero sus pies se negaban a moverse. Llevaba una semana sin oír el nombre de Louis fuera de su cabeza, y en ese momento, oír hablar de él, era como una droga que se extendía por sus venas. Una droga que la relajaba. No tenía sentido.

—¿Y vosotros quienes sois? ¿Su club de fans?

El de las gafas señaló al de la cabeza afeitada con el pulgar.

—Este es Russell y yo me llamo Ben. Encantados de conocerte. —Ignoró el ceño fruncido de Roxy y prosiguió—: Mira, has pasado el tiempo suficiente con Louis como para saber que...

—Demasiado tiempo —terció Russell—. Un tiempo muy valioso que podría haber empleado hablando de tonterías y bebiendo cerveza.

Ben suspiró.

—Louis no sabe dejar pasar una oportunidad. Se dio cuenta de que tú tenías un problema, sabía cómo solucionarlo. Y lo hizo.

—Si quieres saber mi opinión, eres una desagradecida. —Cuando vio que ella se quedaba boquiabierta, Russell se encogió de hombros con agresividad—. Yo solo digo lo que veo.

—Entonces tú necesitas las gafas más que él. —Los dos se echaron a reír, pero dejaron de hacerlo enseguida, como si los hubiera cogido desprevenidos y les molestara su sentido del humor—. Yo no quería la ayuda de Louis. No quería que me ayudara nadie. Él lo sabía y pasó de mí.

—No es motivo para castigarlo —le contestó Russell muy serio.

—Yo no le estoy castigando —espetó ella—. Ni siquiera lo he visto.

Ben señaló hacia el centro de la ciudad.

—Nosotros sí. Y no ha sido agradable. —Hizo una pausa—. Mira, no sé lo que pasó, pero no se está culpando solo por haber hecho algo a tus espaldas. Él te mandó a ver a ese tío y está pasando por un infierno sabiendo que te expuso a...

—Por favor. —Roxy levantó la mano, no quería oír nada más. Tenía la garganta seca y dolorida de las ganas que sentía de echarse a llorar, y notaba la piel muy sensible—. ¿Qué queréis de mí?

Russell levantó las manos con impaciencia.

—Que lo arregles. Queremos que vayas a arreglarlo.

Roxy oyó unos pasos que avanzaban por el vestíbulo a su espalda.

—¡Oye! —«Mierda». Era Abby, y parecía enfadada—. No podéis aparecer aquí y poneros a gritarle sin más. Ni siquiera habéis llamado antes de venir, como hacen las personas decentes. Debería llamar a Mark, el portero para que se ocupe de esto.

—Querrás decir a Rodrigo.

—Mierda —susurró Abby tan bajo que solo la escuchó Roxy—. Da igual, él os echará de aquí.

A Ben no parecía importarle la amenaza.

Russell tenía cara de estar pensando que un ángel acababa de descender de los cielos. Movió los labios y de ellos no salió ni un sonido, pero a Roxy le pareció leer las palabras: «Guapa, muy guapa».

Posó la mano en el brazo de Abby.

—No pasa nada, madre gallina clueca. Ya se marchan.

—Sí, nos vamos.

Ben advirtió el estupor en el que se había sumido Russell tras la aparición de Abby, y le dio un buen empujón en el hombro. El otro apenas se inmutó.

—Plantéate lo de ir a verlo, ¿vale? La culpabilidad lo está matando. Lleva una semana sin salir de su apartamento.

Russell salió por fin de su trance.

—Sí. Y así luego quizá podamos quedar todos juntos algún día. O sea..., los cinco...

Ben hizo un ruido impaciente y se llevó a su amigo arrastrando de la entrada.

Roxy no dijo nada. No era capaz de decir ni una sola palabra. ¿Una semana entera sin salir del apartamento? Le pareció imposible hasta que recordó que su primer impulso también fue meterse en la cama y quedarse allí. Si ella hubiera tenido que cargar con el peso que había puesto sobre Louis, quizá lo hubiera hecho. Sin duda. Quizá aún estuviera en la cama.

Cerró los ojos e intentó encontrar su ira. El resentimiento que había sentido cuando él le arrebató su independencia. Cuando descubrió que le había mentido y había dejado que ella creyera que por fin había conseguido su gran oportunidad. Buscó y rebuscó aquella ira. Pero ya no la encontraba.

Louis encendió la lámpara que había junto al sofá para poder examinar el Cheeto a la luz. Increíble. Aquella minúscula patata era idéntica a Elvis. No había color con la patata con la forma de la Virgen María. En la mano tenía el Cheeto Elvis. En cuanto la prensa se hiciera eco de aquel descubrimiento, se haría famoso.

Se lo metió en la boca y lo trituró con los dientes. Alargó la mano, volvió a apagar la lámpara sin mirar y volvió a dejar el apartamento a oscuras. Por fin había tocado fondo. Hubo un momento, el día anterior, cuando se desafió a sí mismo a echar un pulso, cuando pensó que era el punto de inflexión, pero no. Ver la cara de El Rey en una bolsa de cheetos era, definitivamente, el principio del fin.

Nueve días. Llevaba sin salir de entre aquellas paredes nueve largos días. Inmediatamente después de la escena que vivió con Roxy en la puerta de las oficinas de Johan, llamó a su jefe, a Doubleday. Incluso en medio de la horrible certeza de que había perdido a Roxy, tuvo un momento de lucidez. Repitió las palabras que le había dicho a ella, un discurso que tanto le recordó a su padre: «Pues el mundo no funciona así. La gente contrata a sus amigos, hacen llamadas de teléfono y se cobran favores. Es desagradable, pero es verdad». Si había empezado a creerse aquello, si dependía de eso, es que había fallado. Así que dimitió.

En algún momento tendría que levantarse. Afeitarse, quizá ponerse una camiseta limpia. Tendría que salir del apartamento para ir a la tienda a comprar comida, como un ser humano normal. Tendría que empezar a enviar currículos a bufetes que le permitieran seguir con sus horas de trabajo pro bono, aunque eso significara empezar desde abajo. Pero primero tenía que levantarse. Si no, el forense lo encontraría con el estómago lleno de cheetos rancios y ginger ale. Cosa que no era exactamente lo que habría elegido como última cena. ¿Qué habría elegido para su última cena?

Falafel. Definitivamente, un falafel.

Se dejó caer de lado en el sofá y su cara aterrizó sobre uno de los almohadones. ¿Cuánto tiempo llevaba ahí sentado? Recordaba vagamente que Ben y Russell se habían presentado y habían intentado arrastrarlo hasta el Longshoreman para invitarlo a una cerveza. ¿De verdad le había dado un puñetazo en la cara a Russell? Tenía los nudillos hinchados, así que la respuesta debía de ser afirmativa. En su momento le resultó muy satisfactorio, pero como todo lo demás —encontrar el Cheeto Elvis o ganarse echando un pulso—, la brillante satisfacción se apagó casi de inmediato y en su lugar apareció la más absoluta tristeza.

Cada vez que cerraba los ojos pensaba en Roxy. A veces le venía a la cabeza un buen recuerdo. Cómo se le había iluminado la cara cuando vio los elefantes. Su primer beso, justo en la puerta de su casa, antes de saber siquiera cómo se llamaba. Pero la mayor parte del tiempo pensaba en su cara llena de lágrimas en la puerta de las oficinas de Johan. Cómo se había abalanzado entre sus brazos temblando como una hoja. Cuando pensaba en ese horrible momento, se encerraba en sí mismo una hora más, y ese proceso había alargado una semana su periodo sabático de dolor.

Eso era lo que pasaba cuando uno mentía. Que se le hacía daño a alguien. A personas que te importaban tanto que te dolía vivir separado de ellas. Pero no tuvo opción. ¿Por qué querría Roxy volver a verlo? Él había sido el responsable de todas las cosas malas que le habían pasado en las últimas semanas. ¿Por qué iba vestida de conejita gigante? Por culpa de la chica con la que él se había enrollado. ¿Por qué la habían contratado como estriper? Porque la chica despechada buscaba venganza. ¿Por qué la habían acosado a cambio de un papel? Por su culpa y su lamentable intento por ayudarla. No había dejado de cagarla desde que ella había llamado a su puerta aquel primer día.

Su primera reacción había sido la de reparar los daños. Quería disculparse con Roxy como si la humanidad dependiera de que ella lo perdonara y conquistarla de nuevo. Había sido casi una reacción compulsiva. «Buscarla. Abrazarla.» Él nunca tiraba la toalla, en especial cuando había en juego algo tan importante. Haberse obligado a dejarla en paz pasaría a la historia como uno de sus mayores logros. Pero ¿acaso tenía otra opción si quería que ella fuera feliz?

Alguien llamó a la puerta.

Louis no se movió. Si se quedaba muy quieto se marcharían. No quería ver a nadie ni oírlos decirle cosas como «lo superarás, dale tiempo, porno-limpieza...» Bla, bla bla. De momento no quería olvidarla. Si lo hacía no podría seguir pensando en ella, y él quería aferrarse a cada minuto que habían pasado juntos durante la mayor cantidad de tiempo posible. Así que quienquiera que estuviera en la puerta podría irse al carajo.

—¿Louis?

Él rugió con la boca pegada al almohadón. Genial. ¿Ahora oía su voz? Estaba en lo cierto con lo de haber tocado fondo. Vaya mierda, la echaba mucho de menos. ¿Cómo podía haberla cagado tanto?

—McNally, necesito que abras la puerta.

—Márchate, voz. Ya me he comido el Cheeto Elvis.

Se hizo un largo silencio. Louis se sentó. Puede que no quisiera que la voz se marchara. Quizá quisiera que se quedara. Oh, sí. Definitivamente, quería que se quedara.

—¿Sigues ahí? —preguntó.

—Sí. Aunque ahora tengo miedo de lo que pueda encontrar ahí dentro.

Louis echó un vistazo por el apartamento con la sensación de que lo estaba viendo por primera vez. Recipientes de comida, botellines de cerveza, y por el salón había repartidas un montón de prendas de ropa que, por lo visto, no habían logrado llegar al cesto de la ropa sucia. Perfecto. Además de arruinar la vida de la gente, también era un guarro.

—Haces bien. El paisaje no es agradable.

—No pasa nada. No soy una conejita moralista.

Louis levantó la cabeza. ¿Era posible que...?

Sus pies lo habían llevado hasta la puerta antes de que hubiera acabado de procesar aquel pensamiento cargado de esperanza. Miró por la mirilla y tuvo la sensación de que un par de manos lo cogían del cuello y se quedaba sin oxígeno.

Al otro lado de la puerta había un conejo rosa gigante.

—¿Rox?

—¿Conoces a alguien más que se vista así? —Se apresuró a descorrer el pestillo y a abrir la puerta. «Por favor, que esto no sea una alucinación.» Se moría por quitarle la máscara, pero se contuvo. Roxy dejó caer la mano con la que la sostenía. Louis vio cómo la máscara caía al suelo con el rabillo del ojo, porque era incapaz de apartar la vista de su cara. Registró cada detalle en cuestión de segundos: desde el cansancio que asomaba a sus ojos, hasta aquellos labios. Añoraba tanto besarlos que verlos le hacía daño—. Oh, no, Louis.

Su voz era tan triste que él dio un paso atrás.

—¿Qué?

—Estás hecho una mierda.

Louis esbozó la primera sonrisa de la semana. Estaba muy a gusto cerca de ella, oyéndola hablar, inhalando el olor a flores de cerezo.

—Hace mucho que no me miro en el espejo. —Tragó saliva con fuerza, apenas conseguía resistir la necesidad de alargar la mano para tocarla—. ¿Por qué has venido?

Roxy inspiró despacio.

—Siento haberte culpado por lo que pasó. No estuvo bien. —Estaba hipnotizado por sus ojos verdes, los tenía vidriosos por culpa de las lágrimas. Intentó concentrarse en ellos para que sus palabras no abrieran la presa que había en el interior de su pecho—. Una de las cosas que me encantan de ti es lo responsable que te sientes de ayudar a la gente. No me puede gustar esa parte de ti y luego enfadarme cuando lo haces conmigo. Es una hipocresía.

—No. Soy yo quien lo siente, Rox...

—Espera. Déjame acabar. —Pareció armarse de valor—. Esto tiene que ver con lo de actuar... Lo voy a hacer yo sola. Es importante para mí. Pero no quiero estar sola. Ahora no. Ahora ya sé lo que es estar contigo, y es alucinante. —Le resbaló una lágrima por la mejilla—. Te echo mucho de menos —concluyó con un suspiro—. ¿Volverás conmigo? ¿Por favor?

Ligero. Se sentía muy ligero, como si pudiera salir flotando hasta el techo si ella no estuviera allí para impedirlo. Era incapaz de seguir ahí plantado sin abrazarla, así que cruzó el umbral y la estrechó contra su cuerpo. El sollozo que ella soltó contra su cuello parecía aliviado, cosa que lo dejó completamente desconcertado. ¿De verdad había pensado que le diría que no? ¿A ella?

—Roxy, no te he dejado nunca, créeme. Ni por un segundo. —Se enrolló su pelo en el puño y se lo llevó a la nariz para inspirar profundamente—. Aunque la realidad es mucho mejor. Por favor, no vuelvas a marcharte. Estoy empezando a ver estrellas del rock muertas en mis aperitivos.

—No lo haré. Es una locura, pero no lo haré. —Se retiró un poco y le dio un beso en la boca. Aquello le provocó una última punzada de alivio y felicidad que lo recorrió de pies a cabeza—. Estoy colada por ti, Louis.

—Yo también estoy colado por ti, Rox.

Roxy se rio entre sollozos.

—Me alegro. Vamos dentro y tú te das una ducha mientras yo me quito el disfraz de conejita.

—¿Te he dicho ya que eres un genio?

La cogió en brazos, entró en el apartamento y cerró la puerta de una patada.

Solo era un hombre con su conejita.

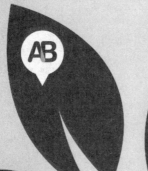